LOIN DES BRAS

DU MÊME AUTEUR

Mon cher Jean… de la cigale à la fracture sociale, essai, Zoé, Genève, 1997.
Le Mystère Machiavel, essai, Zoé, Genève, 1999.
Nietzsche ou l'Insaisissable Consolation, essai, Zoé, Genève, 2000.
La Chambre de Vincent, récit, Zoé, Genève, 2002.
Victoria-Hall, roman (prix du Premier Roman de Sablet 2004), Pauvert, Paris, 2004 ; Babel n° 726, 2006.
Dernière lettre à Théo, roman, Actes Sud, Arles, 2005.
La Pension Marguerite, roman (prix Lipp 2006), Actes Sud, Arles, 2006 ; Babel n° 823, 2007.
L'Imprévisible, roman (prix des Auditeurs de la Radio suisse romande 2007 ; prix des Lecteurs FNAC Côte d'Azur 2006), Actes Sud, Arles, 2006 ; Babel n° 910, 2008.
La Fille des Louganis, roman (prix Version Femina Virgin Megastore 2007 ; prix Ronsard des lycéens et prix de l'Office central des bibliothèques 2008), Actes Sud, Arles, 2007 ; Babel n° 967, 2009.
Loin des bras, Actes Sud, Arles, 2009.
Le Turquetto, Actes Sud, Arles, 2011.

ISBN 978-2-7427-9945-9

METIN ARDITI

LOIN DES BRAS

roman

BABEL

à Iroula

A chaque instant l'être recommence.

FRIEDRICH NIETZSCHE,
Ainsi parlait Zarathoustra.

1

Vendredi 4 septembre 1959.

— Je comprends, fit Mme Alderson.

Un flot de paroles continua de s'écouler du récepteur et, durant une seconde ou deux, elle se sentit désorientée. Puis elle se reprit et lança d'un ton sec :

— Je vous l'ai dit, je comprends. Au revoir, madame !

Après quoi elle resta de longues secondes l'appareil à la main, les yeux dans le vague.

Elle se faisait des illusions, Mme Marra. Son fils était nul. Nul en français. Nul en maths. Nul en tout. A une année de la maturité, elle pouvait le changer d'internat tant qu'elle voulait, ce n'était pas ça qui allait faire de lui un génie. Malgré tout, sa décision de le retirer arrivait à un très mauvais moment. Quatre désistements en une semaine, cela tournait au cauchemar.

Mme Alderson soupira et ferma les yeux. Du temps de Georges, les choses se seraient passées autrement. Mais voilà, Georges était mort. Tout le problème était là... Elle rouvrit les yeux et son regard tomba sur les murs du salon. Ils étaient couverts de livres rares, des traités de sciences naturelles (la passion de Georges), tous reliés dans des tons rouges, écarlates ou cramoisis, qui donnaient à la minuscule pièce tendue de rose un climat chaleureux et savant. Le Salon rose, comme chacun l'appelait. Le cœur de l'Institut. Mme Alderson y avait convaincu, grondé, mis au pas... Des victoires par centaines.

"Confier votre fils à l'Institut est un acte de courage, j'en suis consciente... Un sacrifice que vous faites pour son bien... Une confiance placée en sa capacité de devenir quelqu'un... Je le rappelle sans cesse à nos élèves : Vos parents misent sur vous. D'ailleurs, ajoutait-elle, notre devise le dit bien..." Elle laissait alors passer un silence, regardait dans les yeux l'un ou l'autre des parents, et d'une voix calme prononçait la devise de l'Institut comme on abat une carte gagnante : *Tu deviendras.*

Elle était imbattable. Vingt-cinq ans à la tête de l'Institut lui avaient appris à repérer les travers petits et grands de ceux avec lesquels sa vie se confondait. Elèves, professeurs, personnel de maison, tout le monde la craignait.

A première vue, cela pouvait surprendre. Très petite et très laide, Mme Alderson avait une bouche trop mince, un nez osseux, une denture irrégulière et une bosse à hauteur de l'omoplate, sur le côté gauche. Mais ses yeux pétillants, d'un bleu roi magnifique, et une vivacité d'esprit hors du commun lui donnaient un charme dont elle faisait un usage froid et maîtrisé. Elle aimait être au centre des attentions. Avec ses tenues aux couleurs éclatantes et son regard sans cesse sur le qui-vive, on aurait dit un oiseau exotique.

Je m'inquiète bêtement, se dit-elle. Bien sûr que tout ira bien.

Elle tourna la tête et ce qu'elle vit acheva de la rassurer. Une merveille de parc planté d'arbres fruitiers (des pommiers et des poiriers surtout) descendait en pente douce jusqu'au lac. Situé sur sa partie haute, le bâtiment principal, où elle se trouvait, avait grande allure. Elle le savait. Deux étages de classes, surmontés de deux étages de dortoirs flanqués d'une tour. Un vrai petit château.

L'Institut était là, bien réel, une école exceptionnelle, reconnue dans le monde entier.

Elle avait un jour fait le calcul (elle aimait faire les comptes, de tête et très vite, cela lui donnait un sentiment de maîtrise) : en vingt et un ans, avec Georges, ils avaient refusé six cent douze inscriptions. Sans compter les refus pour les cours d'été, réputés dans toute l'Europe. Lorsqu'elle plaçait ce chiffre dans une discussion avec des parents, elle savait qu'elle marquait un point.

Mais c'était du temps de son mari. Lorsque l'Institut ne désemplissait pas. Ils avaient eu des années à quatre-vingt-quinze ! De 1952 à 1955, il avait fallu ajouter un cinquième lit à chacun des dortoirs, louer un appartement dans le vieux Lutry (où McAlistair, le professeur d'anglais, avait accepté de chaperonner six grands) et loger trois autres élèves chez les Nadelmann, dans les combles… Quelle ambiance ! L'Institut était alors une mine d'or.

Ils avaient construit le bâtiment central en 1934, sur la partie haute d'un hectare d'anciennes vignes situées à dix minutes de Lausanne, entre lac et route cantonale, qu'ils avaient payé cinquante centimes du mètre carré. Maintenant, les terrains se vendaient cent fois le prix. Au bord de l'eau, on en demandait jusqu'à soixante francs. L'addition de la tour, sur le flanc est, en 1947, avait permis de répondre à l'afflux d'après-guerre. L'Europe s'enrichissait, tout était facile…

Mme Alderson repensa aux désistements. Ils étaient révoltants. La mort de Georges n'avait pas changé l'Institut ! Les études étaient toujours aussi exigeantes ! Les cours donnés par des enseignants compétents ! Engagés ! Plusieurs d'entre eux prenaient leurs repas avec les élèves, l'ambiance était studieuse ! Et les sports ? Tous pratiqués au niveau compétition !

Chaque activité de l'Institut visait l'excellence. "La capacité d'un enfant à se dépasser est illimitée", disait Georges.

Elle sourit. Georges et ses obsessions nietzschéennes… Il n'empêche… C'était un éducateur génial.

Mais voilà. Georges était mort trois ans plus tôt. L'année qui avait suivi, l'Institut était passé à quatre-vingt-deux élèves. L'année d'après à soixante-quinze. Puis à soixante-dix. Ils en étaient à soixante-six.

Elle aurait voulu annoncer la défection de Marra à sa sœur, histoire de partager le fardeau. Celle-ci était dans la lingerie, deux étages plus haut, occupée à ranger les draps pour la rentrée, maintenant qu'ils avaient renvoyé la lingère, et la perspective de monter deux volées d'escalier découragea Mme Alderson. Son dos la tiraillait et les élancements se faisaient sentir jusque dans les jambes.

Vingt fois, cinquante fois par jour, elle rêvait de pouvoir se redresser. De mettre son dos à plat, droit comme une planche, et de respirer à pleins poumons, de courir, à toute vitesse, comme lorsqu'elle était petite fille et qu'elle se disait, tant elle était joyeuse : "Je vais éclater."

2

Vendredi 4 septembre 1959.

— Pas de chance, madame, fit l'huissier à Irène Kowalski. Je vous fais des francs suisses ?

Des deux cents francs qu'elle avait changés en début de soirée, il lui en restait trente. Elle fit oui de la tête, ramassa l'argent, lança : "Bonsoir Emile" sans regarder l'huissier et se dirigea vers la sortie en claudiquant.

Elle avait débuté sagement, en jouant à quitte ou double sur le rouge à cinq francs. Le noir était sorti cinq fois de suite. Elle avait misé cinq francs, puis dix, vingt, quarante et quatre-vingts. Au total, cent cinquante-cinq francs déboursés en cinq fois. Le rouge était sorti au sixième coup. Cela lui avait rapporté cent soixante francs. De quoi couvrir ses pertes plus cinq francs, sa mise de départ. Mais elle était passée au bord du gouffre. Elle n'aurait pas pu doubler la mise une fois de plus.

Après cela elle avait joué les douzaines, traversé une série chanceuse, gagné trois fois quinze puis trois fois trente, pour se retrouver avec une caisse de trois cent quarante francs. Du bon travail, besogneux mais sûr. Et puis elle avait tout perdu en jouant avec précipitation sur des numéros pleins, d'abord les finales 7, soit 7, 17, 27, puis les finales 9. En tout six mises à cinquante francs, évaporées sans avoir eu le temps de se dire : Stop ma cocotte, tu dérapes. Elle avait ensuite joué dix francs en plein, sur le 5, certaine que la chance allait revenir à cet instant. Tout cela en moins d'un quart d'heure... Pas le genre de soirée qui lui permettrait de rembourser à Mme Alderson les trois mois de salaire qu'elle avait touchés d'avance. Sans parler de ses arriérés de loyer.

Elle prit place au volant de sa Topolino, lança le moteur et vérifia la jauge. Il y avait assez d'essence pour retourner à Lausanne.

Elle voyait déjà Mme Alderson la prendre de côté au café du lundi matin : "Dites, Irène, vous savez que nous traversons une passe difficile, ça vous ennuierait de me rembourser un mois ou deux ?"

Avec elle, il y avait moyen de discuter. Avec M. Dubach, l'administrateur de la régie, c'était une autre paire de manches. Un de ces jours elle se ferait expulser, ça lui pendait au nez.

Et sa petite couturière grecque du boulevard Carl-Vogt... Elle lui devait trois retouches.

Elle se sentit honteuse. Une grosse vieille ratiboisée qui risquait de se retrouver à la rue, voilà ce qu'elle était devenue.

Deux loyers de retard et trois salaires d'avance. Le cumul. Impossible de s'en sortir.

Elle se mit à trembler.

Il fallait absolument qu'elle se refasse. Sinon, c'était vraiment la rue. Le matin elle irait emprunter cent francs à Mme Roduit, l'épicière de l'avenue Tissot. Celle-là ne lui refusait jamais une avance.

Pas de chance, lui avait dit l'huissier. Il en avait de bonnes…

Elle passa la douane de Divonne et descendit la route de Ferney jusqu'au lac en conduisant très lentement. Non, mon coco. Pas de chance. En tout cas pas ce soir.

La chance reviendrait. Elle revenait toujours. Elle lui avait souri, trois jours plus tôt. Et pendant presque une heure ! Après, les choses s'étaient gâtées. Mais si elle avait eu la présence d'esprit de se lever au bon moment, elle aurait eu de quoi, pour son loyer.

Arrivée à la route du Lac, Irène accéléra d'un coup. La grande malchance, c'était la guerre. Sans elle, les choses auraient été différentes. Karl était le plus grand mathématicien de son temps. Un savant du rang d'Einstein. D'ailleurs Einstein et lui s'étaient bien connus ! En vingt-huit, vingt-neuf, à l'Institut Henri-Poincaré, ils se croisaient tous les jours ! Il fallait les voir, avec leurs *Herr Doktor* par-ci, *Herr Doktor* par-là ! Irène sourit. Et ces phrases qui n'en finissaient pas, emberlificotées de politesses précautionneuses : *Ja, aber wissen Sie, lieber Professor…* et ainsi de suite.

C'était Karl qui n'avait pas eu de chance. S'il avait obtenu de meilleurs résultats sur le profil des V2, l'Allemagne aurait gagné la guerre. Londres aurait été rasée. En partie. Un ou deux quartiers d'aplatis et hop, l'armistice dans l'autre sens. Cela aurait évité des millions de morts. Et pas seulement chez les Allemands ! Les juifs aussi auraient été épargnés.

Que l'Allemagne perde la guerre en quarante-cinq, difficile à dire que c'était une malchance. Mais qu'elle ne la gagne pas en quarante ou quarante et un, ça oui. Karl serait vivant. Reconnu du monde entier. Elle n'en serait pas à devoir emprunter cent francs à son épicière pour se refaire au casino, au risque de se retrouver à la rue, à quarante-neuf ans, avec une hanche en marmelade et vingt kilos de trop.

Rencontrer Karl, cela avait été la chance de sa vie. Beau, brillant, cultivé. Gentil. Non. Plus que cela. Attentionné. C'était ça, la marque de Karl. Il était attentionné. Des gentils qui font des mimiques, on en trouve à chaque coin de rue. Mais quand il faut prendre le temps, il n'y a plus personne. Karl prenait son temps… C'est vrai qu'au début, il n'était pas très habile… Mais il ne se pressait pas. Il commençait par la regarder, longuement. Sans parler. Sans la toucher. Avec dans les yeux une admiration… Ça lui donnait des frissons, qu'il la regarde ainsi. Elle sentait son corps se transformer. Au moment où il se mettait à la caresser, elle était déjà au bord du vertige. Ces histoires, que les Français sont des champions, que les Allemands ne savent pas y faire… Pfft ! Quand les Allemands font quelque chose, ils le font bien. Ils prennent leur temps. Pas une fois en quatorze ans (en fait, jusqu'aux dernières années de Peenemünde), il ne lui avait fait l'amour sans prendre le temps.

C'est vrai qu'elle avait eu de la chance…

Quand est-ce qu'ils avaient cessé de bien faire l'amour ? Après le suicide d'Udet, en octobre 1941. Non. En novembre. Karl était rentré les yeux rouges :

— Ernst s'est tué, avait-il lâché, avant d'éclater en sanglots.

Udet… Un homme extraordinaire. Très différent de Karl. Drôle, habile… Le vrai patron de la Luftwaffe, c'était lui, pas Göring.

Der General Ernst Udet hat sich umgebracht. Le général Ernst Udet s'est suicidé. A Peenemünde, c'était l'effroi. L'incompréhension. Comment gagner la guerre lorsqu'un homme comme Udet se suicide ?

Ils n'avaient pas fait l'amour durant deux semaines, peut-être trois. Après, c'était moins souvent, et, surtout, mal. Sans bonheur.

Et puis Karl s'était fait tuer. Comme un chien.

3

Vendredi 4 septembre 1959.

— C'est toi ?

Mme Brunet aimait interpeller son fils de loin. Cela lui permettait de laisser sa voix filer vers les aigus et d'exprimer d'un trait sa surprise et sa déception.

— Tu réponds ?

— J'arrive, fit Brunet. Je me débarrasse.

Il lâcha la grosse sacoche qu'il tenait à la main, ôta ses chaussures et passa de l'entrée au salon où se trouvait sa mère.

— Raconte, au moins ! Tu étais où ?

— Au Deux.

Le Deux se référait à ce que Brunet appelait ses points cardinaux, quatre emplacements à partir desquels il photographiait le lac. Toutes ses photos, des milliers à ce jour, avaient été prises à partir de l'un d'eux.

Le premier se situait devant chez lui, au croisement de la ligne médiane de sa maison et du quai de Lutry. Le deuxième était à Paudex, la commune voisine, devant le ponton de l'Ecole Nouvelle, un internat huppé. Le troisième à Pully, à l'intersection du quai avec le petit chemin qui longeait le bâtiment des Teintureries réunies, sur son côté est. Le dernier se trouvait à Ouchy, là où l'axe médian du Beau-Rivage Palace coupait le quai. Il les avait numérotés dans le sens est-ouest, de Lutry vers Lausanne, de 1 à 4.

— Alors ? Il faut tout t'arracher !

Elle avait la soixantaine maigre, les dents du haut qui sortaient de sa bouche en couronne et une assurance de grande bourgeoise.

— Trois clichés d'Evian, rien d'intéressant, et neuf des dents du Midi, avec en premier plan le saule pleureur qui est à vingt, trente mètres du ponton, tu vois lequel ?

— Bien sûr que je vois ! fit sa mère.

Elle chercha quelque chose à dire qui pourrait à la fois calmer son irritation et retenir son fils au salon. Il y avait cette "histoire d'histoire" ab-so-lument ridicule. Elle avait déjà usé de l'expression avec un plaisir méchant. Son fils ne méritait pas mieux que ce jeu de mots. Se charger des cours d'histoire sans augmentation de paie... Fallait-il être benêt !

— Avec cette histoire d'histoire, tes points cardinaux, ils ne te verront pas souvent ! Mon Dieu ce que tu es naïf.

Brunet ne répondit pas. D'ailleurs il avait déjà répondu. Il s'arrêta sur le seuil de la porte, hésitant à continuer son chemin, debout, perdu.

— Tu ne dis rien ? Mais réagis, pour l'amour du ciel !

Il lui répondit enfin, sans la regarder. L'Institut avait enregistré plusieurs désistements. Nadelmann avait proposé de prendre le latin en plus de l'allemand. Lui non plus ne recevrait pas d'augmentation de salaire. McAlistair et Berthier offraient quatre heures de leçons privées par semaine. Chacun faisait un effort.

— Au fond, fit sa mère, elle vous prend tous pour des imbéciles.

— Maman..., protesta Brunet.

— Vous êtes des gamins, mais des gamins...

Elle avait dit ces mots en prenant la pose, les yeux vers le ciel.

— Et elle s'en met plein les poches ! Pourquoi se gêner, avec des moutons qui ne demandent qu'à se faire tondre... On t'aura exploité, mais alors exploité, jusqu'au trognon !

Brunet ne répondit pas.

— Quand il fallait mettre les sous de ton père, là, le Georges, il était tout gentil... Mais dès que l'école a commencé à marcher, hop, on rachète le petit Brunet ! Par ici la monnaie ! Il t'a eu, il t'a fait travailler, il t'a laissé tomber pour le gros Turc et, maintenant qu'il est mort, ça continue...

Brunet eut soudain les larmes aux yeux. Avec Georges Alderson, ils s'étaient aimés. Profondément. Lorsqu'il lui avait demandé s'il souhaitait participer à l'Institut, ils étaient ensemble depuis quatre ans. Et le rachat s'était fait avec bénéfice, alors qu'ils n'étaient plus amants. Georges s'était montré correct et son père avait apprécié d'être remboursé.

Brunet repensa à une expression qui revenait sans cesse dans la bouche de sa mère du temps où son père était vivant. A propos de telle ou telle chose que Brunet avait pu dire ou faire, sa mère aimait conclure ses longues critiques par un "Tu comprends que nous soyons quand même un peu *dé-çus* ?" C'était ainsi. Brunet aurait pu sauver le monde de tous ses malheurs, il serait resté aux yeux de sa mère un homosexuel qui, accessoirement, avait sauvé le monde de tous ses malheurs. L'expression avait eu cours jusqu'à la mort de son père. Brunet avait alors trente-huit ans.

Mme Brunet sentit que son fils était à deux doigts de faire une crise de larmes et lui lança sur le ton de la confidence :

— *De-vine* qui j'ai vu à Saint-François ! *Mathilde !* Oui ! Elle a quitté Pamblanc, elle est au Bazar Vaudois, rayon verrerie-cristallerie. Et à nouveau seule ! Elle s'est montrée gentille, mais gentille... J'ai dit que nous allions l'inviter à prendre le thé un de ces dimanches.

— Je ne serai pas là, fit Brunet.

Il était toujours debout, sur le seuil de la porte, l'air d'attendre qu'on lui dise quoi faire. Avec Mathilde, une cousine éloignée, ils s'étaient mariés peu après la guerre. Ils étaient seuls l'un et l'autre, sa mère avait insisté... Bien sûr, le mariage n'avait pas duré.

— A propos, lança Mme Brunet, d'un ton plus pointu, Gilbert a téléphoné dès que tu es parti.

Brunet le savait. Il était passé chez lui avant d'aller faire ses photos.

— Ton Gilbert, il me dégoûte, reprit sa mère.

Brunet secoua la tête en soupirant.

— Tu peux faire tes grimaces tant que tu veux, c'est comme ça. Il est moche, il est gras, il ne regarde pas les gens dans les yeux et il a des gestes de pédale. En plus il sent mauvais. Tu aimes les hommes, ma foi, c'est comme ça. Mais choisis au moins un ami présentable ! Quelqu'un de bien ! Enfin, comme tout le monde...

Brunet resta silencieux.

— Au fond, c'est un gros lard, fit sa mère.

Brunet quitta brusquement le salon, alla chercher la sacoche qu'il avait déposée à l'entrée et monta très vite la double volée d'escalier qui le mena à des combles à peine éclairés où le plafond, très mansardé, créait un sentiment d'oppression. Une grande table de bois occupait le centre de la pièce dont les murs étaient couverts de rayonnages sur lesquels des dizaines de boîtes grises étaient disposées dans un ordre parfait. Elles regroupaient les agrandissements des photos prises durant une année précise, au cours d'une saison, et à partir de l'un des points cardinaux. Larges d'une quinzaine de centimètres, les boîtes étaient toutes identiques. Chacune avait une languette soigneusement accolée à son dos qui indiquait l'année en grands chiffres rouges et le nom de la saison, marqué audessous au crayon bleu. Au bas de la languette figurait un chiffre romain écrit à l'encre verte : I, II, III ou IV.

Brunet se rendit dans le réduit à lessive qu'il avait aménagé en chambre noire et sortit un Rolleiflex de la sacoche. Il rembobina le film, le retira de l'appareil, humecta l'amorce de languette, la colla soigneusement et déposa la bobine dans une petite boîte en bois clair, son ancien plumier d'écolier. Il contenait déjà deux films semblables à celui qu'il venait d'extraire du Rolleiflex, des douze poses au format 6 x 6.

C'était sa règle. Trois films par semaine. Un par sortie. Sur les trente-six poses, il choisissait au plus quatre agrandissements, tant pour des raisons d'économie que parce qu'il aimait les contraintes. Douze prises par sortie, c'était peu. Pas question de se mettre à tirer dans tous les sens, comme il voyait tant de gens le faire dans l'espoir qu'une photo sur cent ou deux cents sortirait du lot. Ça, c'était de la loterie. Au moment de déclencher l'obturateur, il devait savoir ce qu'il faisait. Cela l'obligeait à maîtriser tous les paramètres (lumière, exposition, focale, choix du cadrage, et beaucoup d'autres), mais aussi à se prendre en main, à se saisir. Il avait alors le sentiment de former un tout, d'être lui-même, et cette sensation lui procurait un bien-être inouï.

Ainsi, de chaque film de douze poses, il ne procédait à l'agrandissement que d'une seule photo. Qu'il y en ait deux ou douze de très bonnes, ou à l'inverse aucune, cela ne changeait rien à la règle : une photo par film. Et trois films par semaine, soit trente-six photos prises du lundi au samedi. Le dimanche était réservé au développement et aux tirages.

Sur un point cependant, Brunet se donnait droit à un cadeau. Il avait fixé la limite totale des agrandissements pour la semaine à quatre. Ainsi, en plus de la photo choisie sur chacun des films, il s'accordait d'en sélectionner une de plus, choisie parmi les trente-six poses. Mais il ne s'agissait pas d'une obligation. Il appelait cette quatrième photo son bonus.

Ce vendredi, après avoir déposé la bobine dans la boîte de bois clair, il prit en main les deux autres, les fit rouler entre ses doigts et les palpa, comme s'il voulait en mesurer la qualité. C'étaient les photos du lundi et du mercredi matin, toutes faites à partir du point Un. Les deux aubes avaient été aussi différentes que pouvaient l'être deux aubes sur deux continents. Le lundi vers six heures du matin, le lac était brumeux, plat et glauque. Presque vert. Les Alpes se devinaient à peine. Brunet avait pris des clichés sur des temps très longs, jusqu'à une pleine seconde. Le mercredi, branle-bas de combat. Ciel aveuglant de clarté, forte bise, lac furieux, mousseux, avec des reflets gris-vert. Tout autre chose. Et ce vendredi… Douceur d'automne, avec des tons bleu-noir somptueux. Un lac jeune et fier.

Il remit les deux bobines dans la boîte. Ces quelques minutes passées dans sa chambre noire l'avaient apaisé. Il se réjouit du plaisir que lui procurerait le développement des trois films, jeta un coup d'œil circulaire à la petite pièce et descendit souper.

4

Vendredi 4 septembre 1959.

— Ressaisis-toi, voyons ! fit Mme Alderson.

Elle était assise à la grande table de l'office, là où en semaine les professeurs se retrouvaient au café de dix heures. En face d'elle, Gisèle, sa sœur jumelle, pleurait, le visage enfoui dans les mains. C'était une femme mince et plutôt jolie, à qui des cheveux gris coupés court donnaient un air de garçon.

L'Institut était vide. Le dimanche précédent, les "cours d'été", comme Mme Alderson les appelait, étaient repartis chez eux. Les internes réguliers n'arriveraient qu'à partir du lendemain.

Durant des années, ces quelques jours de calme avant la rentrée avaient représenté pour Mme Alderson et son mari une coupure délicieuse, au cours de laquelle ils prenaient le temps de savourer leur succès. Maintenant, les deux sœurs en étaient à se demander si l'Institut allait survivre.

— On devrait s'en sortir, reprit Mme Alderson.

Elle refit pour sa sœur les calculs qu'elle ne cessait de tourner dans sa tête depuis le matin à une vitesse prodigieuse. Quatre internes par mois à cinq cents francs l'interne, deux mille. Vingt mille de perte sèche sur dix mois. Plus les ristournes sur à peu près tout ce qui faisait la vie de l'Institut : tenues de sport, fournitures scolaires, leçons particulières, cours de danse... Au total, chaque mois, bien cent francs par élève. Quatre mille sur l'année. Manque à gagner total : vingt-quatre mille. Le salaire de trois professeurs. Heureusement que Brunet avait accepté de reprendre l'histoire et Nadelmann le latin. Ils allaient remplacer deux professeurs externes sans augmentation de salaire. McAlistair et Berthier lui offraient leurs mercredis après-midi. Quatre heures de cours particuliers à vingt francs l'heure, six cent quarante par mois, disons six mille par an. Il faudrait sans doute forcer la main à certains élèves pour qu'ils s'inscrivent. Il y avait aussi l'économie de la lingère et d'une fille de cuisine. Quatre cents francs par mois. Disons onze mille de mieux avec les cours particuliers (elle les avait arrondis de quatre cents, c'était trop). Elle fit le total des économies. Vingt-sept mille. Plus les cinquante francs par mois d'augmentation d'écolage. Sur soixante-six élèves, trente-trois mille. Entre économies et recettes, soixante mille de mieux. Moins le manque à gagner des quatre désistements, restait trente-six mille de mieux. L'année précédente avait été bouclée avec un déficit de quarante mille. Avec un peu de chance, elle pouvait espérer l'équilibre.

— Tu vois ?

— Je n'ai pas ton intelligence, répondit Gisèle. Tes calculs sont sûrement justes. Mais je sais qu'il faut refaire le tennis qui est troué de partout, équiper le terrain de basket en paniers réglementaires, et il y a deux yoles qui prennent l'eau à chaque sortie. Elles ont été bricolées vingt fois. Gülgül me dit que les élèves ont l'interdiction de s'éloigner à plus de cinquante mètres du rivage. Tu vois un peu... Avant, pour des frais pareils, il y avait de quoi...

5

Samedi 5 septembre 1959.

Dans le taxi qui les conduisait de la via dei Colli della Farnesina à la station de Roma Termini, Vera se tourna vers Enrico, le dévisagea d'un coup d'œil rapide et conclut. Son mari serait toujours un être inadéquat.

Elle baissa ensuite les yeux et son regard tomba sur ses mains. Elle eut une moue de mépris. Heureusement que Lorenzo n'avait pas hérité des mains de son père. Lorenzo avait les mains de son grand-père. Larges. Osseuses. Très fines. Des mains splendides.

C'étaient pourtant les mains d'Enrico qui l'avaient rapprochée de lui la première fois qu'ils s'étaient vus. Elles faisaient contraste avec sa beauté classique, presque parfaite. Des doigts de monstre, s'était dit Vera, mi-effrayée, mi-amusée. Le renflement qui marquait leur bout les faisait ressembler à des baguettes de tambour. On aurait dit que les ongles, bombés comme des verres de montre, avaient été implantés à la va-vite, tant la chair qui les entourait était boursouflée.

Son expression n'avait pas échappé à Enrico.

— On appelle ça une anoxie chronique.

— Une quoi ?

— Une anoxie chronique. Une diminution de la quantité d'oxygène que distribue le sang. C'est ce qui donne cette allure aux extrémités des doigts. Ça fait un peu peur, vous ne trouvez pas ?

Il avait parlé en souriant.

Elle avait frissonné, mais la gentillesse avec laquelle Enrico avait accepté son défaut l'avait touchée.

La rencontre avait eu lieu au Tre Scalini, un restaurant élégant de la piazza Navona où son père avait ses habitudes et où ils allaient souvent déjeuner les dimanches. Vera et ses parents étaient à peine installés qu'un homme haut de taille, âgé d'une trentaine d'années, s'était approché de leur table. Elle avait eu un mouvement de surprise car, malgré sa beauté et son allure, il était plutôt mal mis. Pas le genre à passer avec nonchalance prendre une assiette au Tre Scalini... Pourtant, dès qu'il avait vu s'approcher le jeune homme, son père s'était levé d'un bond et l'avait salué avec effusion :

— *Carissimo*, quelle surprise ! Vous êtes seul ? Vous vous joignez à nous ?

— Je ne voudrais pas déranger...

— Mais, pour l'amour du ciel, vous plaisantez ! Venez, je vous présente ma femme, et bien sûr ma fille Vera... Tu sais, l'*avvocato* D'Abundo...

Rivolta regardait sa fille, l'air ravi.

— Le juriste en chef du cadastre ! Au ministère des Travaux publics... Un homme avec lequel je travaille au quotidien...

— Presque, avait dit Enrico, l'air emprunté.

Le père de Vera avait ajouté :

— Et un fin connaisseur du droit foncier, ça, je peux te le garantir !

Vera avait observé sa mère. Elle souriait, elle aussi.

Son père lui avait trouvé un mari. Un garçon beau, intelligent, et travailleur. Qui l'acceptait telle qu'elle était. Marquée au front par une liaison et un avortement qui s'étaient sus. Il était pauvre, forcément. Mais capable. Il pourrait reprendre l'étude.

Alors que le taxi approchait de la gare, Enrico dit comme pour lui-même :

— Ce séjour va tuer notre couple !

Il ajouta avec dépit :

— Aller se fourrer au milieu de tous ces garçons... Il faut être malade.

Les yeux posés sur les mains d'Enrico, Vera se dit que, si Lorenzo avait mieux connu son grand-père (il était mort lorsque Lorenzo avait sept ans), il lui aurait ressemblé plus encore. Il aurait eu ses gestes. D'ailleurs, il avait pris sa nonchalance, cette allure irrésistible de celui qui a le temps, à qui les gens se livrent, et même se donnent, tant ils sentent qu'ils seront reçus avec bienveillance.

Au départ de Rome, leur compartiment était plein. Cela obligea Enrico à garder ses récriminations pour lui. Il tint bon jusqu'à Bologne, passant son temps à croiser et décroiser les jambes, à sortir fumer dans le couloir d'où il revenait encore plus nerveux qu'avant, en faisant chaque fois coulisser la porte du compartiment d'un geste brusque.

Cette agitation procurait à Vera un plaisir méchant. A peine elle sentait sur elle les yeux d'Enrico qu'elle baissait les paupières et prenait un air serein.

Au départ de Bologne, Enrico lui lança d'un ton sec :

— Par avion, nous serions déjà arrivés !

Au même moment un employé du wagon-restaurant emprunta le couloir du compartiment en agitant une clochette :

— Premier service ! Premier service !

Enrico se leva :

— Tu viens ?

Bien sûr que non. Rien à cet instant ne pouvait lui faire plus plaisir que de voir Enrico s'éloigner. Et puis elle n'avait pas faim. Du reste, elle n'avait jamais faim. Combien de kilos avait-elle perdus ? Dix. Douze. Quinze. La question ne l'intéressait pas.

— Comme tu veux ! lança Enrico.

Il se leva d'un mouvement brusque et se rendit au wagon-restaurant à grandes enjambées.

Quatre ans plus tôt sur ce même parcours elle avait eu une discussion avec Lorenzo, à peine quelques mots. Ils étaient en route pour San Remo et Vera insistait pour qu'il apprenne à nager. L'année précédente, il n'avait pratiquement pas mis le pied à l'eau. Le motif était que précisément il ne savait pas nager et devait s'aider d'une grosse bouée noire. Bien sûr il avait honte.

C'était juste après que le train eut passé Bologne. De but en blanc elle lui avait lancé :

— Cette année, tu apprends à nager, d'accord ?

— Avec ces bouées, j'ai l'air d'un bébé.

Elle aurait dû lui répondre : "Raison de plus pour apprendre." Mais elle n'avait rien dit. En définitive, l'idée qu'il ne sache pas nager lui plaisait. Elle aimait infiniment sentir qu'il dépendait d'elle.

A son retour du wagon-restaurant, Enrico lui lança :

— Elle aurait pu trouver quelqu'un d'autre !

Elle, c'était Elena, son amie d'enfance. Depuis cinq ans, elle habitait Lutry, près de Lausanne, où son mari Arturo enseignait l'histoire de l'art. Elena donnait des cours d'italien à l'Institut Alderson, un internat chic qui hébergeait une soixantaine de garçons venus des quatre coins du monde.

En avril, Elena lui avait annoncé qu'elle passerait le trimestre d'automne à Londres.

Arturo a été invité au Royal College of Arts, à Londres, pour le trimestre d'automne. J'ai décidé de le suivre. Comment dire non ?

Mais il faudra que je trouve une bonne âme qui acceptera de me remplacer sans chercher à s'incruster !

Vera s'était proposée.

A Milan où le train restait en gare trente-cinq minutes, elle prétexta une course à la pharmacie.

— Je viens aussi, dit Enrico.

— Tu oublies nos bagages, fit Vera.

Il lui proposa d'y aller à sa place.

— Je dois parler au pharmacien, lui répondit sèchement Vera.

Elle n'avait rien à acheter. Elle voulait respirer.

Lorsque le train quitta Milan, ils se retrouvèrent seuls dans le compartiment. Elle s'étendit sur les trois places de la banquette et feignit de dormir. Deux heures passèrent, durant lesquelles elle entendit Enrico s'agiter sans cesse. Il ouvrait le *Corriere della sera*, en tournait les pages avec nervosité, pliait et dépliait le journal, allumait une cigarette, quittait le compartiment, arpentait le corridor, revenait, ouvrait et fermait la porte à glissière avec brusquerie, dépliait à nouveau son journal, et ainsi de suite. Mais cette agitation ne procura pas à Vera la satisfaction mesquine qu'elle avait ressentie en début de voyage. Elle était ailleurs. A l'Institut Alderson, entourée d'une nuée de garçons.

Enrico avait raison. Ce voyage était une folie.

A six heures de l'après-midi, le train arriva à Domodossola. "Un quart d'heure d'arrêt", lança un haut-parleur. Vera s'étira pendant qu'Enrico faisait coulisser la fenêtre. Elle entendit la voix d'un vendeur ambulant lancer des arpèges à tue-tête : *Gelati Mottaàààà.*

Des voix l'interpellèrent.

— Il n'a plus que des Maxibon et des Coppa del Nonno, fit Enrico, tu veux quelque chose ?

— Rien.

— Tu es sûre ?

— J'ai la migraine. Je vais faire deux pas sur le quai.

Entre Domodossola et Iselle, l'air était enfin frais. Vera prit ce prétexte pour laisser la fenêtre ouverte, et le bruit des roues rendit toute conversation impossible.

Mais le vacarme devint tel lorsque le train pénétra le tunnel du Simplon qu'Enrico ne tint plus. Il remonta la vitre, regarda Vera et répéta sur un ton excédé :

— Tu te rends compte que ce séjour va tuer notre couple ?

Il pense à notre couple, se dit Vera. Mais de quoi parle-t-il ?

A Lausanne, à peine avaient-ils pris place dans le taxi qu'Enrico tourna la tête vers elle et lui caressa la main, dans l'attente d'une complicité. Vera ne broncha pas. Il approcha alors la bouche de son oreille et chuchota :

— Ce soir, faisons l'amour.

Après quelques secondes, il ajouta :

— S'il te plaît.

Cela faisait plus de deux ans qu'ils n'avaient pas fait l'amour. Elle n'avait plus de corps. Plus de règles. Plus de vie. Qu'est-ce que tu racontes, mon Enrico ? Dans quel monde vis-tu ?

Elle ne répondit pas.

A Lutry, l'appartement d'Elena lui flanqua le cafard. Son amie le lui avait décrit comme un endroit charmant et authentique. En réalité, c'était un duplex biscornu qui avait été aménagé à l'économie dans une vieille bâtisse qui sentait la lie de vin et dans lequel on entrait par la chambre à coucher. De là, un escalier en colimaçon menait à une pièce étroite et longue qui faisait office de salon. Le lieu était inconfortable, mal éclairé, et horriblement chaud.

Enrico proposa de sortir dîner, et Vera accepta avec précipitation, tant elle voulait retarder le moment de se retrouver couchée à son côté. Enrico prit son acquiescement pour un changement d'attitude et lui sourit d'un air satisfait.

Au moins demain il part, se dit Vera.

Du 14, Grand'Rue où se trouvait l'appartement, une ruelle menait au quai où un seul restaurant était encore ouvert. Le repas se passa dans un silence triste. Mais, au moment où ils s'apprêtaient à partir, Enrico reprit sa rengaine. Ce n'était pas à lui qu'il pensait, mais à elle. A son bonheur. Quelle folie d'aller s'enterrer dans cet institut…

Elle le laissa parler.

6

Samedi 5 septembre 1959.

Irène ne trouva pas Mme Roduit à l'épicerie, remonta chez elle et choisit dans la hâte une porcelaine de Nyon (une théière magnifique du XIXe). Elle l'apporta chez Rossier, un antiquaire raffiné du Cheneau-de-Bourg, et choisit de consigner la pièce. Elle aurait pu la vendre et en tirer six cents francs. Au bas mot ! Mais elle avait décidé de jouer sagement, par petites mises sur les couleurs, et deux cents francs lui suffiraient.

A dix-neuf heures, la table de roulette à cinq francs était déjà bondée. Irène se promit de garder la tête froide. La veille, sa légèreté lui avait coûté cher. Elle devait jouer la patience. Méthode du quitte ou double, ennuyeuse mais prudente, et surtout efficace. Il fallait qu'elle reparte avec cinq cents francs. Deux mois de loyer.

Au moment où elle s'approcha de la table, deux jeunes gens discutaient d'un film. Le temps qu'elle s'éloigne, le mot “Boche” avait été prononcé quatre ou cinq fois.

Craché comme une saleté, le mot revenait partout. Boche. Les Boches. Un Boche. Boche, c'est-à-dire vulgaire, gros, gras, méchant, bête. Et perdant. Personne ne pouvait dire sale youpin en public. Mais sale Boche, c'était presque encouragé.

A l'Institut, ça n'était pas mieux. Les lundis, selon le film que les élèves avaient vu le dimanche, c'était Boche à chaque coin de phrase.

Elle avait épousé un Allemand. Pas un Boche. Un homme distingué, d'une intelligence éblouissante. Un spécialiste des transformations conformes, un domaine à la pointe des mathématiques. Essentiel pour le calcul du fuselage des V2. Son mari avait travaillé pour les nazis, bon. Et alors ? Les savants américains qui s'étaient occupés du projet Manhattan, les Oppenheimer, Teller et compagnie, on ne leur reprochait pas d'être des spécialistes en physique atomique ! Leurs bombes avaient rasé Hiroshima et Nagasaki, tué des milliers de gens en les faisant griller comme des poulets, mais eux étaient considérés comme des héros. Pour une seule raison : ils avaient gagné la guerre.

Les ailettes... C'était le point faible des V2. Un meilleur calcul et tout aurait basculé. Tout. Déjà en quarante... Une démonstration de force et l'Allemagne aurait gagné.

Sur le moment, elle avait eu envie de hurler aux deux jeunes gens : "Espèces d'idiots, vous savez de quoi vous parlez ? Vous les connaissez, les Allemands ? Pas les gros lards d'Américains qui jouent les Allemands au cinéma. Les vrais Allemands ! Comme Karl ! Des gens mille fois plus brillants et raffinés que vous, sales cons que vous êtes !" Voilà ce qu'elle aurait voulu leur crier.

Mais qui l'aurait soutenue ? La foule du casino l'aurait huée.

Elle devait rafler cinq cents francs. Elle s'approcha de la même table, vit que les deux jeunes gens y étaient encore, se plaça loin d'eux, et lança un jeton au croupier :

— Cinq sur le rouge.

7

Samedi 5 septembre 1959.

— Tu me masses ?

Mme Alderson avait parlé d'une voix étouffée, le visage dans l'oreiller, la chemise de nuit remontée jusqu'à la taille.

Etendue à côté de sa sœur, Gisèle se mit sur le côté et la regarda.

Qu'est-ce que sa sœur courait vite quand elle était enfant ! On aurait dit qu'elle pouvait faire bouger ses petites jambes à la vitesse qu'elle voulait ! Et, en plus, dure à l'effort... Le petit corps était alors vigoureux. Gracieux, même. Jusqu'à la maladie.

Tuberculose à dix-neuf ans. Tuberculose tertiaire à trente-trois. Déformation osseuse de la colonne et des côtes. Une bosse s'était mise à pousser. Maintenant, ses jambes étaient rachitiques. Des jambes d'enfant, minuscules, tordues bizarrement, fortes aux chevilles, enflées aux genoux et maigres ailleurs, couvertes d'une peau jaunâtre marquée de ridules qui lui donnaient des allures de peau de serpent.

Le fessier était si petit et plat que les cuisses continuaient presque jusqu'à la taille, qu'elle avait large et grasse.

— On y va, fit Gisèle.

Elle retroussa la chemise de nuit aux épaules.

Le petit dos était carré. La peau, très blanche, faisait tant de replis qu'elle avait l'air de s'être détachée du corps. Sur le côté gauche, au niveau de l'omoplate, une bosse haute de trois ou quatre centimètres s'étalait sur une surface large comme une soucoupe.

— Tout ira bien, fit Gisèle. Calme-toi.

— Tu es douce, dit sa sœur, à nouveau d'une voix inaudible.

— Tout ira bien, répéta Gisèle.

Elle était aux anges de pouvoir la rassurer :

— Tu verras, les choses vont s'arranger. Tu sais toujours y faire.

Elle saisit un petit flacon qui était posé sur la commode, fit couler quelques gouttes d'huile au creux de sa main gauche, l'étala sur les paumes et s'assit à califourchon sur sa sœur.

Elle commença par le bas du dos, qu'elle massa avec douceur durant plusieurs minutes. Elle répartissait l'huile de part et d'autre du petit corps et glissait chaque fois la main jusqu'en dessous, vers le ventre qu'elle sentait flasque sous son geste.

— Merci, fit sa sœur.
— Détends-toi, fit Gisèle. J'aime te masser.

Elles avaient grandi à Bettens, un village du Gros-de-Vaud, liées comme on ne peut l'être qu'à la campagne. Mêmes classes. Mêmes travaux de ferme. Même école du dimanche. Même lit.

Selon son habitude, Gisèle commença par les fesses. Ses mains entamaient chaque mouvement l'une près de l'autre. Elles descendaient le long du sillon, s'éloignaient à l'horizontale au bas du fessier (même s'il ne se distinguait pas clairement du haut des petites cuisses), décrivaient un cercle, remontaient le long des hanches, se rapprochaient l'une de l'autre et se retrouvaient au haut du sillon. Gisèle répéta ce mouvement une vingtaine de fois, après quoi elle se décala plus bas sur les jambes de sa sœur, versa à nouveau quelques gouttes d'huile sur ses paumes et posa ses mains sur le bas des cuisses, juste au-dessus du genou. Elle entama alors une série de va-et-vient vigoureux, puis fit de même sur le bas des jambes, en prenant soin de serrer les chevilles à chaque descente, ce qui provoquait chez sa sœur un grognement de soulagement presque continu.

Selon leur rituel, elle annonça l'abandon des chevilles, pour prévenir la déception :

— Allez, on passe au dos.

Elle commença à la nuque, pressant fort les pouces en mouvements lents et appuyés, puis continua le long de la colonne vertébrale, usant cette fois des deux mains. Enfin elle s'occupa de la bosse.

Elle l'entourait de ses doigts qu'elle s'appliquait à faire glisser autour de la protubérance. De temps en temps elle passait les doigts sur la bosse elle-même, très doucement, comme une caresse.

— Tu veux plus ? demanda Gisèle.

Pour toute réponse, sa sœur se mit sur le dos, et Gisèle entreprit de lui masser le thorax. Elle avait des seins à peine marqués dont les aréoles, minuscules et basses, faisaient penser à celles d'un petit animal. Gisèle lui massa la poitrine sur toute sa surface. Elle descendait de haut en bas le long du sternum, puis remontait systématiquement, tantôt au milieu du thorax en passant sur les petites aréoles, tantôt le long des côtes qu'elle sentait sous la peau lâche qui les recouvrait.

Après quoi elle reprit de l'huile et lui massa le ventre, jusqu'en bas, lentement. Elle s'y appliqua, soucieuse de faire plaisir, sachant combien sa sœur aimait qu'elle la masse là.

Sa sœur grogna, sourit et posa ses mains sur la poitrine de Gisèle. C'était une poitrine pleine, forte, qu'elle serra légèrement avant de retirer les mains.

— Tu veux plus bas ? demanda Gisèle.

— Pas ce matin. Merci.

Après quoi Mme Alderson attira sa sœur vers elle et l'embrassa. Gisèle se détacha en premier :

— Tout va bien marcher, tu verras.

Elle posa les yeux sur le corps de sa sœur. A cinquante-neuf ans, elle en paraissait quinze de plus.

Gisèle lui passa la main sur le front :

— Allez, petite Abeille, c'est l'heure.

Chez les filles scouts où elles étaient entrées pour leurs douze ans, Gisèle avait été baptisée Cigogne Placide, et sa sœur Abeille Charmeuse. Maintenant, se dit Gisèle, on l'aurait appelée Insecte Cabossé.

8

Samedi 5 septembre 1959.

Vera cherchait à temporiser. Pendant qu'Enrico se déshabillait, elle se mit à ranger ses affaires avec un soin exagéré. Mais elle avait peu d'habits et cela lui prit quelques minutes à peine.

Elle eut alors l'idée de se faire couler un bain. Enrico pourrait entre-temps s'endormir. Mais après s'être savonnée tout entière, elle se traita d'idiote. Enrico devait être en train de se dire que c'était un prélude à l'amour.

Dans la seconde qui suivit, elle quitta le bain, se sécha très vite, éteignit la lampe de chevet et se mit au lit.

Enrico lui posa la main sur le ventre, colla sa bouche à son oreille, et chuchota : "Aide-moi."

L'aveu ne fit qu'accroître l'irritation de Vera. Enrico n'avait aucune envie de faire l'amour. Il voulait faire l'amour pour pouvoir se dire qu'il lui avait fait l'amour. Pour jouer les amants.

Autant en finir. Elle le caressa durant deux ou trois minutes, au bout desquelles son érection était à peine marquée.

Elle s'assit sur le lit et prit son sexe en bouche. L'érection se fit un peu plus ferme, mais pas assez pour une pénétration. Elle se mit sur le dos et l'attira sur elle. Il fallait en finir.

Enrico essaya de la pénétrer, son érection lâcha comme elle l'avait prévu et il éjacula contre sa cuisse.

Elle se détacha de lui, saisit un coin du drap et s'essuya l'intérieur de la cuisse.

Après quoi elle lui tourna le dos et attendit le sommeil.

9

Samedi 5 septembre 1959.

— Une pépite ! se dit Nadelmann, au comble de l'excitation. Une vraie pépite !

Il posa le recueil qu'il tenait en main sur ses genoux et en caressa la couverture du regard. *Franz Kafka – Briefe.* Lettres.

Il ferma les yeux, essaya de savourer sa découverte, mais cela lui fut impossible. L'excitation le reprit. Il rechercha fiévreusement le texte, en relut les premières lignes et hocha la tête. Incroyable ! La lettre avait pourtant été traduite cent fois ! Mais il y avait là, au beau milieu du premier paragraphe, un clin d'œil que personne n'avait encore relevé.

Elle était datée du 17 octobre 1910. Kafka venait à peine d'arriver à Paris avec son ami Max Brod qu'une furonculose aiguë l'obligeait à rentrer. Sa lettre, écrite durant le retour à Prague, racontait à Brod la rencontre qu'il venait de faire au Train Bleu, le restaurant de la gare de Lyon. Son voisin de table était Proust, qui allait à Fontainebleau faire des repérages pour *Jean Santeuil.* Kafka, qui bien sûr ne savait pas qui était Proust, faisait de leur échange une description charmante, sur laquelle beaucoup de critiques s'étaient arrêtés.

Mais le passage que Nadelmann venait de relire pour la quatrième fois de suite n'avait jamais attiré l'attention de personne. Il était prosaïque. Kafka y décrivait comment, au moment où le train quittait la gare, les oscillations du wagon avaient un effet sur ses furoncles. Elles déplaçaient les pansements, ce qui mettait les plaies à vif. L'expression de Kafka : *"Diese Kreuzungen sind mein Kreuz"*, "Ces croisements sont ma croix", en référence aux soubresauts du train lorsqu'il passait sur des croisements de rails, était suivie de *"Wenn ich so sagen darf"*, expression pour laquelle les traductions proposaient "Si j'ose m'exprimer ainsi" ou "Si on peut s'exprimer ainsi". Nadelmann comprit qu'il fallait traduire autrement. En disant *"Wenn ich so sagen darf"*, Kafka ne s'excusait pas d'un jeu de mots facile sur les croisements et la croix ! Non ! C'était tout autre chose qu'il voulait dire à son ami. Il voulait le provoquer ! A Kafka, on associe toujours la tristesse. C'est vrai qu'ils sont tristes, ses romans, se dit Nadelmann. Mais dans la vie, c'était un homme gai ! un farceur ! un charmeur ! Là, ce qu'il essayait de dire à Brod, c'était : "Tu vois, moi, juif iconoclaste, je compare ma douleur à celle du Christ sur la croix." Ce n'était pas la justesse des mots qu'il fallait traduire ! C'était l'incongruité de la métaphore elle-même ! Nadelmann comprit qu'il devait rendre le goût qu'avait Kafka de provoquer ! Il choisit de traduire *"Wenn ich so sagen darf"* par "Si une telle expression m'est autorisée".

Nadelmann jubilait. Traduction parfaite... Quoique... Il aurait aimé ajouter : "... sans risquer la guillotine". Ou mieux : "... sans me faire crucifier !" Mais ce serait pousser l'interprétation trop loin. Non. Il fallait qu'il en reste à "Si une telle expression m'est autorisée", point.

Dire qu'un quart d'heure plus tôt, il tombait de sommeil ! D'un coup, il se sentit plein d'énergie, prêt à en découdre avec la suite du texte.

Il alla faire bouillir de l'eau, hésita entre ses boîtes à infusion, et choisit celle qui contenait des fleurs de camomille. Tous ces derniers jours, il avait eu des poussées d'acidité. L'angoisse de la rentrée…

Il plaça une pincée de fleurs dans la théière, versa l'eau bouillante, prit une tasse de l'étagère, posa le tout sur un plateau et alla s'installer au salon.

Cette trouvaille le réjouissait infiniment. Bien sûr personne n'en saurait rien. Nadelmann traduisait Kafka sans le moindre projet d'être publié. Tout son projet n'était qu'une absurdité, il le savait. On ne traduit pas de sa langue. Enfin… Il n'en était pas à une absurdité près. A commencer par le choix de Kafka. Il avait déjà traduit tous les romans. Et pas si mal ! Son français parlé était quelquefois hésitant, mais à l'écrit il tenait la route.

Il se servit de la tisane et porta la tasse à ses lèvres. Il aimait sentir la petite brûlure du début. Il reposa sa tasse, ferma les yeux, et savoura l'instant. Quand avait-il attaqué la correspondance ? En janvier de l'année précédente. Après avoir passé dix ans à traduire les romans… Cela faisait donc dix-huit mois. Non. Dix-neuf. Vingt, même, s'il comptait tout janvier. Il en avait encore pour six ou huit mois. Peut-être neuf. Où en seraient les choses à l'Institut, d'ici là ? Ses pensées retournèrent à Kafka. Chacun de ses textes était parfait, à la fois surprenant et convaincant…

Pourtant, Nadelmann aurait préféré traduire Hölderlin. Le plus lyrique des poètes. Le plus allemand, aussi. Plus important que Schiller ou Heine. Mais c'était impossible.

Il replongea dans les événements du 25 mai 1937. Le jour où sa vie avait basculé. Pour une indiscrétion sans laquelle il serait sans doute resté à l'université. Ou il y serait retourné après la guerre. Il aurait fait partie de l'élite viennoise.

Chaque fois qu'il pensait à ce mardi 25 mai, la même question l'envahissait. A quoi cela tient-il, de passer du paradis à l'enfer ? A rien. A un mot qui ne lui était pas même adressé. A une méchanceté gratuite lancée pour épater la galerie, qu'il aurait dû ignorer.

Ce mardi de mai, les fenêtres de la salle de séminaire étaient restées ouvertes. Située au troisième étage, la salle était inondée d'une lumière magnifique. Nadelmann avait présenté un poème de Hölderlin, intitulé *Da ich ein Knabe war, Lorsque j'étais enfant*, un pur chef-d'œuvre. Le séminaire qui devait durer une heure avait débordé de vingt minutes. Tout le monde était resté. Nadelmann avait limité son commentaire à la première strophe :

Lorsque j'étais enfant,
Un Dieu souvent m'ôtait
Aux gronderies et corrections des hommes,
Là je jouais à loisir
Avec les fleurs des bois,
Et les brises du ciel
Etaient du jeu.

Il en avait fait une analyse à la lumière du mot de Nietzsche : “L'homme est un enfant caché qui veut jouer.”

Tout avait marché formidablement : sa présentation, la discussion qui avait suivi, les conclusions du professeur Schirlbauer, tout...

A quatre heures le même après-midi, Manfred Schwaab présentait son doctorat. Un garçon bizarre, ce Schwaab, doué comme pas possible... Il poursuivait en parallèle des études de lettres et une formation de percussionniste. A Nadelmann, la percussion ne disait rien. Mais la thèse de Schwaab était intitulée *Les Rythmes inattendus dans la poétique de Hölderlin.* Ecouter Hölderlin lu par Schwaab lui avait donné envie de danser. Schwaab en avait fait ressortir les tempos, les arrêts, les reprises...

Un garçon peu sympathique, ce Schwaab... Sans cesse dans l'intensité de quelque chose. Il considérait sans doute les gentillesses comme une perte de temps. En plus, il était laid...

Sa défense de thèse fut grandiose. Félicitations du jury, public conquis, réussite totale. Une fête avait été organisée dans la cour intérieure de l'université, sous les arcades qui bordaient le parc. Schwaab avait déplacé du beau monde. Son père, grand chirurgien, son professeur de percussion, soliste aux Wiener Philharmoniker, la belle Vienne... Schirlbauer avait parlé avec chaleur des deux exposés du jour et suggéré de faire du 25 mai le *Hölderlin-Tag.*

Nadelmann avait alors détourné la tête, pour cacher son émotion, et son regard était tombé sur la grande statue de pierre qui ornait la cour. Elle représentait une femme assise. A ses pieds, un serpent entourait le socle de tout son long. Sur le flanc de la statue étaient gravées des paroles en grec ancien que Nadelmann connaissait par cœur : "Du rêve jaillit la connaissance."

Nadelmann s'était alors dit qu'il était le garçon le plus chanceux du monde. Son université l'encourageait à rêver, il lisait Hölderlin, écoutait ses vers scandés de façon subtile et entraînante par un collègue percussionniste, il vivait les plaisirs de la ville la plus éclairée, la plus charmante, la plus douce du monde, parmi des gens dont on n'aurait trouvé l'équivalent nulle part ailleurs, des germanistes raffinés qui aimaient les douceurs et la vie. Des Viennois… Trois ans plus tôt, en 1934, une portion du Ring, celle qui bordait l'université, avait été débaptisée. Nadelmann l'avait toujours connue sous le nom de Franzensring. Elle était devenue le Dr. -Karl-Lueger-Ring, en mémoire du Premier ministre de la toute première république d'Autriche, et Nadelmann s'était dit ce jour-là que ce pays ne serait jamais fasciste. Qu'il ne pouvait organiquement se transformer en Etat totalitaire. Mon pays aime la valse, s'était-il dit, et les fascistes ne valsent pas.

Après la fête, épuisé par les émotions, il avait voulu boire un café et était monté à la *Mensa*, comme ils appelaient leur réfectoire. La salle était en L et avait sur sa gauche un recoin qu'on n'apercevait qu'après avoir franchi une dizaine de mètres. A l'instant où Nadelmann était entré dans la *Mensa*, il avait entendu la voix d'un de ses collègues. Elle venait du recoin. Le garçon, il le connaissait depuis dix ans. Ils avaient fait leurs études ensemble, leur doctorat en même temps. Pas un ami à proprement parler, mais quelqu'un qu'il considérait comme un homme de qualité. Schneebel… Walter Schneebel. Il avait lancé : “Je ne vois pas comment tous ces juifs peuvent aimer Hölderlin. A moins que Hölderlin n'ait écrit des poèmes en yiddish, quelqu'un est au courant ?” Sa tablée avait éclaté de rire.

Faire un commentaire de ce genre, en trente-sept, c'était avoir un succès garanti. Qui était assis à la table de Schwaab ? Nadelmann n'avait eu ni la force ni le courage de faire deux pas de plus pour le savoir. Il s'était figé, avait quitté la *Mensa* et s'était retrouvé quelques instants plus tard sur le Ring. Il faisait encore jour. C'était le moment de grande foule, l'heure à laquelle les employés quittaient leur travail et Nadelmann avait écouté avec une tristesse infinie les gens parler, s'interpeller, s'apostropher avec cet accent viennois dont beaucoup se moquent mais qui fait de l'allemand une langue sucrée.

En descendant le Kärtner-Ring, il était passé devant une boutique d'articles de maison réputée, Hugo Schmidt. Sur ses vitrines, pour une raison que Nadelmann n'avait pas cherché à comprendre, un slogan avait été peint à même le verre un grand nombre de fois, en toutes sortes de couleurs : *"Hier bin ich ein Mensch."* Ici je suis un homme. Le slogan l'avait foudroyé.

Il avait poursuivi son chemin jusqu'à la Pestalozzistrasse, où son père avait son atelier de bijouterie, et lui avait annoncé la décision qu'il venait de prendre. "Je vais quitter Vienne", lui avait-il dit. "Ne nous oublie pas", avait répondu son père sans le regarder. Il avait ajouté : "J'ai quelque chose à terminer, je te retrouve à dîner."

Face au nazisme, son père était démuni.

Nadelmann avait quitté Vienne pour l'Espagne. De là, il était parti pour le Mexique, puis pour les Etats-Unis, et s'était retrouvé dans le Montana, où Joseph Volk, un cousin de sa mère, s'était installé au début des années trente. Nadelmann aurait voulu enseigner sa langue, mais à qui ? Au Montana, l'allemand n'intéressait personne. Il fallait qu'il gagne sa vie, et l'oncle Joe lui offrit une place dans son restaurant. Quinze ans chez *Chicken in the Basket*, à servir des poulets grillés posés dans un panier rempli de frites grasses. Mariage, divorce. Le vide.

Il avait voulu retrouver sa langue. Dans sa beauté. Dans ses recoins. Qu'à nouveau elle lui ouvre les bras. Bien sûr, il y avait eu les camps, la guerre, les persécutions. Il y pensait sans cesse. Mais la langue allemande restait la langue allemande. Unique. Extraordinaire. Inégalable en finesse, en précision, en sa capacité de se déployer, de s'envoler, de planer... De tous ses poètes, Hölderlin était le plus lyrique. Le plus allemand.

Où que je sois en Europe, avait pensé Nadelmann, j'entendrai quelques notes qui s'échapperont de Vienne.

A Paris, à Bruxelles, il n'avait pas trouvé de poste. A Londres, l'allemand n'était pas à la mode.

Mais en Suisse l'allemand était obligatoire. Il avait été engagé par Georges Alderson. Et vite déçu. Le niveau était affligeant.

Quelques mois après être entré à l'Institut, un dimanche de désœuvrement, il avait décidé de traduire un grand écrivain allemand, pour retrouver sa langue, la reconquérir, comme on le fait d'un amour perdu.

Hölderlin. C'était Hölderlin qu'il devait traduire. Lui et aucun autre.

Il avait passé cette nuit-là dans l'agitation. De quel droit s'appropriait-il Hölderlin ? Qui était-il ?

Il n'avait qu'à s'occuper d'auteurs juifs ! de littérature dégénérée ! Il serait plus à son affaire…

L'antisémitisme… Ce n'était pas seulement subir l'insulte. C'était aussi un sentiment plus insidieux. L'angoisse lancinante d'avoir à la subir. D'être à deux doigts, à chaque instant, de recevoir la gifle… Même quand personne ne dit rien. Quand les gens ne font que sourire. Ou parler d'autre chose.

Nadelmann saisit sa tasse, les yeux dans le flou, but deux gorgées de camomille et alla se coucher.

10

Dimanche 6 septembre 1959.

— Tout ira bien, vous verrez, fit Mme Alderson. Elle n'en croyait pas un mot. Depuis vingt minutes que Mme D'Abundo était là, impossible de lui faire sortir un mot. Le mari répétait: “Oui, bien sûr” chaque trente secondes, mais elle, rien. Totalement absente. Une dépressive qui allait lui claquer dans les mains en plein trimestre, elle le voyait venir. S'en remettre à Elena Castelvecchio pour le choix de sa remplaçante, cela avait été d'une bêtise... Evidemment, celle-ci lui avait refilé sa meilleure copine.

Mme Alderson sentit l'irritation l'envahir. Comment est-ce que cette brave fille espérait tenir ses classes ? Enfin... L'heure n'était pas aux regrets.

— Où en étions-nous ? Oui, vous commencez chaque jour en troisième période, à dix heures et quart. Comme le café est à dix heures, j'imagine que vous aurez à cœur de venir... L'atmosphère est familiale, entre professeurs chacun se raconte, c'est un moment de partage...

A cet instant, une jeune fille en robe d'employée de maison entrouvrit la porte du Salon rose :

— Ils sont là, madame.

— Dites que j'arrive et appelez ma sœur.

Elle s'adressa à Vera :

— Teresina vient de votre beau pays, de Naples, n'est-ce pas, Teresina ?

— De Calabre, madame, répondit la jeune fille, l'air apeurée.

Elle avait dit : "De *Calabrie, madama.*"

— Mme D'Abundo vient de Rome, ajouta la directrice. Elle remplace Mme Castelvecchio.

Les traits de la jeune fille se détendirent. Elle fit une révérence et quitta la pièce.

Mme Alderson ajouta comme une confidence émerveillée :

— Mme Sarnoff ! Elle vient d'arriver…

Comme pour dire : "Nous ne sommes pas n'importe quelle école !"

— Enfin, la maman de Lenny, qui s'appelle maintenant Mme Kissick. Vous voyez qui est Gerald Sarnoff ?

Elle ne devait pas se faire de souci. L'Institut existait, il fonctionnait. Mme Kissick, c'était la grande clientèle. Et cette Mme D'Abundo… Dépressive, d'accord, mais quand même docteur ès lettres… L'Institut gardait son rang. Bien sûr que tout irait bien.

Sa question sur Sarnoff n'appelait pas de réponse, elle le savait. L'un des plus grands dramaturges…

— Son fils est ici depuis l'âge de sept ans, poursuivit Mme Alderson. C'est notre plus ancien interne. Brillant brillant ! Mais difficile…

Vera voyait bien que son séjour se solderait par un désastre. Comment ferait-elle pour donner des cours ? imposer une discipline ? exiger des efforts ? Tout cela était hors de sa portée. Le plus juste serait qu'elle prenne congé en s'excusant. C'était même la seule chose décente qu'elle pourrait faire. Et tant pis si Enrico en tirait une vanité infinie.

Elle se leva dans l'intention de s'expliquer lorsque la directrice la prit de vitesse :

— Vous prendrez vos repas à la salle à manger du haut. Cette semaine, les petits mangent en bas, dans la Grande Salle.

Vera la regardait d'un air battu, et la directrice prit cet abandon pour de l'incompréhension :

— Un système de rotation hebdomadaire. Les élèves alternent d'une salle à manger à l'autre et se décalent d'une table. Comme chaque table garde son professeur, ils ont ainsi un contact régulier avec tous les enseignants.

Vera ferma les yeux.

— C'est difficile, fit Mme Alderson, je comprends. Et en plus, je vous bouscule. Pardon...

Elle avait dit ces mots à voix basse, avec gravité. Elle posa la main sur le bras de Vera :

— Venez, je vais vous présenter.

Au moment où ils pénétrèrent dans le salon adjacent, une femme très brune quitta avec une lenteur étudiée le canapé sur lequel elle était assise. Elle était petite, très mince, et d'une grande élégance. A ses côtés, un jeune homme au nez busqué et aux cheveux noirs bouclés semblait attendre le moment de partir. Il avait la même beauté sombre que la femme, mais ses traits étaient plus épais.

— Lenny, tu te lèves s'il te plaît, fit sèchement Mme Alderson.

Le garçon obéit. Il était grand de taille.

— Et tu regardes les gens dans les yeux.

Le garçon leva la tête, regarda Vera, murmura un "Bonjour" de mauvaise grâce, omit de saluer Enrico et baissa à nouveau les yeux.

— Bon ! dit la directrice au garçon.

Puis elle regarda sa mère comme si elle la découvrait :

— Madame Kissick (elle détachait les syllabes : Ma-dame-Kis-sick), quelle *joie* de vous revoir ! Nous avons passé un mois d'août *très* studieux, surtout en géométrie descriptive, c'est un peu sa bête noire, me dit M. Berthier, mais tout s'est bien passé, n'est-ce pas Lenny ?

— Ça va..., fit le garçon.

— Vas-y, fit la directrice en s'efforçant de prendre un air détendu, dis-nous ce que tu as sur le cœur !

— La géométrie descriptive n'est pas ma bête noire...

— Eh bien ! A la bonne heure !

— C'est M. Berthier qui est la bête noire de la géométrie descriptive, murmura Lenny avec dédain.

Il ajouta à l'intention de sa mère :

— *He doesn't understand a thing...*

— Allons, allons, fit Mme Alderson, M. Berthier est un excellent professeur.

Remettre Lenny en place devant sa mère lui était difficile. Le garçon le savait et profitait de la situation. Elle aurait l'occasion de revenir sur cette impertinence.

— Mme Kissick arrive de San Francisco, fit-elle en s'adressant à Vera.

Sans attendre de réponse, elle enchaîna :

— Vous êtes descendue au Beau-Rivage Palace, je crois ? Permettez que je vous présente M. et Mme D'Abundo, qui reprend pour quatre mois l'enseignement de l'italien.

— Yvonne Kissick.

Elle avait une intonation vulgaire, qui surprenait.

Mme Alderson avait retrouvé tout son immense sourire :

— Lenny sera dans la classe de Mme D'Abundo. L'Institut a beaucoup de chance de pouvoir compter sur la collaboration d'un professeur d'université…

— Je ne suis que chargée de cours…

— Enfin, vous enseignez à l'université…

Mme Alderson était à nouveau contrariée.

— C'est une belle langue, l'italien, fit Mme Kissick. J'ai beaucoup tourné en Italie.

Gisèle entra à cet instant et tendit la main à Vera :

— Je suis Gisèle.

Son sourire était radieux.

— Ma sœur Gisèle, fit la directrice. Elle va vous faire visiter l'Institut. Vous me pardonnez ? On se voit tout à l'heure ? C'est promis ?

11

Dimanche 6 septembre 1959.

— Votre femme vous attend.
L'infirmière regardait Berthier en souriant.
— Et pour le traitement ?
— C'est confirmé ! Demain matin huit heures.

Jusque-là, les épisodes de mélancolie avaient été traités par des cures de sommeil. Mais les deux dernières n'avaient rien donné et les médecins avaient décidé de tenter les électrochocs.

— Je ne pourrai pas être présent, fit Berthier. C'est le premier jour du trimestre, j'enseigne jusqu'à midi…

— Ne vous en faites pas, répondit l'infirmière. De nos jours, c'est de la routine.

— Je peux être là vers deux heures.

— Elle sera reposée pour vous accueillir. Tout ira bien.

Berthier hésita, puis finalement ajouta :

— Et vous pensez que…

— Le docteur vous l'a dit, il y aura un peu de perte de mémoire au début, et puis les choses se mettront en place. Soyez tranquille.

Juillet et la première moitié d'août s'étaient bien passés. Mais l'approche de la rentrée scolaire et la perspective de se retrouver seule à la maison avaient replongé Mme Berthier dans la dépression. Le Serpasil ne lui faisait plus aucun effet. Depuis quinze jours, les crises de mélancolie s'étaient multipliées.

Berthier continuait de regarder l'infirmière, l'air désemparé.

— Pour les convulsions ? Elle ne risque pas…

— Mais non, je vous l'ai dit ! Allez ! Elle vous attend !

Berthier repéra sa femme dans le grand dortoir, vit qu'elle dormait et s'assit près d'elle.

Quarante-trois ans. Elle en paraissait soixante-dix. Voilà à quoi ça l'avait mené, de vouloir "sortir son pays du merdier".

Un quart d'heure plus tard, elle ouvrit les yeux et le fixa du regard.

Berthier se leva et approcha son visage du sien :

— Ça va ?

Elle ferma les paupières.

— Tu sais que je ne serai pas là demain matin ?

Elle fit oui de la tête puis à nouveau ferma les paupières.

— Je viendrai en début d'après-midi.

Elle ouvrit les yeux, le regarda quelques secondes puis chuchota :

— Rentre voir les garçons.

Il lui caressa les cheveux et partit.

*

Chaque visite que faisait Berthier à l'hôpital psychiatrique de Cery le replongeait dans l'amertume.

Treize ans plus tôt, en quittant la prison de Grasse, il n'était rien ni personne. Trois ans d'indignité nationale et quatre mois de réclusion criminelle. Exclu de l'enseignement. Exclu du droit de vote. Exclu de la fonction publique. Voilà ce qu'avait fait la Libération, pour Berthier. Elle l'avait oblitéré.

Maintenant, c'était au tour de sa femme.

12

Dimanche 6 septembre 1959.

— Le hangar à bateaux ! fit Gisèle.

Devant le bâtiment plat se trouvait un ponton métallique long d'une dizaine de mètres, sur lequel une pancarte indiquait en lettres majuscules :

INSTITUT ALDERSON – PRIVÉ

Gisèle s'engagea sur le ponton jusqu'à son extrémité, se retourna et fit signe à Enrico et Vera de la rejoindre :

— Regardez !

Sur la façade du hangar, la devise de l'école, *Tu deviendras*, était peinte en rouge vif, à même la maçonnerie. Au-dessous, en immenses lettres, rouges elles aussi, visibles depuis le lac à des kilomètres, éclatait l'inscription :

INSTITUT ALDERSON

Elle aurait pu faire tant de choses à l'Institut… Elle en connaissait chaque détail ! Et puis elle savait y faire avec les parents, peut-être même un peu trop. Elle sentait bien que ça froissait sa sœur, qui était rigide, parfois même dure…

— C'est dans ce bâtiment que sont entreposées nos six yoles, reprit Gisèle. De mars à septembre, les entraînements d'aviron se font tôt le matin…

— C'est un sport magnifique, dit Enrico. Les garçons font aussi du skiff ? J'en faisais, à Rome, du temps de mes études, j'avais même…

— Vous vous y connaissez, je vois ! fit Gisèle.

C'est plus fort que lui, pensa Vera. Il faut qu'il se mette en avant.

— La yole est le sport où l'Institut remporte le plus de compétitions, fit Gisèle. Lorsque mon beau-frère a fondé l'Institut, il s'est inspiré du modèle anglais. La yole est restée une sorte de tradition…

— A huit ? demanda Enrico.

— Quelle intuition ! Le premier bateau de l'Institut était un huit avec barreur ! Mais pour organiser les compétitions entre internats, il fallait que nous tombions d'accord sur un type de yole. Maintenant, tous nos bateaux sont des quatre avec barreur.

Enrico était content :

— Et les autres sports ? Ma femme a fait du demi-fond durant ses années de lycée, elle était très bonne !

Qui est-ce que ça peut intéresser, se dit Vera, que j'aie fait du demi-fond au lycée ?

— Je vois que ma sœur n'a pas eu le temps de vous raconter…

Gisèle savourait l'opportunité :

— Mon beau-frère savait inculquer aux élèves le sens du dépassement… Les activités sportives commencent dès le matin. Réveil à sept heures moins dix très exactement. Les garçons défont leur lit, et sans traîner, croyez-moi ! Après quoi ils retournent leur matelas, pour qu'il respire, vous voyez, et puis…

Vera l'interrompit :

— Et les tout-petits ?

— Comme les autres ! Ils doivent un peu se battre contre leur matelas, c'est vrai. Mais ils finissent par le retourner (elle eut un sourire étrange, comme si ces difficultés la réjouissaient), après quoi tout le monde court aux vestiaires se mettre en tenue de sport, et vite, car à sept heures moins deux ou trois, ils sont tous dehors…

— Et s'il fait mauvais ?

— Par tous les temps ! (Elle sourit à nouveau.) Ils courent jusqu'au terrain de football par la Grand'Rue et retournent par les quais. Un kilomètre. Après quoi ils passent sous la douche par groupes de sept, trente secondes, montent s'habiller, et à sept heures vingt précises tout le monde est au petit-déjeuner.

— Et ceux qui font de l'aviron ? demanda Enrico.

— Les entraînements débutent à six heures. Après l'aviron, ils font la course comme les autres. Et les après-midi, deux heures de sport obligatoires pour tous. Football ou basket, ils peuvent choisir. Pour ceux qui veulent faire du tennis, c'est en fin de journée, en plus du reste.

Vera se mit à pleurer. Elle n'en pouvait plus d'entendre parler de contraintes, de courses, de sports, d'enfants qui se dépêchent, s'essoufflent, se bousculent.

Enrico, qui regardait en direction du lac, ne le remarqua pas. Gisèle glissa à Vera :

— S'il y a quoi que ce soit, je suis là, n'est-ce pas ? Vous n'hésiterez pas ?

— Je voudrais rentrer, fit Vera.

Enrico se tourna vers sa femme et lança :

— Pour l'amour du ciel, qu'est-ce que nous faisons ici ?

— On va vite voir quelques classes, s'empressa de dire Gisèle.

Ce n'était pas le moment que le couple reparte à Rome. Sa sœur avait déjà son lot de problèmes.

Il fallait qu'elle rattrape la situation. Elle leur parlerait de la fête de Noël.

Ils remontèrent en silence jusqu'au bâtiment principal, où elle leur proposa d'entrer par l'office :

— C'est ici que vous retrouverez vos collègues pour le café de dix heures.

Le lieu formait une sorte de passage qui débouchait à la fois sur la cuisine, un local d'économat et un long couloir. Il était meublé d'une grande table carrée recouverte de toile cirée :

— Tout se passe autour de cette table, reprit Gisèle. Chacun est debout, on se sert un café, on bavarde... Vous verrez, c'est sympathique.

— Vous y serez aussi ?

Elle baissa les yeux :

— J'y ai participé durant des années... Mais, à la mort de mon beau-frère, ma sœur et moi avons décidé que je n'y participerais plus. Avec la lingerie, l'étage des petits, l'infirmerie, cela me faisait trop... Venez, je vous montre les classes du bas.

Ils empruntèrent un couloir qui faisait toute la longueur du bâtiment et terminait en surplomb d'une immense pièce.

— La Grande Salle, fit Gisèle.

A leur droite, une salle de classe, surélevée elle aussi par rapport à la Grande Salle, en était séparée par une paroi vitrée :

— La salle de mathématiques, dont la paroi est amovible. On l'utilise comme scène de théâtre. La Grande Salle se transforme alors en parterre. Vous aimez le théâtre ?

Elle s'était adressée à Vera, mais ce fut Enrico qui répondit :

— Ma femme en a beaucoup fait à Rome, au département de français.

Maintenant ils étaient dans le long couloir des sous-sols, entourés des garçons qui rentraient de vacances. Le regard à terre, Vera n'écoutait pas.

— Vraiment ? reprit Gisèle, soudain très intéressée. Ici, la pièce de Noël, c'est l'événement de l'année... Notre professeur de français, Mlle Perret, celle qui a la charge de la pièce, depuis, ma foi... depuis toujours... Pauvre Anita... Elle vient d'avoir une attaque. Côté gauche tout paralysé...

Ils montèrent aux étages. Partout des garçons qui se bousculaient, s'interpellaient, grimpaient ou dévalaient les escaliers. Ils dégageaient tous une énergie impressionnante et leurs va-et-vient brusques entrecoupés d'exclamations créaient un brouhaha indescriptible. Lorsque certains élèves s'arrêtaient pour saluer Gisèle, ils marquaient à peine une pause, tendaient la main, disaient : "Bonjour tante Gisèle", et dans la seconde qui suivait ils étaient ailleurs.

— Ah ! tante Gisèle !

C'était une maman d'élève qui aidait son fils à ranger son armoire. Gisèle fit les présentations :

— Mme Dassesse, de Bruxelles.

La dame appela :

— Johnny ! Tu as dit bonjour à tante Gisèle ?

Celle-ci était aux anges. Mme D'Abundo et son mari pouvaient constater à quel point les parents comptaient sur elle pour les remplacer.

Un enfant de sept ou huit ans s'approcha de Gisèle et lui donna l'accolade.

— Présente-toi à monsieur et madame, fit Gisèle.

— Johnny Dassesse, fit le petit garçon, l'air très sérieux.

Il tendit la main, d'abord à Vera, puis à Enrico, et disparut dans l'une des chambres.

— Ça sent les vacances ! lança Gisèle en faisant un clin d'œil à la mère de l'enfant. Ils ont encore des manières…

La maman rit, et Gisèle savoura l'instant de complicité. Est-ce que sa sœur savait combien les parents l'appréciaient ? combien ils se sentaient en confiance avec elle ? Elle resta dans l'attente d'un compliment des D'Abundo. Il n'arriva pas. Après quelques secondes elle n'y tint plus :

— Tout le monde m'appelle comme ça. Tante Gisèle. Je m'occupe des petits, de l'infirmerie, du linge… Un peu comme à la maison… C'est M. Alderson qui avait eu cette idée, à la création de l'Institut. Je remplace la famille, plus avec les petits qu'avec les grands, forcément. Pour les parents, se séparer d'un tout-petit, ce n'est pas facile. Alors ils comptent sur moi, c'est normal…

Elle les conduisit aux chambres :

— Les moyens et les grands sont au premier, les petits dans la tour, au deuxième, là où se trouvent l'infirmerie, la lingerie ainsi que l'appartement que j'occupe avec ma sœur.

Partout dans les étages des garçons s'installaient, se retrouvaient, se découvraient :

— Tu viens d'où ?

— Tu parles quelle langue ?

— T'es là ? Tu ne devais pas rentrer au Liban ?

Vera eut un vertige et s'agrippa à la manche d'Enrico. Il prit son geste pour de l'affection :

— Tu veux qu'on rentre ?

Tout cela n'avait aucun sens.

13

Dimanche 6 septembre 1959.

A Saint-François, Berthier quitta le tram et décida de poursuivre à pied jusqu'à Paudex. La marche l'aiderait à se calmer.

Son seul propos avait été de servir son pays. Comme l'avaient fait ses parents. Pour eux, ce qui touchait à la France relevait du sacré. A Hanoï, où ils enseignaient et où il était né, puis à Phnom Penh, où son père avait été nommé proviseur, Berthier avait porté sa nationalité avec une fierté maîtrisée. Etre français, c'était être responsable.

A seize ans il avait quitté l'Indochine pour la métropole. Le pays qu'il avait découvert à son arrivée l'avait déçu. La France lui parut futile, oublieuse de ses valeurs. Il s'était alors engagé à gauche et avait milité à la SFIO.

La débâcle de 1940 avait jeté la France dans la honte. Il fallait la "sortir du merdier". Mais comment y arriver en militant à gauche ? Il s'était dit que son devoir était de prendre en compte la réalité. Elle avait un nom : l'Allemagne.

Avec le RNP, il avait été certain de faire le bon choix. Le mouvement était pro-allemand. Forcément. A l'époque, ils l'étaient tous. Au moins, le RNP était de gauche. Et il annonçait son appartenance sans rougir. *Rassemblement national*, parce qu'ils étaient français avant tout, que cela passait au-dessus de toutes les fractures, et *populaire*, parce qu'ils représentaient le progrès. Rassemblement populaire, ce n'était qu'une autre façon de dire "Front populaire". En plus, le mouvement était affilié à la SFIE, Section française de l'Internationale européenne. Entre SFIE et SFIO, la parenté était affichée. Indiscutable !

Le PPF aussi se voulait "populaire". Mais, avec Doriot, le populaire, c'était une farce. Tandis qu'eux, Déat, Fontenoy... Tiens, lui, c'était un ancien communiste. Qu'est-ce qu'on voulait de plus ? Et Albertini, le secrétaire général ? Un ancien des Jeunesses socialistes ! Et Levillain ? Ancien de la SFIO ! Et Barbé, qui venait du PCF ? Et Dumoulin, un cégétiste !

Il se souvint de l'atmosphère, salle Wagram. Déat avait été exceptionnel. Eloquent, clair, intransigeant. "La France, c'est aussi les Français", avait-il martelé. La salle avait hurlé. Et pour ça on l'avait mis au cachot. Lui, Berthier. Pour avoir soutenu un homme qui disait que la France, c'était aussi les Français.

Au moment où il attaqua l'avenue de Rumine, Berthier était au comble du dépit. C'est vrai qu'au RNP, ils étaient antisémites. Mais pas plus que ça ! Ils l'étaient normalement, comme auraient dû l'être tous les Français. En tout cas les vrais Français. Parce que c'était ça, le problème, avec les juifs. Ou bien ils restaient déguisés avec leurs calottes et leurs redingotes, et là, franchement, on se demandait ce qu'ils étaient venus chercher en France, ils n'avaient qu'à retourner chez eux, en Pologne ou en Roumanie, ou alors ils se fondaient dans la foule, et du coup on les prenait pour de vrais Français. Ce qu'ils n'étaient pas ! Au fond, ils voulaient passer pour français tout en refusant de l'être. Pour finir, on ne savait jamais à quel bord ils appartenaient. Et sans cesse à se fréquenter, à se réunir... Comment avoir confiance en des gens pareils ?

Lui, Berthier, s'appuyait sur un raisonnement inattaquable. En cinq points. Un : je suis patriote. Deux : les juifs sont des Sémites. Trois : les Sémites ne sont pas des Français mais veulent passer pour des Français. Quatre : ils constituent un corps étranger et sournois. Donc cinq : je suis antisémite.

Restait la question de savoir s'il devait être contre tout ce qui n'était pas français. Il répondait, en lui-même : Non ! Mais les étrangers qui viennent en France pour contrôler mon pays, je n'en veux pas ! Point final ! On avait beau tourner autour du pot, l'antisémitisme, ce n'était rien d'autre que ça. La défense de la France. Ces gens n'avaient qu'à retourner d'où ils venaient.

Evidemment, à la découverte des camps, tout le monde avait voulu jouer au gentil... faire la chasse aux méchants... Et en avant pour une leçon de morale. Après coup, c'était facile ! Enfin...

Il s'était retrouvé dans l'ignominie. L'indignité nationale, voilà ce qu'il avait récolté pour avoir voulu aider son pays. Quatre mois de prison à Grasse, l'exil en Suisse et une femme qui n'avait pas tenu le coup. Abonnée à la clinique psychiatrique. Et lui à faire l'andouille devant des gosses de riches incultes et arrogants.

Sans le RNP, il aurait eu sa place dans un des grands lycées, comme Janson-de-Sailly ou Louis-le-Grand, devant des garçons qui préparaient X ou Normale sup.

Il s'était fait couillonner sur toute la ligne.

14

Dimanche 6 septembre 1959.

La directrice était au Salon rose en compagnie d'un petit homme rond et roux, dont le visage ressemblait à celui d'une taupe.

A peine il aperçut Vera et son mari qu'il bondit sur ses courtes jambes et leur tendit la main :

— Bonjour, chère padame, cher ponsieur, bonjour !

Ils le regardèrent sans répondre, gênés par tant d'exubérance. L'homme restait debout, à se balancer sur la pointe des pieds. Malgré sa corpulence et son agitation, il émanait de lui quelque chose de léger.

— M. Gülgül s'occupe du sport et des cours de danse…

— Oui, oui, enchanté ! Il faudra venir !

Il avait une façon de parler enveloppante, appuyant sur chaque mot comme s'il voulait convaincre à tout prix, et roulait les *r* d'une façon étrange, un peu arabe, un peu américaine.

Il adorait parler :

— Mme Alderson m'a informé de votre arrivée, de tout ce que vous allez apporter à l'Institut, c'est formidable, nous avons la chance de vous avoir, vous verrez, c'est un institut de première première classe, vraiment, les élèves, les professeurs, si je peux dire, *yâni* (il eut un sourire et pencha la tête de côté, comme pour s'excuser), Mme Alderson, le souvenir de M. Alderson, vraiment nous avons tous beaucoup beaucoup de chance, vraiment, beaucoup beaucoup de chance.

Il s'arrêta, regarda Vera, lui sourit, inclina à nouveau la tête de côté et redémarra :

— Maintenant, c'est la saison du football. Le tennis, la yole, tout ça c'est pour le printemps. Le ski c'est pour décembre. Le basket, oui, c'est bien, mais vous savez, c'est venu avec la guerre, les Américains, *yâni*... Il n'y a pas de compétition, trop peu d'élèves qui jouent... Mais le football, le championnat commence dans dix jours, les matchs le samedi, finale en décembre. Et là... Cette année il faut vraiment qu'on fasse quelque chose...

Vera l'écoutait, l'air ébahie. Mme Alderson glissa en souriant :

— Nous organisons aussi des compétitions intellectuelles : mathématiques, physique, histoire, français, nous en reparlerons...

— Oui, bien sûr bien sûr bien sûr, reprit Gülgül, les compétitions intellectuelles, c'est important, mais je vous assure le football... Faire partie de l'équipe, c'est quelque chose... Et puis il y a les cours de danse...

Ils avaient lieu chaque mercredi soir de huit à neuf, dans la Grande Salle.

— Les garçons ont besoin de cavalières, alors comment on fait, demanda Gülgül, comment on fait ? On invite !

A chaque cours, une vingtaine de jeunes filles venaient d'un pensionnat situé sur les hauts de Lausanne. Une heure durant, Gülgül enseignait les pas qui se pratiquaient en société : valse viennoise ou anglaise, rumba, tango...

Il continuait de raconter ses cours de danse, porté par un mélange de vitalité et de naïveté :

— Vous serez toujours très très très cordialement bienvenue, vraiment, dit Gülgül, roulant les *r* à tout va. Mme Alderson assiste à tous les cours...

Vera se tourna vers la directrice :

— Peut-être plus tard...

— Mais oui ! lança Enrico.

— Bien sûr, fit Mme Alderson.

Elle ajouta à l'intention de Gülgül :

— Je dois encore voir cent choses avec Mme D'Abundo. Vous nous excusez, Moustafa ? Mille mercis.

Gülgül se leva. D'un coup sa bonne humeur s'était envolée. Il salua en vitesse et quitta le petit salon.

— Il vient de Turquie, fit Mme Alderson en souriant. Il est un peu susceptible... Bien qu'il ait quitté son pays il y a... mon Dieu... En fait, il est à l'Institut depuis son ouverture. C'est un garçon très attachant, vous verrez. Il était très lié à mon mari, ils faisaient ensemble beaucoup d'aviron, de tennis... du ski, aussi. C'est un sportif émérite, il a fait les Jeux olympiques ! Et puis il danse merveilleusement ! (Elle sourit.) Enfin...

Elle regarda Vera :

— La rentrée... Vous permettez que je vous abandonne à nouveau ?

15

Dimanche 6 septembre 1959.

L'Institut va fermer, se dit Gülgül. Il le sentait. Le matin, lorsque Mme Alderson lui avait annoncé le désistement de Marra, il avait bien vu qu'elle était inquiète. Très très très inquiète. Et M. Smith, le père d'Afonso ? Il lui avait lancé, sur le ton de la blague : "Alors, ce championnat, comment il s'annonce ?" Il devait être au courant, pour Marra et Albertelli. C'étaient deux bons attaquants. M. Smith n'y croyait plus, tout simplement.

Gülgül décida de faire le tour des classes, histoire de se rassurer au chahut des élèves. Le rez-de-chaussée comptait six salles et le sous-sol cinq autres. Il commença par le rez-de-chaussée. Il passa par chacune des classes et en ressentit chaque fois du réconfort. Les élèves l'aimaient bien, il le savait. Même si tous n'avaient pas pour lui la déférence qu'ils réservaient à McAlistair, le professeur d'anglais. Lui était craint. Gülgül était souvent moqué, il le sentait à la façon qu'avaient les élèves de l'interpeller. C'était "Coucou !" ou "Bon-jour, monsieur Gülgül…", dit avec emphase, ou encore "Mais c'est ce cher M. Gülgül !"

A leurs yeux, il était plus proche des Voulencors, les filles de cuisine, que des professeurs. Ça ne le gênait pas. Les cuisines, c'était là qu'il était né.

Il repéra cinq nouveaux élèves, trois au rez-de-chaussée et deux dans les classes du sous-sol. Il les salua tous avec chaleur : "Un nouvel élève ? Je suis M. Gülgül, professeur de sport et-de-danse !" Il souriait et sentait tout de suite que le contact était établi. Un Belge, deux Américains, un Vénézuélien et un Iranien. "Le football, vous aimez, n'est-ce pas ?" Ce fut oui chaque fois, sauf pour les deux Américains, bien sûr.

Il se sentit rassuré. L'Institut fonctionnait. D'ailleurs, c'était une école magnifique. Tout était offert à ces enfants. Des professeurs savants, une bonne nourriture, des sports. Et quels sports ! Football, basket, tennis, ski, hockey, yole... Et en plus des cours de danse. Uninstitut formidable. Ces enfants étaient éduqués comme des princes. Mieux que des princes.

Il ressentit du bien-être. Vraiment il avait beaucoup de chance.

Il poursuivit sa déambulation jusqu'au bout du long couloir qui traversait les sous-sols. Il aimait se retrouver dans les odeurs de cuisine, des salles d'eau et des latrines. A Dolmabahtché, il avait grandi dans ces odeurs.

Aux vestiaires il tomba sur Acedo, un Chilien qui jouait avant gauche. Il échangea quelques mots avec lui, puis avec deux élèves en train de ranger leur tenue de sport. Il se rendit ensuite à la Grande

Salle. Les cours de danse commençaient toujours le deuxième mercredi de la rentrée. Il allait offrir sa part à Mme Alderson. Elle ne lui avait rien demandé. Mais Nadelmann prenait le latin, Brunet l'histoire, McAlistair et Berthier mettaient à disposition leurs mercredis après-midi… Le moins qu'il puisse faire, c'était d'offrir la part qui lui revenait des leçons de danse. Une quinzaine d'élèves s'inscriraient. A dix francs par semaine et par élève, sa part se monterait à trois cents francs par mois. Trois mille par an. Il pourrait aussi offrir une heure de gymnastique chaque semaine. Il avait baptisé les cours qu'il donnait à Saint-François "gymnastique corrective". Il suffisait de prononcer ces mots et de dire : "Je trouve que votre fils se tient mal" pour que les parents inscrivent leur enfant. En groupe, c'était sept francs par heure et par élève. Sur l'année, cela lui rapporterait bien deux ou trois mille francs. Il en parlerait à Mme Alderson.

Trois mille plus trois mille, c'était le prix d'une yole neuve. Voilà ce qu'il dirait à Mme Alderson. Je m'occupe d'une des deux yoles qui prennent l'eau. Avec l'autre, on peut faire *idâré* une saison de plus. Elle aimait bien quand il utilisait des mots turcs, çà et là. Elle souriait et disait que ça lui rappelait de bons souvenirs. En plus, se dit Gülgül, l'esprit en effervescence, les nouvelles yoles sont plus légères ! Gagner avec elles sera encore plus facile qu'avec les anciennes ! D'ailleurs, toutes les yoles du Rosey étaient légères. Il fallait que l'Institut s'y mette.

Il pensa à la remplaçante de Mme Castelvecchio. C'était elle qui avait besoin de gymnastique corrective. Quoique… C'était sans doute par mélancolie qu'elle se tenait si mal. D'ailleurs, à un moment donné, il avait eu l'impression qu'elle allait se mettre à pleurer.

Il pencha la tête à droite et se dit qu'elle aurait pu être turque. Il y avait dans son expression une résignation qui lui rappelait celle de sa mère.

Il quitta la Grande Salle, sortit du bâtiment par la porte des vestiaires et tomba sur M. Smith qui serrait Afonso dans les bras et lui disait des mots en portugais.

Gülgül détourna le regard et emprunta d'un pas pressé la route du Lac en direction de Pully.

C'était un trajet qu'il faisait régulièrement à pied, vingt minutes jusque chez lui. Mais quelques instants plus tard, arrivé place des Halles, il décida de prendre le tram.

Il se sentit triste, d'un coup. Les larmes de M. Smith le renvoyaient au jour où il avait quitté son propre père.

Il avait fallu s'enfuir. "Vite vite", l'avait pressé Sabri Bey ce jour-là. *"Tchabouk tchabouk."* Sabri Bey qu'il allait appeler Sabri Baba. Ahmet Baba, c'était son vrai père. Enfin, presque. Il lui disait tout le temps : "Mon Moustafa, jamais aucun père n'a aimé son fils comme je t'aime." Il lui passait alors la main sur les cheveux.

Moussa Bey, son père de sang, ne l'avait jamais touché. Ni pris dans les bras. De toute façon, sa place n'était pas dans les bras d'un savant. Lui était un enfant des sous-sols. Qu'est-ce qu'il aurait fait dans les bras de Moussa Bey ? Qu'est-ce qu'ils se seraient dit ? Moussa Bey l'avait aimé à sa façon. En lui enseignant la calligraphie. En étant patient.

Gülgül sourit. Il était toujours sérieux, Moussa Bey. Vraiment toujours ! Et son regard de chouette. Deux billes vertes immobiles.

Ahmet Baba, lui, il avait les yeux noirs comme le charbon. Mais si doux… Vraiment il n'avait jamais connu quelqu'un qui avait un regard si doux.

Il repensa à la remplaçante d'italien. Son nom lui avait échappé. C'est fou ce qu'elle lui rappelait sa mère. Lorsque celle-ci s'adressait à Zübeyde, la favorite à laquelle elle était attachée, et qu'elle lui disait : *"Ben sizin itchin kourban olayim"*, "Que je sois sacrifiée pour vous, Zübeyde Hanoum", qu'on m'immole comme on immole le mouton au Bayram, le jour du sacrifice, elle avait dans le regard la même expression que Gülgül avait perçue chez l'Italienne, une heure plus tôt. Un abandon.

Moussa Bey lui avait enseigné la calligraphie avec beaucoup de patience. Quand on est patient avec quelqu'un, c'est qu'on l'aime, non ? se dit Gülgül. C'est ça l'amour. Prendre le temps, écouter, parler, écouter… Avec Georges, ils s'étaient écoutés, ça, on pouvait le dire. Des heures et des heures et des heures. Ils s'étaient tout dit. Vraiment vraiment. Toutes les choses dont ils pouvaient avoir honte, ils se les étaient dites. Tranquillement.

Au moment où arriva le tram, ses pensées retournèrent à l'Institut. C'était une très très bonne école. Un jour ou l'autre, les gens finiraient par s'habituer à l'idée qu'elle était dirigée par une femme. Après quoi les familles les plus importantes, les plus riches, les plus célèbres, toutes voudraient à nouveau mettre leur fils à l'Institut.

Il s'arrêta devant le guichet du contrôleur, paya sa course et alla s'asseoir. Le tram parcourut la

Grand'Rue, passa les bâtiments de chez Bujard, le marchand de vin qui possédait tout le quartier, et longea le terrain de football.

Voilà ce que je dois faire, se dit Gülgül. Gagner le championnat de football. Et surtout battre le Rosey. Quelque chose de net. Trois à zéro. Ou quatre à un. Là, vraiment vraiment, personne ne pourrait rien dire contre l'Institut. Avec une nouvelle yole plus légère et le championnat, ce serait formidable. Il manquait Marra et Albertelli à l'attaque, c'est vrai. Mais le nouveau Vénézuélien avait une tête de footballeur. Et l'air costaud. Il devrait peut-être organiser le jeu autrement. Trois à l'avant au lieu de cinq, un milieu de terrain renforcé autour de Lenny.

16

Dimanche 6 septembre 1959.

— Penche-toi encore, voilà, tu y es presque…

En plein chahut, Mme Alderson saluait chaque élève d'une double accolade et ajoutait, çà et là, une pique d'autodérision.

Elle se tourna en direction de Vera :

— Je suis à vous tout de suite !

Puis dans la seconde qui suivit :

— Monsieur McAlistair ! Venez que je vous présente ! Monsieur Berthier ! Monsieur Brunet ! Tout le monde est de retour !

— Enchanté, fit McAlistair à Vera avec un très fort accent américain.

C'était un homme d'environ cinquante ans, très mince et soigné à l'extrême.

Berthier déshabilla Vera du regard. Brunet lui sourit d'un air timide :

— Enchanté, Brunet, histoire-géographie.

Au même instant retentit une sonnerie et en quelques secondes, dans un brouhaha de voix, de cris et de chaises qu'on déplace sans ménagement, la salle à manger se remplit.

— Cette semaine vous avez les quatorze ans, fit Mme Alderson à Vera. Vous êtes là.

A la table qu'elle désignait, cinq garçons se tenaient debout derrière le dossier de leur chaise.

Elle balaya les cinq garçons du regard, très vite. Ils s'assirent.

— C'est vous qui remplacez Mme Castelvecchio ? lança un garçon qui roulait les *r* à l'orientale.

Au même moment, Mme Alderson s'approcha d'eux :

— Vous vous présentez, s'il vous plaît. Un peu de tenue ! On commence par toi, Pierre. Lève-toi.

Le garçon qui roulait les *r* obéit :

— Pierre Politis.

Joues, visage, corps, doigts, le garçon était rond de partout. Il regarda Vera :

— Grec d'Egypte et gros d'ailleurs...

— Pas besoin de faire l'intéressant, dit Mme Alderson.

— C'est comme ça que se présente mon père, répliqua le garçon.

— Je sais, je sais..., fit la directrice.

Elle ajouta à l'intention de Vera :

— La famille Politis habite Montréal. Elle a dû quitter Alexandrie au moment des événements, il y a deux ans.

— A cause de Nasser qui nous a tout volé !

— Mais oui, assieds-toi. Au suivant. Franklin.

Le voisin de Pierre Politis était un petit blond aux traits délicats. Sa voix n'avait pas encore mué :

— Franklin Demetz et de Strasbourg.

— Décidément, fit Mme Alderson, vous êtes en verve pour la rentrée... Ça promet... Nelson.

Face à Vera, un garçon à peau très blanche et cheveux de jais se leva, et, les yeux cloués à son assiette, lâcha : "Nelson Kandioti, je viens d'Izmir", puis se rassit très vite.

Il avait prononcé *Izmir* d'un timbre guttural, à l'orientale.

— Un Turc, fit Politis en riant à l'intention de Vera. C'est presque aussi grave qu'être égyptien...

— Oui, Pierre, on sait, coupa la directrice. Afonso, à toi.

Le garçon fixa Vera d'un air hostile avant de se décider à donner son nom :

— Afonso Nascimento.

— Tu te lèves, lança Mme Alderson d'un ton sec, et tu te présentes poliment.

Il obéit avec une lenteur exagérée.

— Et vite ! ajouta la directrice.

— Afonso Nascimento, de São Paulo.

Le garçon était grand, de peau café au lait. Il garda les yeux plantés dans ceux de Vera, puis lentement se rassit.

Le dernier des cinq, un très râblé aux cheveux hirsutes, se leva d'un bond et tendit la main à Vera.

— Hosrow Djavaheeri, Téhéran, Iran, Asie, Monde, Univers, bonjour !

Il toisait Vera, hilare, dans l'attente d'une réaction.

— Merci pour le cours de géographie, fit Mme Alderson. Allez, bon appétit, et tâchez de bien vous tenir.

— Il y a une nouvelle Voulencor, fit Pierre Politis, dès que la directrice eut tourné le dos.

— Elle est moche, lança Nelson Kandioti.

— Quand Alderson elle engage, *pichetsour* qu'elles sont moches, conclut Hosrow.

— Et celle de ton frère, elle est moche ? lui lança Kandioti.

— Va faire foutre, rétorqua Hosrow.

— *Kiube* à dix, *kiube* à dix, fit Afonso Nascimento en prenant l'accent américain.

Vera ne comprenait rien de ce qu'ils se disaient. Elle rassembla ses forces :

— Qu'est-ce que c'est, *kiube* à dix ?

— Faites pas attention, madame, c'est rien, dit Politis.

— *Pounition* ! s'exclama Hosrow. Cube à quatre (il dit *coubakatre*), cube à six, cube à dix, on calcule, on se trompe, le prof il se trompe, et à la fin *pichetsour* on n'arrive pas, surtout avec cube à dix.

Vera n'eut pas la force d'insister.

— C'est vrai qu'elle est presque morte, la Miss Perret ? lança Nascimento.

— Miss Perret, cube à quatre ! fit Hosrow.

Elle sentit qu'elle allait fondre en larmes. Il fallait qu'elle entre dans la conversation, tout de suite :

— Les cubes, s'il vous plaît ?

— C'est une punition, madame, fit Demetz. On prend un nombre, on le multiplie par lui-même, on divise le résultat par le nombre, et on retrouve le nombre de départ. Comme on doit faire le calcul ligne par ligne, c'est impossible de ne pas se tromper...

Elle ne comprit pas un mot à l'explication.

— A quatre, à six, ça veut dire... ?

— Les petites punitions, c'est cube à quatre. Un nombre à quatre chiffres. Les plus grosses, c'est dix...

— La taille du cube dépend des profs, intervint Politis.

— McAlistair, moins que dix il connaît pas, lança Nascimento.

— Il a dû apprendre à compter comme ça quand il était petit : "Dix, onze, douze, treize..."

Demetz avait pris l'accent américain, et sa voix avait porté jusqu'aux oreilles de M. McAlistair, assis deux tables plus loin. Vera aperçut devant lui des pots de yaourt empilés l'un sur l'autre et une grosse miche de pain noir. Elle demanda à Demetz si M. McAlistair était souffrant.

— M. McAlistair est contre la civilisation moderne, fit Nascimento en riant.

— Il mange comme les prêtres des Indes, ajouta Nelson.

Elle fut contente d'avoir enfin compris quelque chose. Elle se sentit plus calme. A Demetz qui paraissait le moins explosif des cinq, elle demanda encore :

— *Pichetsour, voulencor*... Ça veut dire ?

— *Pichetsour*, c'est : "Tu peux être sûr."

— *Pichetsour*, c'est du Hosrow, madame, fit Politis. Il faut être tolérant.

— La langue des génies, lança Nascimento.

— *Pichetsour est* un génie, dit Nelson, qui sourit enfin.

— *Pichetsour*, ça veut dire *pichetsour*, fit Hosrow, radieux.

Il avait dit : *ça vo dire*.

— Et *voulencor* ?

— Les *sorvoses*, fit Hosrow. Quand elles demandent si on prendre deuxième fois, elles disent : *Voulencor ? Voulencor ?*

Les garçons ricanèrent.

— Vous avez des enfants ? demanda Demetz.

— Non. Non.

— Un mari ? lança Nelson.

— Oui. A Rome.

— Et votre maison, elle est à Rome ? demanda Hosrow.

— Vous connaissez Mme Castelvecchio ?

— Vous restez jusqu'à quand ?

Ils étaient vifs. Violents. Forts. Trop forts pour elle, qui avait passé sa vie à se soumettre. A sa mère. A Elena. A Tedesco, son professeur de grec ancien qui l'avait dépucelée et mise enceinte. Elle n'avait pas cessé de dire oui. Oui à Enrico. Oui encore à ses parents pour le mariage, même si, là, on ne lui avait pas posé la question. Enrico, c'était une aubaine. Beau, intelligent, travailleur. Surtout, il la prenait telle qu'elle était. “Tu es impure, lui avait dit sa mère. Que veux-tu, c'est comme ça que les gens te voient.” Ils avaient trouvé un pauvre qui acceptait sa souillure contre une promotion. Ses parents l'avaient convaincue qu'elle lui devait reconnaissance.

Le seul acte de courage qu'elle ait jamais accompli avait été de venir à Lutry. Et c'était une décision d'une bêtise insondable.

— Qui a vu son père pendant les vacances ? lança Kandioti.

— Le mien m'a accompagné à l'Institut, fit Nascimento.

— Moi pas vu, fit Hosrow.

— Moi non plus, fit Politis. Il est resté travailler.

Chacun raconta son été. Pichetsour l'avait passé à l'Institut. Vera lui demanda comment il avait occupé son temps.

— Les *tambres*, madame, l'été, c'est très bon pour les *tambres*.

Il la regardait avec intensité.

— Il veut dire les timbres, madame, fit Demetz.

Pichetsour collectionnait les timbres-poste qu'il récupérait du courrier reçu par les élèves.

— Pourquoi l'été ? demanda Vera.

— Les parents d'été, ils sont tristes, ils écrivent. Les parents d'hiver, ils sont habitués.

Nelson était resté à l'Institut tout juillet, puis avait passé les quatre semaines d'août avec sa mère dans les Alpes bernoises, où elle avait suivi un traitement contre l'asthme. Pierre Politis avait passé l'été à voyager avec sa mère : bains de mer à Rapallo en juillet, "pour l'iode", précisa le garçon, trois semaines à Crans-sur-Sierre "pour l'air de la montagne" et dix jours à Paris, "pour la culture".

— A quel hôtel ? demanda Afonso.

— Au Scribe.

— Mon père descend au Ritz, fit Afonso.

— Qu'est-ce qu'on s'en fout de ton père, lança Nelson.

— On s'est tapé *Les Chevaliers du ciel* avec Luis Mariano, et *Méditerranée* avec Tino Rossi. C'était génial.

Il se mit à chantonner avec une voix de fausset :

> *Méditerranée...*
> *Aux beaux rivages ensoleillés...*

La tablée explosa de rire.

— Chut ! lança Mme Alderson de sa table.

Nascimento avait passé les deux mois d'été dans un internat des Grisons, "pour l'allemand".

Vera demanda à Nelson si l'asthme de sa mère s'était apaisé.

— Ma mère a toujours quelque chose. Même quand elle n'a rien. Elle est comme ça.

Vera sourit. Il ajouta :

— Je vous jure !

— Ma mère même chose, fit Politis.

— Les mères elles aiment *plorer*, conclut Hosrow.

Alors que le repas touchait à sa fin, la directrice se leva :

— Un peu de silence, s'il vous plaît. Nous avons la chance d'avoir un nouveau professeur d'italien.

Mme D'Abundo va remplacer Mme Castelvecchio durant le trimestre d'automne. Merci, madame. Bienvenue à l'Institut Alderson. Je vous prie de saluer Mme D'Abundo.

Dans un bruit indescriptible toutes les tablées se levèrent. Plusieurs élèves sifflèrent, d'autres lancèrent des "Bonjour, madame", d'autres des "Bon... jour !" en imitant l'accent américain, d'autres encore des *"Buon giorno, signora"*. Un garçon se mit à entonner : *"Buona sera, signorina, buona sera"*, le refrain d'une chanson à la mode. Un autre reprit : *"It is time to say good bye to Napoli."*

Elle n'allait pas y arriver.

17

Dimanche 6 septembre 1959.

— Sarnoff !

C'était Nadelmann. A ses côtés se tenait un garçonnet minuscule et très brun.

— Tu sais, fit Nadelmann à l'intention du garçonnet, lorsque Lenny est arrivé à l'Institut, il y a onze ans, c'était le plus petit de l'école. Comme toi maintenant.

Il regarda Lenny :

— Je te présente Alaa, le plus petit de l'école. Ça te rappelle des souvenirs ?

— Tu as quel âge ? lança Lenny.

— J'ai sept ans.

— Tu les as eus quand, tes sept ans ?

— Le 12 février. L'année prochaine le 12 février, j'aurai huit ans.

— Tu es plus grand que je n'étais.

— Tu avais quel âge quand tu es arrivé ?

— Sept ans et trois jours, lança Lenny d'un ton sec.

Il était venu à l'Institut avec son père. Tante Gisèle leur avait fait visiter l'école. Dans la Grande Salle, deux élèves disputaient une partie de baby-foot. Tante Gisèle leur avait demandé de le laisser jouer. Deux ou trois minutes plus tard, Lenny était parti à la recherche de son père. Il avait couru dans les sous-sols, puis était monté au rez-de-chaussée, où tante Gisèle l'attendait :

— Ton père a vu que tu jouais bien, alors il est parti. Il était très content de voir que tu jouais bien.

De tous les événements que Lenny avait vécus durant ses premiers jours à l'Institut, c'était de cet instant qu'il avait gardé le souvenir le plus précis. Il n'avait pas ressenti du chagrin. Plutôt une sorte de déséquilibre. Tout le temps à venir, il le passerait dans cette maison où il y avait d'autres garçons. C'était comme ça.

Depuis, il avait vu son père deux ou trois fois par an, pour des durées courtes, un jour, parfois deux, à l'hôtel Beau-Rivage de Genève, à déjeuner, quelquefois pour la nuit. Il la passait alors dans une petite pièce attenante à la chambre à coucher de son père, là où il avait sa table de travail. Le souvenir de ces visites faisait naître en lui un sentiment de culpabilité. Il gênait son père. Il le freinait. Dans ses réflexions, dans son écriture, dans tout ce qui faisait de lui un homme important. Du reste, lorsque son père lui parlait, c'était toujours d'un air fatigué. Comme s'il accomplissait un devoir. Son père n'avait aucun plaisir à être avec lui.

En onze années, Lenny était retourné une fois chez sa mère, en Californie. Ils se voyaient en Europe à l'occasion des vacances d'été. Sa mère passait le prendre à l'Institut, non sans s'étonner à chaque visite : "Tu es tellement bien ici." Puis elle se chargeait de lui durant deux ou trois semaines, comme on se charge d'un membre éloigné de la famille à qui on veut faire la charité.

Lenny passait le reste des vacances d'été dans l'un ou l'autre des internats de montagne, à Zug ou dans les Grisons, où il faisait de l'allemand et des sports. Pour Noël et Pâques, c'était toujours à l'Institut.

Ces onze années lui avaient semblé interminables.

Si la perspective de quitter l'Institut lui semblait irréelle, elle ne le désemparait pas. Il ne savait pas où il habiterait à la rentrée universitaire. Ce serait peut-être dans une de ces familles qui année après année logeaient des étudiants. Ou seul, en studio meublé. Mais cette incertitude ne le gênait pas.

18

Dimanche 6 septembre 1959.

Le cœur battant, Brunet cessa d'agiter le petit bac dans lequel flottait le tirage. Plus nets à chaque seconde, les détails de la photo pointaient à travers le bain du révélateur.

Il avait sous les yeux la meilleure des photos prises le mercredi matin. C'était magique. Les dents du Midi apparaissaient plus découpées qu'il ne les avait jamais vues, dures et féroces sur fond d'un ciel que la bise avait nettoyé. Et le lac ! Indomptable. Le tirage du lundi matin était aux antipodes : lac cotonneux, montagnes voilées, aube brumeuse et molle… Des photos douces, il en avait fait des quantités. Mais celle du mercredi, c'était simple : elle sautait à la gorge.

Dans des moments pareils, il arrivait à Brunet de se demander s'il n'était pas fou. Si le lac ne lui parlait pas. S'il ne se dévoilait pas pour lui en intime, comme on se dénude devant l'être aimé parce qu'on sait qu'on ne risque rien.

Bien sûr, cela pouvait paraître ridicule. N'empêche… Le lac se montrait à lui de façon particulière.

Et ce n'était que justice. Qui d'autre, sinon lui, le regardait ainsi ? l'écoutait ? Qui s'inquiétait de son humeur, jour après jour ?

Du lac, Brunet était l'amant.

19

Lundi 7 septembre 1959.

Au moment où le radio-réveil sortit Vera de son sommeil, elle fut saisie par l'angoisse. Où était-elle, mon Dieu ! Pas chez elle ! Mais alors ? Chez sa mère ? En voyage ?

En Suisse... (elle se calma). A Lutry. Dans l'appartement d'Elena.

Elle avait passé une grande partie de la nuit les yeux ouverts. Au petit matin, abrutie de fatigue, elle avait sans doute placé l'aiguille du radio-réveil légèrement après l'heure.

La situation météorologique générale se présente de la manière suivante : Valais, Nord des Alpes, Nord et Centre des Grisons...

L'annonceur météo avait une voix nasillarde. Accusatrice. De celles qui dévoilent les bureaucrates : "J'ai fait mon devoir, disait la voix. Je n'ai rien à me reprocher."

Sûrement que l'annonceur avait fait son devoir. Et même tous ses devoirs. A la perfection. Personne ne pouvait le blâmer de quoi que ce soit.

Les températures seront supérieures aux moyennes saisonnières. Le matin...

Elle était devenue d'une sensibilité extrême aux sons. Il suffisait d'un bruit un peu fort, d'une voix qui se lève ou se durcisse, pour qu'elle prenne peur.

Elle se tourna dans son lit, ramena la couverture sur sa tête et attendit que l'annonce se termine.

*

Trois photos, une lettre et trois cartes postales. C'était tout ce qu'elle avait pris de Lorenzo. Au moment de défaire ses bagages, elle avait rangé le tout dans l'armoire, sous les pull-overs.

Elle se leva, retira les photos, puis plaça l'une d'elles sur sa commode, en équilibre contre le pied de l'abat-jour. La photo avait été prise dans le parc de l'hôtel Méditerranée, à San Remo. Lorenzo était en maillot de bain au bord d'une piscine. Une fillette d'une douzaine d'années se tenait à son côté. Comment s'appelait-elle ? Giovanna, bien sûr. Mais ses parents l'appelaient Vanna. Une petite blonde aux yeux rieurs. Au dos de la photo, une main, sans doute celle d'Enrico, avait écrit *1955*. L'année des dix ans de Lorenzo. L'époque où il ne rouspétait pas lorsqu'elle le prenait dans ses bras... Enrico avait dû rentrer à Rome après n'avoir passé qu'une semaine avec eux. Lorenzo avait déménagé dans sa chambre et Vera s'était emplie de lui. Jour et nuit. Comment s'appelait le maître nageur de l'hôtel ? Mimo. Non, Nino. Il avait tenu bon jusqu'à ce que Lorenzo accepte de remplacer sa bouée par deux petites brassières gonflables, une nouveauté. En un jour il avait appris le mouvement de la brasse. Après, c'était la croix et la bannière pour lui faire quitter la piscine. Il avait aussi copié de Nino une façon assez vulgaire de prendre en bouche l'eau de la piscine et de l'éjecter au loin, comme une fontaine. Vanna trouvait ça très drôle et il n'arrêtait plus.

Entre le miroir de la petite coiffeuse et son cadre, Vera glissa la deuxième photo. Mlle Meyer, la directrice du pensionnat de Villars, la leur avait envoyée au retour d'une excursion au Gornergrat. Lorenzo tenait les bras levés en signe de victoire. A l'arrière-plan, on voyait le Cervin.

Vera monta mettre la troisième photo au salon. Enrico l'avait prise le jour des douze ans de Lorenzo. Elle le montrait assis devant son gâteau, au moment où il s'apprêtait à souffler les bougies. Il avait la bouche ouverte, la tête en arrière, et tenait ses mains en entonnoir. A son poignet, on voyait la Revue qu'il avait reçue le jour même. Elle retourna la photo. *2 février 1957.* C'était son écriture.

Elle chercha un endroit où poser la photo. Il n'y en avait aucun.

Elle descendit, retira les deux autres photos de là où elle les avait posées et les rangea toutes trois sous la pile des pull-overs, avec la lettre et les cartes.

Après quoi elle retourna se coucher.

20

Lundi 7 septembre 1959.

Il avait été repéré à l'âge de sept ans. Il serait *setchmé*. Choisi. Au palais de Dolmabahtché, Sabri Bey choisissait les lutteurs parmi les enfants des domestiques. Il les voulait forts et agiles. Avides de duretés physiques. Et tenaces. Surtout tenaces. Capables de supporter la douleur jusqu'à une limite inouïe. *Demir* Moustafa. C'était comme ça que l'appelait Sabri Bey. Moustafa de fer. Il se souvint combien son père avait été fier lorsqu'il lui avait annoncé que Sabri Bey l'avait surnommé ainsi !

Ahmet Baba… Lui aussi, c'était quelqu'un ! Chef pâtissier du sultan ! C'est-à-dire chef de *tous* les pâtissiers de Dolmabahtché ! Tous !

Demir Moustafa… Il était très fort. Petit de taille, mais le plus fort de son âge ! Sabri Bey, lui, c'était un colosse ! Pas méchant. Non. Dur. Oh là là… Pour les exercices d'haltères, il mettait ce qu'il voulait ! Ce qui lui passait par la tête ! Dix kilos, vingt, trente. Il lançait : *"Göster bakalim"*, montre ce que tu sais faire. Et en avant ! La barre fixe, c'était pour les muscles du ventre. Il fallait rester suspendu une minute, les jambes levées à l'équerre. Quelques secondes de repos et à nouveau l'équerre. Vingt-cinq fois. Qu'est-ce qu'il avait pleuré à cet exercice ! C'était chaque fois comme si ses muscles du ventre prenaient feu. Après, c'étaient les haltères, pour les bras et les épaules. Les dix, vingt kilos, c'était pour la vitesse. Il fallait soulever la barre très vite, vingt fois : *tchak-tchak-tchak-tchak*. Les barres à trente, quarante kilos, c'était pour la force. Le jour de ses dix ans, il avait soulevé quarante kilos. Sabri l'avait embrassé devant les autres.

La barre, c'était aussi pour la résistance. Il devait se soulever jusqu'à ce que le menton soit au-dessus de la tige de fer. Il fallait tenir dix secondes, redescendre sans toucher le sol des pieds, surtout pas, sinon Sabri Bey hurlait : *"Nâmoussouz erif !"* – garçon sans honneur ! Et il fallait recommencer ! Vingt-cinq fois ! Sabri Bey les faisait travailler tous les matins deux heures. Et même plus. Les après-midi, les garçons luttaient entre eux. Lorsque les combats avaient lieu dans les sous-sols, chacun s'enduisait d'huile tout seul. Lorsqu'ils luttaient devant les invités du sultan, dans l'un des salons du premier étage où Sabri installait un grand drap de lin à même les tapis, c'était Sabri Bey qui les préparait. Pendant les combats, les invités discutaient, fumaient le narghilé, mangeaient des douceurs. De temps en temps, l'un ou l'autre appelait Sabri et lui disait quelques mots en désignant l'un des *setchmé* qui luttaient. Sabri s'approchait du tapis et le garçon qui avait été choisi le suivait au hammam avec Sabri. Il en ressortait lavé et parfumé.

Quel âge avait-il la première fois ? Entre huit et neuf ans. Malgré tout, il n'avait pas grandi malheureux. Un enfant de domestique n'avait pas le moindre espoir de quitter les sous-sols de Dolmabahtché. Lui, au moins, il avait été *setchmé*. Et même il avait eu de la chance. Un jour, Sabri l'avait pris à part : "Après le repas de midi, tu iras chez Moussa Bey."

C'était le calligraphe du sultan, celui qui signait sa *Toughra*, son sceau. Moussa Bey était juif *dönmé*, converti à l'islam, il y en avait beaucoup parmi les conseillers. Il s'était dit : Voilà, le sultan m'offre en récompense à Moussa Bey. Il avait eu honte. Les invités du sultan, ils venaient, partaient… Moussa Bey, c'était autre chose… Un savant. Un homme supérieur. Il avait transpiré à l'entraînement, mais Sabri l'avait conduit tel qu'il était au bureau du calligraphe.

Moussa Bey avait fait un geste du bras et dit d'une voix très basse : *"Otour."* Assieds-toi. C'était la première fois qu'on lui disait ce mot comme une invitation. Il n'avait pas osé. *"Kork ma, evladim, otour"*, n'aie pas peur, mon enfant, assieds-toi, avait ajouté Moussa Bey. Il avait fini par s'asseoir. "Je vais t'apprendre la calligraphie", avait dit Moussa Bey. C'était comme s'il lui disait : Je vais t'apprendre le chinois. Mais voilà, c'était comme ça. Il avait l'habitude qu'on lui donne des ordres. Et puis il était content de voir que Moussa Bey était roux. Comme lui ! Et petit aussi, minuscule.

Dolmabahtché, c'était comme un village. Il avait appris son histoire plus tard, de la bouche d'Ayché Teyzé, comme il l'appelait, tante Ayché, la sœur de Sabri Bey. Un jour le sultan avait demandé à son père de lui faire un *hatir*, un grand plaisir, presque une grâce. Sûrement que son père ne s'était jamais senti aussi fier. Ayché lui avait raconté : "Le sultan a dit à ton père : Epouse Zeynep, une des servantes de Zübeyde Hanoum." Son père était déjà vieux. Une femme allait s'occuper de lui… C'était une bonne nouvelle. Voilà. La servante était enceinte de Moussa Bey. Tout ça il ne l'avait su qu'après Dolmabahtché, lorsqu'ils étaient tous dispersés…

A la première leçon, Moussa Bey lui avait fait tailler des roseaux. Rien d'autre. Quand il lui avait dit : "C'est terminé", Gülgül lui avait baisé la main, puis l'avait portée à son front. "C'est à ton père que tu dois dire merci, avait dit Moussa Bey. C'est lui qui a demandé au sultan qu'il t'offre une éducation."

Il était allé voir son père en cuisine et lui avait dit : "Merci, mon papa." Alors son père l'avait pris dans ses bras et s'était mis à pleurer. Devant tous les autres pâtissiers, il l'avait serré contre lui, fort fort, lui avait dit qu'il l'aimait plus qu'aucun papa ne pourrait jamais aimer son fils. Et puis il l'avait regardé dans les yeux et avait ajouté : "Tu es un vrai fils."

21

Lundi 7 septembre 1959.

A l'instant où la Topolino noire d'Irène Kowalski s'arrêta devant le portail de l'Institut, une dizaine de bambins entourèrent la petite auto en hurlant. Irène s'extirpa avec difficulté de la voiture, fit basculer son siège, et, comme si la chose avait été convenue par avance, cinq ou six enfants s'engouffrèrent dans la Topolino en continuant leur chahut. Irène s'installa au volant, parcourut environ cent mètres à petite vitesse, rebroussa chemin et gara la voiture devant l'Institut. Pendant que les garçons en sortaient en se bousculant, Irène s'approcha d'un petit qui n'avait pas fait le voyage :

— Tu es un nouveau ? D'où viens-tu ?

— Je viens du Caire.

Irène lui caressa les cheveux.

— Et tu t'appelles…

— Alaa.

— Demain tu feras le petit tour.

Puis elle leva les yeux et remarqua l'arrivée de Vera :

— Vous êtes Mme D'Abundo ? J'en étais sûre ! Je suis Irène Kowalski.

Elle lui prit le bras :

— Ils vous attendent…

Elle fit un clin d'œil :

— Passons par la porte des vestiaires, c'est plus facile pour ma jambe...

Elles contournèrent le bâtiment, descendirent aux sous-sols et se retrouvèrent à l'autre extrémité d'un long couloir au bout duquel Vera reconnut l'office.

— La voilà !

Mme Alderson accueillit Vera avec exubérance :

— Je vois que vous avez fait connaissance avec Mme Kowalski, notre responsable des tout-petits... Vous connaissez M. Brunet, notre professeur d'histoire-géographie, M. Berthier, qui enseigne les mathématiques et la physique, M. McAlistair...

— Pour moi, pas besoin de *précisey*, fit McAlistair en riant.

Berthier marmonna un bonjour et la déshabilla à nouveau du regard. Ses habits trop larges lui donnaient un air malsain, et Vera ressentit une répulsion. La netteté de McAlistair la réconforta.

— Mlle Perret, qui remplace sa sœur, pour laquelle nous nous faisons bien du souci...

— Dora Perret, enchantée, fit une petite dame ronde à cheveux blancs. Elle ajouta : Vous avez devant vous une collègue qu'on a extirpée de sa retraite !

La directrice enchaîna :

— M. Nadelmann, qui enseigne l'allemand... Et le latin, n'est-ce pas ? (Elle sourit.) Hier vous avez rencontré M. Gülgül, et voilà ! Vous connaissez tout le monde !

— Nous vous attendions avec impatience, chère madame, fit Nadelmann en inclinant le buste.

Il y eut un silence. Irène regarda Vera. Elle avait les yeux à terre.

— Nous avons eu plusieurs désistements, reprit Mme Alderson. Le dernier en date est celui d'Eric Marra, que ses parents mettent à Champittet... Au total quatre...

— Nous étions à trois hier matin…, fit Berthier.

— Et nous voilà à quatre ! ajouta Mme Alderson d'un ton sec. Tout cela me complique un peu l'existence, je dois l'admettre. L'année passée nous avons bouclé nos comptes en déficit, ce qui m'a amenée à prendre plusieurs mesures d'économie. J'ai augmenté l'écolage de cinquante francs par mois, et plusieurs d'entre vous ont accepté de faire un effort sur leur charge de travail. Qu'ils en soient remerciés. Voilà… Il n'y a pas de raison que les choses ne se stabilisent pas.

— Vous êtes inquiète ? demanda Dora Perret.

— Je vous l'ai dit, non ! fit Mme Alderson en secouant la tête. Après les mesures que nous avons prises, nous serons à l'équilibre.

— Très bien, très bien, fit Dora Perret.

Il y eut un silence. Puis la conversation passa d'un sujet à l'autre. Trois élèves devaient encore arriver dans la journée. "Je n'attends pas de mauvaise surprise", fit Mme Alderson. Le laboratoire de M. Berthier avait été repeint, il avait enfin belle allure, c'était important pour les visites des parents. L'enseignement de grec ancien avait été abandonné. Gisèle avait renvoyé la lingère et l'une des filles de cuisine.

Au même moment retentit une sonnerie stridente.

— Je vous accompagne, fit Mme Alderson à Vera.

22

Lundi 7 septembre 1959.

Lenny Sarnoff regardait Vera d'un air impassible.

Il faut que je parle, se dit Vera. Que je dise n'importe quoi. Vite.

— Nous nous sommes croisés hier… Je ne connais pas vos camarades…

Le garçon assis à la gauche de Lenny se leva. C'était un blond haut de taille, très maigre :

— Charles Hugues.

A la seconde où il se rassit, son voisin quitta sa chaise :

— Marco Giuliani.

Il avait prononcé son nom en roulant le *r* de Marco, et dit Giuliani à la milanaise, en traînant sur le *a*.

— *Italiano ?*

— *Si, signora.*

— *Milano, vero ?*

— *Si.*

Avoir un Italien dans sa classe la dérangeait. Elle était venue chercher la coupure. Mais elle n'eut pas le temps de se perdre en regrets. Au même moment le quatrième élève se leva, esquissa un sourire et dit d'une voix suave :

— Sassan Djavaheeri.

Vera ferma les yeux quelques secondes, posa les mains à plat sur son pupitre puis, le regard fixé sur la paroi qui lui faisait face, elle plongea :

— Nous allons reprendre les trois modules que m'a indiqués Mme Castelvecchio : la langue, la littérature, et votre sujet spécial. Je crois que vous deviez faire vos choix durant l'été.

Elle regarda Lenny.

— On commence par vous ?

— *La Conscience de Zeno*, madame.

Vera avait dû lire le roman de Svevo trois ou quatre fois. Tout au long du récit, le personnage de Zeno s'interroge sur la signification du dernier geste de son père. Malade et alité, celui-ci se redresse, gifle Zeno et rend son dernier soupir.

— Un très bon choix, je vous félicite. Le livre est drôle… Et cette histoire de gifle…

Lenny la regarda posément :

— Je n'ai pas trouvé le livre drôle, madame.

Il réfléchit, puis ajouta :

— Je l'ai trouvé… (il haussa les épaules et eut une mimique méprisante) absurde.

Le garçon avait eu le mot juste. Le roman était absurde. Et donc triste.

Elle battit en retraite et se tourna vers Charles Hugues. Il avait choisi *Les Fiancés*, de Manzoni.

— J'aime bien, fit le garçon d'un ton suffisant. C'est intéressant, presque épique… Ça décrit une époque…

Hugues lui fut instantanément antipathique.

Le choix de Marco Giuliani s'était porté sur la poésie de Leopardi.

— Les poèmes de Leopardi sont d'un accès difficile…

— Je sais, madame, si j'ai choisi...

Elle n'écouta pas la réponse de Giuliani. Ce travail nécessitait une énergie qu'elle n'avait pas. Elle n'arriverait pas à s'en sortir.

Elle ferma les paupières, à peine une seconde, puis ouvrit les yeux sur Djavaheeri qui attendait :

— Oui ?

— J'ai choisi *La Bèlleu*. De Malaparte.

Malaparte n'avait rien écrit de tel. Elle lui demanda de répéter, et il le fit de bonne grâce, mais ce fut encore *La Bèlleu*.

Enfin elle devina qu'il voulait parler de *La Peau*, dont il prononçait le titre avec un accent méridional bizarre :

— Vous voulez dire *La Pelle* ? *La Peau* ?

— Oui madame, *La Bèlleu*...

— Pardonnez-moi. Vous savez, je suis romaine, et en italien on dit toujours...

— *"Lingua toscana in bocca romana..."*

Les quatre garçons l'avaient dit en chœur, d'un air désabusé.

— Je vois que mon amie Elena est passée par là... C'est exactement cela. La langue toscane parlée avec la diction romaine... Mais on ne va pas plus au sud. Pour la prononciation, Roma Stazione Termini, c'est la limite méridionale !

Rassurée par sa métaphore, elle sourit :

— En me disant *La Bèlleu*, vous franchissez la frontière. Vous allez jusqu'en Calabre...

D'un coup les quatre garçons s'esclaffèrent.

— Là où Sassan va chercher son inspiration ! lança Giuliani.

Elle voulut reprendre la main :

— Vous avez choisi de beaux sujets.

Mais personne ne l'écouta.

23

Lundi 7 septembre 1959.

A table, Vera sentait Hosrow prêt à éclater. Nelson fixait son assiette, le regard mauvais. Au moment où Teresina s'approcha de leur table en poussant son chariot, Nelson lança :

— Il n'y a que la vérité qui blesse.

Hosrow se leva et par-dessus la table lui asséna un coup de poing au menton. Nelson glissa de sa chaise, entraînant son assiette de soupe qui gicla partout.

Mme Alderson s'approcha de leur table et lança à Hosrow :

— Sors de table !

Hosrow quitta sa chaise, franchit le seuil de la salle à manger, éclata en sanglots et, tout en montant les escaliers qui menaient aux dortoirs, hurla trois fois de suite : "Ecole de merde !"

Au même moment, Sassan quitta sa place, se dirigea d'un pas rapide vers Nelson, le regarda dans les yeux et lui lança d'un ton froid :

— Tu vas le payer.

Puis il regagna sa place. Une fois encore Demetz capta l'incompréhension de Vera :

— Sassan est le frère de Hosrow. C'est l'ami de Teresina.

— Pas le seul ! lança Nelson.

— Dis pas ça, fit Pierre Politis.

— En plus, tu n'en sais rien ! ajouta Afonso.

De but en blanc, Pierre Politis posa ses couverts :

— Madame, c'est immangeable.

— C'est vrai, madame, on n'arrive pas à couper, ajouta Nelson, heureux de la diversion.

— C'est de la vache enragée, surenchérit Franklin Demetz.

Vera fut soulagée. La conversation revenait sur un sujet plus calme qu'elle arrivait à suivre. Elle demanda aux garçons s'ils avaient l'obligation de terminer ce qu'ils avaient dans leur assiette.

Politis haussa les épaules et s'acharna sur son ragoût.

— Tu viens au foot ? lui lança Afonso.

— Si Hosrow vient, je viens le tackler, fit Nelson.

— Sassan ne va pas te louper, dit Politis.

— Je l'emmerde, répliqua Nelson.

Gisèle quitta sa place, s'approcha de sa sœur, lui demanda : “Tu permets ?”, puis se dirigea vers la table de Vera. Elle tremblait. Faire la discipline avec les plus de douze ans, ce n'était pas dans ses compétences. Mais si elle arrivait à mater ces mal élevés devant tous, sa sœur en resterait bouche bée. Elle se lança :

— Vous n'avez pas honte de vous comporter de la sorte ? Espèces de garnements ! Que diraient vos pauvres parents ?

— Ils sont pauvres ? s'exclama Demetz. Mauvaise nouvelle…

— Vous voyez ! fit Gisèle à Vera. S'ils sont en internat, c'est qu'ils le méritent !

— Merci de nous le rappeler, tante Gisèle, lança Afonso en souriant.

Les garçons s'esclaffèrent, et Gisèle retourna à sa place.

Pour la centième fois, Vera se demanda ce qu'elle faisait là.

24

Lundi 7 septembre 1959.

Les tristesses de Gülgül étaient toujours courtes. Elles le balayaient tout entier lorsque surgissait un souvenir d'enfance. Que celui-ci fût beau ou honteux, Gülgül se retrouvait toujours plongé dans le chagrin. Et puis il secouait sa tristesse avec une opiniâtreté naïve, comme un chien s'ébroue après être sorti de l'eau.

Combien de fois n'avait-il pas lutté à Dolmabahtché lorsqu'il était enfant ? Des milliers. Est-ce qu'à une seule reprise il avait eu l'intention de faire du mal ? Pas une seule ! Pas le quart d'une seule fois !

Entre *setchmé*, ils étaient respectueux. Pudiques. Dans la lutte comme dans l'amitié. A l'âge des premiers désirs et des premières éjaculations, chacun avait déjà son lot de honte et de blessures.

“Tu veux faire le pacha ?” C'était leur code pour se répartir les rôles. Ils posaient la question avec fraternité. Avec respect. Vraiment, ils ne se voulaient jamais de mal.

A sa table, il avait les sept à neuf ans.

— Monsieur, c'est vrai que vous étiez champion de lutte ?

C'était Tino, un Italien de Turin, l'un des petits nouveaux.

— Tu sais ce que c'est, la lutte turque ? répondit Gülgül. Un sport formidable. Vraiment formidable. Le corps est recouvert d'huile. Tu veux que je t'explique ?

25

Lundi 7 septembre 1959.

Rentrée impeccable, se dit Mme Alderson.

Elle se tourna vers sa sœur et vit que Gisèle s'était déjà endormie.

Elle l'embrassa longuement sur le front. Gisèle grogna : "Bonne nuit, Abeille" et lui tourna le dos.

— Bonne nuit, Cigogne, lui répondit Mme Alderson.

Elle lui caressa les cheveux et la regarda. Sa sœur aurait voulu occuper une tout autre place à l'Institut, elle le savait bien. A la mort de Georges, elle s'attendait à prendre des responsabilités plus grandes. Mais voilà, Mme Alderson avait décidé d'assumer une direction sans partage. C'était à elle et elle seule d'incarner l'Institut. Gisèle dégageait une image bienveillante mais provinciale. Il ne fallait pas que l'école devienne "l'Institut des deux sœurs", un internat aux allures de pension de famille.

Mme Alderson avait réglé l'affaire avec une précision de stratège. Elle avait simplement demandé à sa sœur de ne plus participer au café de dix heures. Gisèle n'avait pas bronché, préférant se convaincre que la décision était logique : maintenant que Georges n'était plus là, elle et sa sœur devraient travailler de manière plus autonome…

Mme Alderson caressa à nouveau les cheveux de sa sœur, puis repensa aux quatre défections. Vingt-cinq ans de succès n'allaient pas s'évaporer pour ça. L'Institut était tenu. L'enseignement était de première classe. Et même de première première classe, comme dirait Gülgül. Les installations sportives laissaient à désirer, ça oui. Et les parents y étaient sensibles. Cela dit, il n'y en avait pas pour des mille et des cents à retaper le tennis et à changer les panneaux de basket. Les yoles, c'était autre chose. Mais la saison n'était pas à la yole. Il serait bien temps d'aviser en janvier ou février.

Quelle aventure cela avait été !

Elles travaillaient toutes les deux chez Payot, rue de Bourg, Gisèle au rayon papeterie, elle au premier, où se trouvaient les livres scientifiques et scolaires. C'était là qu'elle avait connu Georges Alderson un mercredi de novembre, en 1931. Il cherchait un traité d'anatomie générale, elle ne l'avait pas et proposa de le commander. Une demi-heure plus tard, ils étaient encore en discussion.

Georges enseignait les sciences naturelles au gymnase de la Cité, sur les hauts de Lausanne. Elle avait fait l'école normale, place de l'Ours, qui formait des institutrices. Ils avaient mille choses à partager.

A la fermeture du magasin, ils parlaient d'éducation sportive. Georges l'avait invitée à prendre un café chez Nyffenegger, le *tea-room* de la place Saint-François. Elle avait accepté, ajoutant : “Il y a ma sœur.”

— Allons-y tous ensemble, avait répondu Georges. Un ami doit m'y rejoindre.

L'ami était Brunet, qui terminait ses études de lettres à l'université.

Une semaine plus tard, ils s'étaient à nouveau retrouvés à quatre. Puis Alderson avait voulu la rencontrer seule, pour lui exposer un projet extraordinaire, une idée qui l'envahissait tout entier. Il voulait créer une école nouvelle, audacieuse, exigeante, inspirée à la fois du modèle anglais et des idées de Nietzsche sur le dépassement de soi et la place qu'il faut réserver au corps : "Un enfant doit aimer être dur avec lui-même, avait dit Georges avec force. Sa capacité à s'améliorer est alors pratiquement sans limites, tant pour l'étude que pour les sports. Mais il faut pour cela qu'il quitte sa famille." Il voyait cette séparation comme le premier pas vers une vraie autonomie. "Il faut forcer les enfants à s'adapter aux autres et au monde. Les habituer à se transformer." A ses yeux, le modèle anglais était encore trop complaisant. Des enfants d'un même milieu et d'un même pays qui se retrouvent entre eux, et en plus chez eux, cela ne pouvait que déclencher des comportements tribaux. Georges préconisait un déracinement radical associé à la mixité ethnique. Des garçons de partout qui vivraient loin de leurs parents et apprendraient à découvrir ceux qui ne leur ressemblent pas. "Là, disait-il, l'enfant se dépasse. Là, il devient citoyen du monde. Si en plus l'enseignement est exigeant et les sports poussés, il devient quelqu'un d'exceptionnel."

Leurs ambitions étaient en harmonie parfaite. Georges était mû par son projet pédagogique, alors qu'elle était fascinée par les joies que lui offriraient l'organisation d'une école et l'ascendant qu'elle aurait sur des enfants séparés de leurs parents. A Georges les idées, à elle le pouvoir.

Quelques mois plus tard, ils se mariaient. Leur pacte était précis. Georges gardait son appartement de célibataire et sa liberté. Elle continuerait de vivre avec sa sœur. Le projet de bâtir une école exigeait qu'ils soient unis ? Ils présenteraient aux yeux du monde l'image d'un couple remarquable. Mais ils feraient chambre à part.

Le projet fut lancé. Gisèle serait responsable de la gestion au quotidien : lingerie, cuisines et entretien. Georges Alderson et Brunet enseigneraient cinq ou six branches à eux deux, Mme Alderson s'occuperait des relations avec les parents et Georges aurait la charge de représenter l'Institut. Chacun allait participer au projet à hauteur de ce qu'il pouvait apporter, en argent et en travail. Les sœurs avaient peu de bien, elles mirent trois mille francs. Brunet, qui était de famille aisée, en apporta cinq mille. Georges investit tout ce qu'il avait, dix-huit mille francs, et pour le reste obtint des crédits auprès d'une banque. A Lutry, ils trouvèrent un terrain idéal pour construire une école, et deux ans plus tard, le premier lundi de septembre 1934, l'Institut Alderson accueillait sa première volée. Vingt-deux élèves, répartis en trois classes.

Au moment où Mme Alderson chercha à se remémorer comment Brunet et son mari s'étaient répartis les cours à leur première rentrée, elle s'endormit, par fatigue autant que par tranquillité retrouvée.

26

Mardi 8 septembre 1959.

Le courrier d'Elena était si épais qu'il faisait comme un petit paquet. Vera monta, s'étendit sur le canapé du salon et l'ouvrit. La grande enveloppe contenait une lettre et un programme de théâtre.

Elena racontait par le détail les péripéties de son installation à Londres. Puis elle décrivait la pièce qu'elle et son mari avaient vue la veille, *Le Défilé*, de Gerald Sarnoff :

C'est avec elle que l'Old Vic a ouvert sa saison, écrivait Elena. *Un vrai triomphe. En plus, Sarnoff sait de quoi il parle : la pièce traite du maccarthysme, un sujet très autobiographique, une fois que tu modifies quelques détails. Je t'envoie le programme. Tu sais que Sarnoff a un fils à l'Institut ? Tu l'auras en classe, il s'appelle Lenny.*

Le père, je ne l'ai rencontré qu'une seule fois et j'ai gardé de ces quelques instants un souvenir très fort. Il avait eu des mots féroces à propos des Etats-Unis : "Ce pays a réussi la quadrature du cercle. Fondé pour accueillir des exilés, il a créé la solitude." L'intellectuel typique, tu vois, un bonhomme qui aime déranger.

Le peu que Vera savait de la vie de Sarnoff était qu'il avait quitté volontairement les Etats-Unis après avoir été soupçonné de sympathies communistes. Plusieurs de ses pièces avaient été montées à Rome, mais elle n'en avait vu aucune.

Tu me manques, ma Vera, écrivait Elena au milieu de la lettre, *comme tu me manques.*

Vera ne voulut pas se laisser envahir par le souvenir. Elle s'empressa de feuilleter le programme qu'Elena avait joint à la lettre et tomba sur le résumé de la pièce qu'elle lut de bout en bout.

L'action se passe en 1957 dans la cuisine de la famille Kara. Nikos et Dimitra, des immigrés de première génération, habitent la banlieue de Chicago depuis vingt-deux ans, là où leurs parents et eux se sont installés en 1935. Ils viennent de l'île de Syros, dans les Cyclades, où la famille s'appelait alors Karakotronis. Nikos a changé son patronyme en Kara, qu'il prononce à l'américaine, "Kayra". En 1939, Nikos et Dimitra se sont installés à leur compte. Ils ont ouvert une boulangerie puis, cinq ans plus tard, une biscuiterie, baptisée Kara's Cookies, *qui emploie trente-cinq personnes et livre ses produits dans tout l'Illinois. La spécialité de la Maison,* Kara's Best, *est une ligne de biscuits à l'anis. Les Kara ont quatre fils. Patrick, l'aîné, a dix-neuf ans et fréquente l'Illinois State College. Tom, Allan et Luke sont en âge scolaire.*

Au petit-déjeuner, Patrick annonce qu'il risque de tarder le soir. Il va participer à un défilé de soutien en faveur de Henry Stevens, un dramaturge qui vient d'être condamné pour outrage au Congrès. Stevens a refusé de donner les noms d'écrivains soupçonnés de sympathies communistes.

Nikos réagit très violemment à la perspective de voir son fils s'opposer à la justice de son pays. Il se lance dans un éloge dithyrambique de l'Amérique. Ce pays l'a accueilli, lui a offert une dignité.

En fin d'après-midi, Dimitra reçoit un appel téléphonique du journal local. Son interlocuteur lui demande pourquoi son fils s'est engagé en faveur d'un communiste aussi nauséabond que Henry Stevens. Il lui annonce que Patrick a été arrêté. Dimitra s'affole, demande des éclaircissements. Le journaliste l'informe que son fils a frappé un policier et l'a fait saigner.

Au même moment, les cadets rentrent de l'école. Dimitra appelle son mari. Un ami de Patrick téléphone et donne à Dimitra une autre version des faits. Patrick n'a fait qu'essayer d'immobiliser le policier. Nikos arrive au moment où la radio locale annonce que "Patrick Kara, un sympathisant communiste étudiant à l'Illinois State College, a violemment agressé un policier du campus".

Tard le soir. Nikos et Dimitra sont seuls. Patrick a été inculpé.

Il aura un procès équitable, déclare son père, qui conclut : "J'ai confiance en ce pays."

Au cours de la scène finale, Dimitra se demande si leur exil de Syros n'est pas trop cher payé.

Au moins, se dit Vera, elle peut encore s'interroger.

Après quoi elle posa le programme sur la table du salon et descendit se coucher.

27

Mardi 8 septembre 1959.

Dora Perret avait traîné. La saison débutait le 12 octobre. Un mois pour faire rentrer les cotisations, c'était juste.

Elle jeta un coup d'œil à la circulaire qu'elle venait de taper sur papier à en-tête : *Les Amis de la grande musique.*

Chers membres,

Le premier concert de la saison 1959-1960 aura lieu le 12 octobre prochain, à 20 h 30, au palais de Beaulieu. Ernest Ansermet lui-même dirigera l'Orchestre de la Suisse romande dans un merveilleux programme :

1. – Adagio *et* Fugue en ut mineur *de Mozart.*
2. – Symphonie n° 6 en fa majeur, *de Beethoven (dite* La Pastorale*).*

Entracte.

3. – Concerto pour violon en ré majeur *de Tchaïkovski (avec Nathan Milstein).*
4. – Le Tricorne, *première suite d'orchestre, de M. de Falla.*

Comme vous le voyez, nous sommes gâtés…

Merci de bien vouloir régler votre cotisation annuelle avant le jeudi 8 octobre.

Dans l'attente du plaisir de vous retrouver dans la salle à nos places habituelles,

Votre bien dévouée

DORA PERRET,
secrétaire de l'AGM.

P.-S. – Le concert suivant aura déjà lieu le lundi 19 octobre, soit SEULEMENT UNE SEMAINE APRÈS LE PREMIER.

Les courriers devaient partir le lendemain. Elle compta les membres sur la liste de la saison précédente. Ils étaient trente-deux.

Pour écrire à chacun, il lui fallait taper la lettre huit fois (elle utilisait quatre feuilles à la fois, séparées par trois carbones).

Cela lui prendrait à peine une heure. Taper, classer, vérifier, aucune de ces tâches ne l'ennuyait, elle s'en chargeait même avec plaisir. Le problème était ailleurs.

Il y avait la musique, bien sûr. Mais justement. Les grandes symphonies, les concertos, Dora en avait plus qu'assez. Le fond des choses, basta. La vie, ce n'était pas d'aller sans cesse au fond des choses ! Elle ne s'était pas mariée. Elle n'avait pas eu d'enfants. Elle n'avait pas connu d'homme. Elle s'était transformée en vieille poupée. D'accord. Mais l'introspection, elle en avait la nausée.

Evidemment, elle pouvait lâcher le secrétariat de l'AGM. Mais pour faire quoi ? Au fond (elle éprouva de la honte à penser cela), le remplacement de sa sœur ne tombait pas mal. Le café de dix heures, les discussions entre collègues, ce n'était pas désagréable. Les élèves étaient un peu brusques, mais elle les trouvait touchants, à vouloir sans cesse jouer les durs.

Elle glissa une deuxième liasse sous le rouleau de sa machine à écrire, le cala, et poussa le chariot jusqu'à la garde.

28

Mardi 8 septembre 1959.

Le courrier d'Elena avait renvoyé Vera aux années de la via Bertoloni.

Aussi loin qu'elle se souvienne, il y avait eu Elena. Leurs familles les avaient surnommées "les jumelles improbables"... Jumelles parce qu'elles étaient sans cesse ensemble, et improbables parce qu'autant Elena était blonde, petite et ronde, autant Vera était brune, maigre et grande pour son âge. Il en allait de même des caractères. Elena était rieuse alors que Vera était peu expressive. Au fil des ans, elle avait pris des allures de garçon, avec un corps étroit de hanches et maigre de poitrine, qui aurait pu passer pour séduisant, si ce n'est que la séduction était étrangère à Vera. Il en allait de même pour ses traits. Elle avait des lèvres grandes et pleines, des yeux gris-vert splendides, une peau sombre et magnifique. Mais son visage était de ceux qui passent inaperçus. "Tu es belle comme les femmes l'étaient dans le temps", lui disait sa mère. Vera n'aurait pas eu de désir plus grand que de se faire aimer d'elle, ou plutôt de se faire estimer. Car sa mère l'aimait, elle le sentait bien. Mais son affection était empreinte de regret. Vera aurait voulu que sa mère l'admire. Elle avait ainsi grandi dans l'angoisse d'être blessée. Le dévoilement le plus banal, un rire, un geste, l'aveu d'une bêtise, risquait de se retourner contre elle. La blessure était alors causée par un mot, une attitude, ou simplement par le désintérêt, lorsque sa mère passait soudain à autre chose, et cette désinvolture faisait comprendre à Vera combien elle comptait peu. Dans de tels instants, elle avait le sentiment de tomber dans le vide. Ainsi, devant sa mère comme plus tard devant Enrico, elle avait toujours été dans la dissimulation.

Avec Elena, elle n'avait jamais eu la moindre hésitation à se dévoiler. Elena avait le goût d'expédier des vérités, mais jamais pour blesser ! Sous ses dehors cocasses, elle voulait éclairer, comprendre. Pas régler des comptes.

Les deux filles étaient nées en 1920, Vera le 2 janvier et Elena le 31 août. Mais depuis le premier jour de la via Bertoloni, où s'étaient connues leurs familles, ce fut Elena qui assuma le rôle d'aînée. A la façon qu'elle avait de décider pour deux, on aurait pu penser que trois ans ou quatre séparaient les filles.

Elena était sans cesse dans la préparation de quelque chose : une sortie, un achat, une faveur à demander à ses parents… Sa vie était faite d'une suite d'objectifs. Vera vivait dans l'attente. Que lui dirait sa mère ? Quel geste aurait pour elle son père ? Qu'est-ce qu'Elena avait décidé ?

Les filles avaient trois ans lorsque leurs familles s'étaient installées via Bertoloni, dans une ancienne maison de maître. Les Rivolta occupaient le rez-de-chaussée supérieur et les Regispani, les parents d'Elena, habitaient au premier. La tourelle qui surplombait l'immeuble avait été acquise par les Regispani, et le père d'Elena, qui était cardiologue, en avait fait son cabinet.

En 1934, le Dr Regispani fut nommé à l'université, où il avait la possibilité de recevoir ses patients privés. Trois semaines plus tard, il déménageait ses affaires et son bureau, laissant sur place la couchette de consultation et quelques meubles. Le soir même, en moins d'une heure de temps, Elena et Vera occupaient la tourelle de leurs habits, leurs revues, leurs cahiers, et de tout ce qui pouvait créer le fait accompli. Contents de voir leurs filles s'entendre si bien, les parents se mirent à appeler l'ancien cabinet "le studio des filles".

Un jour où elles parlaient de leurs pères, Elena lança, le regard en embuscade :

— Tu sais ce qu'il est, le mien ?

Comme cela lui arrivait souvent, Vera la regarda en silence, dans l'attente.

— Un spécialiste du sein gauche !

— Il n'est pas cardiologue ?

— Mais oui ! Si ce n'est que, le cœur étant à gauche, il passe son temps à voir des seins gauches. Ceux des hommes et ceux des femmes ! Tu vois où je veux en venir...

Vera ne sut quoi répondre.

— Réveille-toi ! Mon père passe son temps à tâter des poitrines de femme ! Des lolos ! Et tu crois que ça ne lui fait rien ? que ça ne lui donne pas envie ?

— Envie d'aller avec d'autres femmes ? Mais il est médecin, il doit être blasé, non ?

— Aucun homme n'est blasé, c'est moi qui te le dis, aucun. Quelle que soit sa profession. N'oublie jamais ça.

— Mon père est avocat, dit Vera en haussant les épaules, il ne dénude pas des femmes.

— Ton père est avocat et il a deux maisons, lui lança Elena. Tu as compris ? Deux maisons. Deux lits.

Vera la regarda, l'air hébétée.

— Eh oui ! Deux lits ! Tu crois qu'il passe ses nuits seul lorsqu'il est à Milan ?

Devant le silence de Vera, Elena s'emporta :

— Mais tu ne vois pas ce qui se passe sous ton nez ? Allez, on parle d'autre chose. Tu sais que j'ai un sein gauche bizarre ? Il est plus gros que le droit. J'ai remarqué ça hier, dans la salle de bains, en pensant aux clientes de mon père. Tu veux que je te le montre ?

— Pas maintenant, répondit Vera, les yeux baissés.

Après quoi elle se leva et quitta la tourelle.

Est-ce que les Regispani méprisaient son père ? Peut-être qu'ils riaient de cette situation, qu'ils en retiraient une joie mesquine. Son père travaillait pour le bien de la famille. En partageant son temps entre Milan, où se trouvaient ses clients les plus prestigieux, et Rome, où se délivraient permis de construire et plans d'urbanisme, il se sacrifiait pour elle et sa mère. Vera lui devait encore plus de reconnaissance.

Durant quelques jours, Vera pensa beaucoup à la proposition que lui avait faite Elena. A quoi ressemblait sa poitrine ? Elle devait être magnifique, lourde et ferme, avec des aréoles étalées. Elle-même avait des seins ridicules. Trop petits. Trop écartés. Et ses tétons... Ceux d'une fillette, pas d'une femme.

Alors, trois jours après la révélation du second lit, elle se rendit chez Elena et, à sa propre surprise, lui demanda :

— Tu me le montres, ton sein gauche ?

— Ah ! tu te réveilles ! lui lança Elena. Viens !

Elles montèrent en courant à la tourelle. Elena ferma la porte à clef, se dévêtit jusqu'à la taille et appuya la paume de sa main gauche contre son sein, de façon à le maintenir symétrique au sein droit.

— C'est net, non ? En plus, il a comme une torsion du galbe. Depuis que je l'ai remarqué, j'ai tout le temps envie de le remettre en place.

Vera fixait la poitrine d'Elena.

— Il faut vraiment le tenir pour qu'il soit droit, mets ta main, tu verras.

Elena prit la main de Vera et la posa sur sa peau.

— Tu as raison, dit Vera, un chat dans la gorge.

Voyant son amie troublée, Elena lança :

— Et les tiens, tu me les montres ? Allez, insista Elena, montre-les-moi.

— Ils sont laids, fit Vera. Laids et petits.

— Je parie que non, rétorqua Elena, ne te fais pas prier !

Elle l'aida à se déshabiller :

— C'est vrai qu'ils sont petits, fit Elena en les regardant d'un air pensif. Mais tes tétons sont magnifiques, tout mignons, élégants... Les miens sont larges et blonds comme ceux des grosses ! En plus, tes seins sont plus durs que les miens, ça se voit au premier coup d'œil.

Elle plaqua ses deux mains sur les seins de Vera et les pressa. Vera se laissa faire.

— C'est comme je pensais, fit Elena. Ils resteront jeunes plus longtemps. Tu auras une vie d'amante jusqu'à ton vieil âge !

Vera sourit :

— Je peux me rhabiller ?

— C'est ce que disent les patientes de mon père ! fit Elena en éclatant de rire. Il les imite à table, pour rassurer ma mère : "Je peux me rhabiller ? Je peux me rhabiller ?"

Puis, sérieuse d'un coup, elle enchaîna d'une voix tendue :

— Attends une seconde. Tu sais que j'ai appris à embrasser ?

A nouveau Vera était désarçonnée.

— C'est Giovanna qui m'a appris. Viens, je te montre. Tu veux ?

Vera ne répondit pas. Elena s'approcha et prit son visage entre les mains :

— Tu restes calme, d'accord ? Ouvre la bouche. Pas trop ! A peine ! Il faut garder du mystère… Allez, respire tranquillement…

Vera obéit. Elena approcha ses lèvres de la bouche de son amie, l'effleura et y glissa le bout de sa langue. Vera tressaillit. Elena retira les mains de son visage et les glissa sur la poitrine de Vera avant de s'éloigner d'elle.

— Première leçon. Pas mal. On passe à la deuxième. Maintenant c'est toi qui fais.

Au moment où Vera glissa la langue, Elena la repoussa :

— Tu la mets comme si tu voulais m'étouffer ! Je dois sentir qu'elle m'échappe ! C'est ça qui est excitant ! Allez, on recommence.

Cette fois-ci, Elena ne bougea pas, et leur baiser dura bien plus longtemps que celui qu'elle avait elle-même donné. A la fin, ce fut elle qui posa à nouveau ses mains sur les seins de Vera. Cette dernière fit de même sur ceux de son amie, et les deux filles restèrent ainsi collées. Après quoi, troublées toutes les deux, elles s'écartèrent l'une de l'autre. Puis d'un coup Elena embrassa Vera à nouveau, farouchement, et Vera répondit. Leur baiser fut très bref mais violent.

— Tu apprends vite, fit Elena, le souffle court.

Elle détailla Vera durant quelques secondes, puis lança :

— Allez, on s'habille.

29

Mercredi 9 septembre 1959.

— J'avais pensé attendre jusqu'à samedi avant de vous en parler, fit Mme Alderson. Mais là nous sommes pris de court…

Les regards se firent fuyants. Vera ne comprit pas de quoi il s'agissait. La directrice ajouta :

— Il faudra bien que l'un ou l'autre d'entre nous s'en occupe…

Puis elle s'adressa à Vera : est-ce qu'elle avait des nouvelles d'Elena ? Vera lui parla du courrier qu'elle venait de recevoir.

— Mais quelle belle coïncidence… Racontez-nous !

Il y eut un silence gêné. Vera fit un compte rendu de la pièce, reprit les commentaires d'Elena et conclut par un :

— La pièce m'a l'air formidable…

A nouveau Vera eut le sentiment que quelque chose lui échappait. Est-ce que la pièce de Sarnoff avait un lien avec cette histoire d'être "pris de court" ?

— Si cette pièce est si formidable, reprit Mme Alderson, et si elle est, disons, présentable, il y a peut-être une idée à creuser… qui donnerait à l'Institut une belle visibilité… Ce serait l'occasion d'un coup d'éclat… Nous pourrions demander à M. Sarnoff l'autorisation de la monter… Est-ce qu'elle contient des passages délicats ?

— Je ne l'ai pas lue, madame. Mais je ne saisis pas…

— Sarnoff a toujours écrit des textes de haute tenue, intervint Dora Perret.

— Ses pièces sont fulgurantes, intervint McAlistair. (Il prononça *fioulgourantes* avec le *r* à l'américaine.) Le chroniqueur du *Guardian* dit que Sarnoff écrit les classiques de demain.

Vera était dépassée.

— Faisons le compte, dit Mme Alderson. Un : voilà une pièce qui est du père d'un élève. Deux : cette pièce semble forte. L'année passée, Mlle Perret a monté *Le Tricorne enchanté*, de Théophile Gautier. Du théâtre d'écoliers qu'on monte dans tous les internats…

— Lenny était excellent, fit Irène Kowalski.

— Avec la pièce de M. Sarnoff, nous ferions preuve d'ambition, reprit la directrice. Si en plus nous avions son fils sur scène…

— Oh *ouie*, fit M. McAlistair.

— Nous marquerions les vingt-cinq ans de l'Institut de manière forte. Dans notre situation, ce serait un sacré coup de pouce…

Elle pivota lentement sur elle-même, fixa Vera du regard pendant un court instant et porta son estocade :

— A l'université de Rome vous montiez des pièces, je crois ? Vous pourriez peut-être reprendre le flambeau ?

Vera était liquéfiée.

Mme Alderson se tourna vers Dora Perret :

— Qu'en penserait votre sœur ?

— Oh ! elle, maintenant…

Sa sœur avait monté les vingt-quatre spectacles précédents. Elle était sur un lit d'hôpital, ne pouvait ni parler ni marcher. Trouver une solution à la pièce, c'était l'apaiser. Elle se reprit vite :

— Je vois un bel avantage au choix de la pièce. Si j'ai bien compris, elle compte six personnages, dont quatre garçons d'âges différents, plus le père. Cinq rôles parfaits pour nos élèves. Un seul rôle, celui de la mère, nécessiterait la venue d'une étudiante du Conservatoire...

Vera ne comprenait rien à la discussion.

— Je n'avais pas pensé à cet aspect des choses, fit Mme Alderson. Et en plus il s'agit de jeunes...

Elle resta quelques instants pensive, puis reprit d'un air décidé :

— Il faut quand même que nous lisions la pièce avant de nous prononcer... Je vais appeler M. Sarnoff et lui demander ce qu'il pense du projet. Je m'en occupe dès cet après-midi, si chacun est d'accord... Alors, pour la mise en scène, je compte sur vous, madame D'Abundo ?

Cette fois ce fut Mme Kowalski qui ne lui laissa pas le temps de répondre :

— Si j'ose me permettre... Madame D'Abundo, vous êtes si jeune, si charmante, et puis vous avez fait du théâtre en amateur...

Elle se tourna vers Mme Alderson :

— Elle pourrait peut-être jouer le personnage de la mère ?

Personne n'osa reprendre la parole. D'un coup Irène regretta ses mots. Ce fut Mme Alderson qui rompit le silence :

— Quelle excellente idée ! Si elle le souhaite, bien sûr...

Elle regarda Vera en souriant :

— Qu'en dites-vous ? C'est d'accord ? Bravo ! La pièce sera vraiment une production de l'Institut... Et le rôle du père pourrait être tenu par Lenny...

Vera était perdue. M. Nadelmann intervint :

— *Alles Heimgekocht*, tout cuisiné maison ! Formidable !

— Bon, fit Vera d'une petite voix.

— Parfait ! conclut Mme Alderson.

Elle s'adressa à M. McAlistair :

— Vous en parlez à Lenny ?

Puis elle regarda Vera en souriant tant qu'elle pouvait.

— Félicitations, glissa Berthier à Mme Alderson, vous vous y prenez drôlement bien.

30

Jeudi 10 septembre 1959.

Dans le tram qui le menait de Lutry à Saint-François, McAlistair pensait aux récents événements de l'Institut. Lorsque Mme Alderson avait annoncé le désistement de Marra, il avait pris la chose avec détachement. Quatre élèves de moins, ça n'allait pas remettre en cause la survie de l'école. D'ailleurs, Mme Alderson avait pris des mesures d'économie. Chacun y mettait du sien. Il n'y avait pas de raison que les choses ne rentrent pas dans l'ordre.

Pourtant, depuis un jour ou deux, l'ambiance n'était plus la même. McAlistair n'arrivait pas à mettre le doigt sur ce qui le gênait, mais il sentait un changement d'atmosphère. Cette histoire de désistements, ce n'était peut-être que la pointe de l'iceberg.

Il posa son sac à dos sur le siège voisin du sien (à cette heure du soir, le tram était presque vide) et en sortit une liasse de papiers. Le trajet durait quinze minutes et il avait le temps de jeter un coup d'œil à ses notes.

Son regard tomba sur la convocation qui recouvrait la petite liasse.

CARG
Séance du 10 septembre 1959

Séance… Le mot était ridicule. Cinq ou six âmes en peine qui se disaient orientalistes et se retrouvaient au Gambrinus, un café bruyant de la rue Haldimand. Gloser sur René Guénon dans un bistrot, ce n'était pas une séance. Plutôt une farce. Enfin…

Le cafetier leur réservait la grande table ronde du fond (heureusement elle n'était pas côté toilettes), une belle table de bois clair marquée de dizaines de messages incrustés par les canifs des étudiants qui fréquentaient le lieu.

La présentation que McAlistair devait faire ce soir-là aux membres du CARG (le Cercle des amis de René Guénon) était intitulée "Commentaire sur *Le Règne de la quantité et les Signes des temps*".

McAlistair allait reprendre les premières lignes de René Guénon :

Depuis que nous avons écrit La Crise du monde moderne, *les événements n'ont confirmé que trop complètement, et surtout trop rapidement, toutes les vues que nous exposions alors sur ce sujet, bien que nous l'ayons d'ailleurs traité en dehors de toute préoccupation d'"actualité" immédiate, aussi bien que de toute intention de "critique" vaine et stérile.*

De ce préambule mesquin, McAlistair devrait faire un commentaire élogieux…

Mais c'était peu de chose, un petit prix à payer pour marquer sa réputation. A l'Institut, on disait "McAlistair" et chacun savait. L'Américain qui s'était opposé à la guerre contre le Japon. Qui avait payé ses convictions de deux ans de prison. Un orientaliste de haut rang qui ne se contentait pas de paroles : son régime alimentaire, abstinent et végétarien, sa position de vice-président du CARG, tout démontrait un engagement fort. Et son exil des Etats-Unis ? Une preuve d'honnêteté et de courage. McAlistair s'était construit l'image d'un orientaliste distingué qui ne ratait aucune occasion de prédire la perte de l'Occident.

Durant ses quatre années à Yale, McAlistair s'était plongé avec enthousiasme dans l'étude des Anciens. Rien n'aurait changé dans sa vie si en octobre 1940, par le hasard d'une conférence à laquelle n'assistaient que sept personnes, il n'avait découvert la pensée d'un Allemand excentrique et jubilatoire qui mettait en pièces tout ce que l'Occident avait vénéré depuis des siècles : Platon, le christianisme, le goût de la culpabilité, la négation du plaisir, rien ne résistait à l'analyse d'un quasi-inconnu qui portait le nom étrange et farouchement négatif de Nietzsche. Dans l'heure McAlistair devint nietzschéen corps et âme. Le culte du beau, le principe du philosophe-danseur, l'amour du lointain, le dégoût du banal, tout cela déclenchait en McAlistair des émotions nouvelles. De nature prudente, et même peureuse, il trouvait enfin un modèle : le surhomme-philosophe. C'est pour moi ! s'était dit McAlistair. Lui qui voulait tant briller... Sortir du lot... Etre celui que l'on admire, dont on dit de loin : "Comme il est merveilleux !"

Mais comment briller dans une société violente, lorsqu'on est peureux ? Durant toute sa scolarité, il n'avait participé à aucun sport d'équipe. Ni football américain (bien sûr), ni basket (il n'était pas haut de taille, *five feet six*, un mètre soixante-cinq), ni même baseball, un sport qui nécessitait de l'adresse et de la puissance. De tout cela, McAlistair n'avait aucun goût. Il était pleutre et le savait.

Lorsque au cours de l'année 1940 il découvrit Nietzsche, l'Amérique était encore en paix. Mais Roosevelt avait réintroduit le service militaire obligatoire. Bizarre, s'était dit McAlistair. Il avait pressenti que les Etats-Unis n'échapperaient pas à la bourrasque. Ils n'étaient pas nombreux, les étudiants à avoir sur les affaires du monde un regard aussi perspicace.

A partir de février 1941, chaque semaine ou presque l'un ou l'autre de ses condisciples était mobilisé. Cette situation lui donnait la peur au ventre. Le soir où Lee Garling, son camarade de chambrée, avait reçu sa convocation au recrutement, McAlistair n'avait pas décollé des toilettes.

Puis le destin était venu à son secours. McAlistair était tombé par hasard sur un texte du *New Yorker* consacré au Japon. L'article résumait les principes fondamentaux du shintoïsme. Ses points de recoupement avec la pensée nietzschéenne avaient laissé McAlistair bouche bée. Le shintoïsme n'imposait aucune morale. Il n'établissait aucune frontière entre le monde divin et celui des hommes. Il exaltait la nature et le corps, la danse et la musique. Bref, du Nietzsche pur sucre.

Cette coïncidence fut pour McAlistair l'occasion d'un montage brillant. Il se convertit au shintoïsme (dans un "temple" de la banlieue est de Hartford, où une quarantaine d'adeptes, tous d'origine japonaise, se réunissaient en appartement) et le fit savoir au département des humanités de façon si diablement habile qu'il s'assura les bonnes grâces de ses professeurs. Il présenta sa conversion comme le prolongement d'une conviction philosophique qui avait pris naissance en pleine rédaction d'un mémoire intitulé *Nietzsche le Japonais*. Pour la première fois, une analyse était faite des grands principes nietzschéens à la lumière de la religion shintoïste. Le texte de McAlistair avait fait mouche, et le travail avait eu les honneurs d'une publication interne.

En décembre de l'année suivante, la semaine où McAlistair reçut sa convocation, l'attaque de Pearl Harbor vint à lui comme une aubaine. Il était shintoïste, certes de fraîche date, mais un shintoïste sincère qui avait fondé sa croyance sur des principes philosophiques profonds. Comment aurait-il pu se battre contre les Japonais ?

La cour martiale avait rejeté sa motivation religieuse. Mais elle en avait pris acte. D'une certaine façon sa peine de prison était celle d'un homme d'honneur.

A l'Institut, son non-conformisme exotique séduisait. Son régime forçait l'admiration. Il s'était mis à la culture physique. Mme Alderson écoutait ses avis, plus encore depuis la mort de son mari. Comparés à lui, Brunet et Nadelmann étaient des poids légers. Les collègues femmes, il n'y pensait même pas. Le seul qui pouvait lui tenir la dragée haute était Berthier. Heureusement, chacun savait qu'il était fasciste.

31

Samedi 12 septembre 1959.

La veille, au sortir du café, la directrice avait remis à Vera la traduction de la pièce.

Elle avait ajouté en souriant :

— On en parle demain ?

A son retour chez elle, Vera avait lu le texte d'une traite.

La pièce était brillante, bien sûr : situations fortes, dialogues percutants, répliques cinglantes, rien n'y manquait. Mais c'étaient d'autres considérations qui hantaient Vera. Comment pourrait-elle assumer le rôle de la mère ? Face à quels élèves ? Devrait-elle, au fil du jeu, les toucher ? les prendre dans ses bras ? les serrer contre elle ?

Le lendemain matin au café, la directrice l'interpella :

— Alors, cette pièce ?

Les regards des collègues se firent fuyants.

— Si elle devait être retenue, fit Vera, il faudrait choisir quelqu'un d'autre pour le personnage de Dimitra. Je m'occupe déjà de la mise en scène... En plus, pour des adolescents, le texte me paraît difficile...

Elle s'arrêta brusquement. Elle avait la gorge sèche, le cœur battant, mais le plus dur était fait. Mme Alderson haussa les sourcils :

— Vous nous avez fait état du courrier reçu de Mme Castelvecchio… Votre impression était plutôt positive, me semble-t-il…

Vera resta muette.

— J'ai lu je ne sais plus où une critique de *Madame Flanigan*, intervint Dora Perret. Le journaliste disait de Sarnoff : "C'est un Tchekhov qui a fait les marines."

Il y eut un silence. Mme Alderson laissa passer quelques instants, puis trancha :

— On garde la pièce.

— Bravo, fit Irène Kowalski.

— Mais oui, ce sera formidable, surenchérit Nadelmann.

Mme Alderson coupa court. Mercredi après-midi déjà, elle avait eu M. Sarnoff au téléphone. Il était touché de leur choix. Le jour même il faisait expédier la traduction française. Le jour même…

Elle se tourna en direction de Vera. En onze ans, M. Sarnoff n'avait pas assisté à une seule fête de Noël, pas une seule (elle martela ces mots). Les rares fois où il était venu à l'Institut, c'était toujours en coup de vent. En choisissant *Le Défilé* pour marquer ses vingt-cinq ans, l'Institut mettrait toutes les chances de son côté… Une occasion de redorer son blason…

D'un geste de la tête ou d'un murmure, chacun approuva. Vera baissa la tête.

— Pas question de changer notre fusil d'épaule, reprit Mme Alderson. Nous monterons *Le Défilé*. Maintenant, pour ce qui est du rôle de Nikos, et de Lenny…

Elle regarda Vera et la happa de son sourire :

— Hier soir, après le dîner, j'ai convoqué Lenny au Salon rose. Il est enchanté à l'idée de jouer une pièce de son père. Pour ce qui est de votre rôle…

— Il faut y aller, chuchota Irène Kowalski, ce sera formidable !

— Bon, dit Vera, l'air battue.

Il y eut des applaudissements. Chacun était soulagé.

La sonnerie du quart retentit.

— Tout ira bien, vous verrez ! fit Irène. Et si vous n'avez rien de mieux à faire demain après-midi, venez prendre le thé chez moi. Nous bavarderons !

— Bon, fit à nouveau Vera. D'accord.

32

Dimanche 13 septembre 1959.

Mme Alderson et sa sœur se regardaient, atterrées. Elles étaient au bord du lac, en robe de chambre. McAlistair, deux policiers et la voisine de l'Institut, Mme Ducrey, se tenaient près d'elles, la mine sombre.

Le spectacle qu'offrait le hangar à yoles était désolant. Le feu avait entièrement noirci sa porte. Quatre balles de coton calcinées jonchaient le sol.

— Une malveillance, fit l'un des policiers.

C'était Pilloud, le chef du poste de Lutry.

— Vous avez eu de la chance, poursuivit Pilloud. Un coup de peinture et ce sera réglé. Mais sans l'intervention énergique de monsieur (il regarda McAlistair) le feu se serait propagé très vite et les yoles auraient grillé comme du papier à cigarettes. En un quart d'heure, elles y passaient. Et le hangar avec.

L'alerte avait été donnée par un coup de téléphone de Mme Ducrey, la voisine. Gisèle avait couru frapper à la porte de McAlistair, qui avait éteint le foyer à l'aide d'une couverture.

— Utiliser de l'alcool à brûler pour mettre le feu à une porte, c'est du travail d'amateur, fit Pilloud. Je ne dis pas ça pour vous embêter, mais ce serait l'un de vos élèves que cela ne m'étonnerait pas.

Mme Alderson regarda sa sœur. A sa tristesse s'ajoutait l'angoisse. Des fenêtres cassées, il y en avait chaque semaine. Des armoires défoncées, une ou deux par an. Mais un incendie malveillant, c'était la première fois.

— Dans un cas pareil, il y a enquête d'office, fit Pilloud. Il nous faudra sans doute interroger vos élèves.

— C'est exclu, fit Mme Alderson d'un ton sec. Les parents ne nous envoient pas leurs enfants pour qu'ils soient questionnés par la police.

— Si nous ne trouvons pas celui qui a fait ça, il faudra en passer par là, fit Pilloud, j'en suis désolé.

33

Dimanche 13 septembre 1959.

L'appartement occupait tout le deuxième étage d'un immeuble cossu situé avenue Juste-Olivier, l'une des belles rues de Lausanne.

Irène conduisit Vera à travers deux salons en enfilade. Dans une troisième pièce, plus petite, une table basse était couverte de viennoiseries et de salaisons.

— Des visites, je n'en ai pas tous les jours ! lança Irène. Alors je profite de la vôtre, je fais des folies !

Ce faste embarrassait Vera. Et la vue de ces victuailles lui donna un haut-le-cœur. Elle détourna les yeux et son regard tomba d'abord sur un guéridon marqueté de bois rose absolument splendide, puis sur un cadre en argent qui portait la photo d'un jeune couple.

— Avec Karl le jour de nos fiançailles, lança Irène. Difficile d'imaginer que j'étais une jeune fille ravissante, n'est-ce pas ? Et voilà qui va aggraver le problème…

Elle saisit une brioche, la brisa en deux, recouvrit de beurre l'une des moitiés, et fit couler dessus le contenu d'une cuillerée de miel jusqu'à ce qu'il ne soit plus qu'un fil très fin. Après quoi elle engouffra la demi-brioche dans sa bouche et se mit à parler de façon hachée :

— Moi, la ligne… Maintenant… Je dois sans cesse faire retoucher mes tailleurs… En plus… Ce miel au thym… Mmm…

Vera sourit et l'observa mastiquer. Elle avait un visage de femme heureuse, une bouche charnue, un nez petit et rond, des joues pleines. Le plaisir qu'elle prenait à savourer sa brioche lui allait bien. Si elle perdait quelques kilos et se teignait les cheveux, se dit Vera, elle serait ravissante.

Elle s'oublia quelques secondes, les yeux sur Irène, prit conscience d'être indiscrète et balaya du regard l'enfilade des trois salons.

— Vous vous étonnez ? fit Irène, la bouche encore pleine (elle déglutit). Je suis ici parce que mon père était suisse et qu'il fabriquait du chocolat. Ce n'est pas une blague ! (Elle rit.) J'ai grandi à Paris. Mes parents tenaient une chocolaterie rue Scribe, au 3, en face du Grand Hôtel. J'ai commencé à travailler à quatorze ans. Je m'occupais des vitrines, ma mère tenait le comptoir et mon père fabriquait. Nous nous entendions bien, ça marchait. A la fin des années vingt, un de nos produits avait même atteint la célébrité ! Une idée de mon père. Fabriquer des dragées de chocolat dont le cœur serait liquide, vous voyez ?

Son père avait acheté une turbine, trouvée dans une liquidation :

— Pour dragéifier le café liquide, il faut d'abord l'encapsuler. Papa le coulait dans des alvéoles d'amidon qu'il scellait par en dessus, toujours avec de l'amidon. Après quoi il les mettait en turbine pour les enrober de chocolat. Et là, elles se cassaient. Paf ! Comme un petit sac qui se perce et perd son liquide. Il a passé des mois à faire tourner sa turbine... Jusqu'à ce qu'il trouve le bon mélange, trois ou quatre sortes d'amidons, dosés très fin. Et, du jour où les alvéoles ne se cassaient plus, il a fabriqué des dragées extraordinaires. On les prenait en bouche, on les mordait, et le café s'écoulait dans le palais. Le rêve...

Elle s'interrompit. Une nuit, son père les avait réveillées, sa mère et elle. Irène se souvint du visage de son père. Alors qu'elle écarquillait encore les yeux, il la regardait fixement, en souriant, sans dire un mot. Qu'est-ce qui se passait ? Quelques minutes plus tard, ils étaient à la cuisine, à goûter les premières dragées, tous trois émus aux larmes.

Elle saisit une troisième moitié de brioche, la recouvrit comme les précédentes, l'engouffra et reprit, la bouche pleine :

— A partir de là, fouette cocher ! Il en a fabriqué des dragées ! Au café, au cognac, à l'armagnac ! Au rhum aussi ! Et au whisky ! Il a eu un de ces succès ! Tout Paris venait à la boutique. On a même eu droit à un article dans *Le Figaro* ! Demi-page avec photo de nous trois devant la boutique, vous nous auriez vus, chacun son sachet de dragées en main… La gloire ! (Elle rit.) Et le nom dont mon père les avait baptisées, ses dragées… A l'époque, il y avait une troupe de danseurs brésiliens qui passait à l'Alcazar. Mes parents avaient été les voir, sans doute pour un anniversaire, car sinon ils ne sortaient pas, à la fin de la journée ils étaient morts de fatigue. En tout cas, le spectacle les avait marqués, car le lendemain mon père baptisait ses petites dragées les Brasilitos.

Elle rit.

— Ça fait penser à une danse, fit Vera.

— N'est-ce pas ? Bref, quelques jours plus tard, mon père imagine un slogan qu'il accole partout : sur la vitrine, sur le comptoir, la caisse, même sur les boîtes. C'était, je m'en souviens :

Les Brasilitos,
Pour ceux qui ont le goût des bonnes chosses

— Des bonnes quoi ?

— Chosses ! Avec deux *s* ! Ça marchait à tous les coups ! Pas un client qui ne disait : "Pardonnez-moi, est-ce qu'il n'y a pas une faute d'orthographe ?!" Mes parents riaient, le client aussi, cela créait la complicité ! Mon père avait fait peindre sur la vitrine : *La maison des Brasilitos*… Et c'est ainsi que j'ai connu mon mari !

Elle l'avait remarqué dans la boutique, un petit brun sec, qu'elle avait pris pour un Sicilien ou un Grec. Il venait chaque trois, quatre jours, prenait un sachet de dragées, payait, saluait d'un geste de la tête, toujours en souriant, et puis s'en allait sans un mot !

— Je le trouvais beau… et distingué… Un Méditerranéen discret, ça ne court pas les rues, vous êtes d'accord…

Vera sourit.

— Et paf ! fit Irène, j'ai gaffé… Ça m'aurait étonnée… Bon, voilà qu'il lit le petit slogan. Il le lit, le relit, et finalement fait, l'air gêné : "Pardon, mais il me semble, *also*, il y a une petite erreur !" L'*also* lui avait échappé. En plus, il avait dit "*bétite* erreur…" (elle rit), et aussi "il me *zemble*…". J'avais dû me retenir de pouffer ! Karl Kowalski… Allemand et mathématicien ! Et moi qui l'avais pris pour un Je ne sais quoi… Enfin, Sicilien ou Grec, je ne dis pas que c'est pas bien, mais, vous êtes d'accord, c'est un peu exotique. Bon, je m'enfonce… Son université l'avait envoyé passer une année à l'Institut Henri-Poincaré, où il travaillait sur un sujet qu'il voulut absolument m'expliquer, là, devant le comptoir, vous voyez un peu, à moi, une petite vendeuse de bonbons…

Elle rit, le regard dans le flou, puis reprit d'une voix absente :

— C'est fou ce qu'il était allemand, Karl. Précis, accroché aux détails, soucieux de tout clarifier…

Comme si l'avenir du monde en dépendait. Sa façon de me dire que je lui plaisais, c'était de m'expliquer ses mathématiques (elle sourit à nouveau)… J'étais séduite… Vous savez pourquoi ? Je l'ai compris plus tard. Karl prenait le temps. Pour dire bonjour le matin. Pour me raconter ce qu'il avait fait pendant la journée. Même, vous voyez (elle haussa les épaules, l'air gênée), pour tout. Il ne vous faisait jamais sentir qu'il aurait préféré être ailleurs.

Au fil de son récit, Irène s'enthousiasmait :

— Il s'occupait d'un sujet qu'il appelait les transformations conformes. Il disait : "Je transforme des surfaces, mais sans les bouleverser, je garde les angles, vous comprenez ?" Evidemment je comprenais tout ! (Elle rit.) On était là, devant le comptoir, et voilà qu'il me dit, l'air très sérieux : "Une voile de bateau, c'est toujours la même pièce de tissu. Mais selon l'habileté du marin, selon les vents, selon mille choses, sa forme varie. Elle n'est pas bouleversée. Elle est transformée. Je travaille un peu comme un marin. J'essaie de trouver la bonne transformation. En conformité." Avec son accent rigolo, il disait *con-foh-mi-thée* (elle rit). Si la transformation n'est pas conforme, il disait, la surface risque de subir une déchirure, c'était le terme mathématique. Comme une voile qui se déchire. Il disait *déchihh*.

Vera sourit à nouveau.

— Ça vous faire rire, l'accent allemand ? demanda Irène. Moi aussi ! (Elle pouffa.) Je ne m'y suis jamais habituée. Certains jours, je me demandais où Karl allait chercher tout ça. On aurait dit un imitateur qui faisait un numéro de music-hall, avec tous ces *h* et ces *z*. Enfin… Il était tellement beau…

Irène sourit, s'arrêta quelques secondes, et reprit avec emballement :

— Le problème sur lequel il travaillait s'appelait la conjecture de… Je ne me souviens plus, Birbach,

Biberboch, quelque chose comme ça. Il n'arrivait pas à trouver de solution. Bref, je suis tombée folle amoureuse du petit bonhomme… Et puis je l'admirais ! L'institut où il travaillait était prestigieux, tout le gratin des mathématiques passait par là : Einstein, Fermi, de Broglie… Karl les croisait au quotidien, vous voyez un peu… Il y avait aussi un Français, André Weil. Karl le considérait comme un génie. Ils s'étaient déjà croisés lorsque Weil avait passé une année en Allemagne en 1928, à Göttingen. Karl avait assisté à sa défense de doctorat. Ils se voyaient souvent à Paris, même si Weil était dans un autre groupe, il s'occupait de nombres (elle secoua la tête), des histoires compliquées… Karl parlait de lui sans cesse. Il répétait : "Le travail de Weil, c'est le sommet de ce que peut produire l'esprit humain." Il disait aussi : "La conjecture de Bieberbach", voilà, c'est le mot que je cherchais, Bieberbach, "on lui fera la peau !" Il disait *ferah la poh* (elle rit). Au moment où nous nous sommes mariés, en décembre 1930, Weil a été nommé à Strasbourg. Karl et lui sont restés en contact jusqu'en 1933. Après, ils se sont perdus de vue.

— Weil était juif, c'est ça ?

Irène détourna le regard, se leva, dit : "Je vais faire chauffer l'eau", et se dirigea vers la cuisine en claudiquant. Lorsqu'elle en revint, elle avait le pourtour des yeux humides. Vera se leva et dit qu'elle devait rentrer. Irène ne la retint pas.

En quittant le plus grand des trois salons, Vera remarqua que les murs portaient des noircissures, comme celles que laissent les tableaux lorsqu'on les retire après qu'ils ont été longtemps accrochés.

Lorsqu'elle arriva au seuil de la porte, Irène posa la main sur son bras et dit avec une dureté dans la voix :

— S'il n'y avait pas eu la guerre, Karl aurait fait une grande carrière scientifique. Il serait devenu doyen ou président d'une grande université. On l'aurait couvert d'honneurs.

Vera prit peur.

— Le matin, poursuivit Irène, lorsque j'arrive à l'Institut et que ces gamins me sautent dessus, vous les avez vus ? je suis heureuse. Durant quelques instants, je reprends espoir. Et après… pfft !

Elle s'interrompit, secoua la tête et reprit :

— Vous savez, à l'Institut, tout le monde méprise un peu tout le monde.

— Je comprends, dit Vera d'une voix blanche.

— C'est le brouhaha qui nous protège. Il nous permet d'oublier. C'est pour ça que je vous ai poussée à jouer dans la pièce.

— Je comprends, répéta Vera.

Elle posa la main sur la sienne, l'embrassa très vite sur la joue et partit.

34

Dimanche 13 septembre 1959.

Brunet fit le compte. Six. En vingt-cinq ans, il était tombé éperdument amoureux de six élèves. Albert, un Français du Maroc, Ferenc, le petit Hongrois dont le père était diplomate à Berne, Serge, qui venait du Liban, Kazem, l'Iranien, Pepe, un Equatorien qui courait comme une gazelle, et Douglas. Sa dernière passion remontait à trois ans. Douglas venait de Caracas. Des yeux de charbon et une bouche comme Brunet n'en avait jamais vu. Une bouche de sauvage, immense, aux lèvres épaisses et ourlées.

C'est ça ma vie, se dit Brunet alors qu'il longeait le quai. Des amours violentes sous forme de fantasmes. Car on ne pouvait rien lui reprocher. Rien. En vingt-cinq ans, ni un geste, ni un mot, encore moins une allusion.

Comme à chaque reprise des cours, Brunet avait été tiraillé entre le désir et la peur de tomber amoureux. Il avait parcouru les classes, scruté les élèves, repéré les visages inconnus. Aucun des nouveaux ne lui mettrait le feu aux sens.

Bien sûr, les élèves savaient qu'il était homosexuel. Entre eux, ils l'appelaient Brunette, il l'avait entendu à quatre ou cinq reprises. Mais cela n'était rien par comparaison avec ce qu'il aurait subi s'il avait laissé paraître une faiblesse pour l'un d'entre eux.

Avec Douglas surtout, il avait vécu l'enfer, sans cesse dans l'angoisse de le regarder trop longtemps, de lui effleurer les doigts, ou de se trahir, par un commentaire où aurait percé le désir.

35

Dimanche 13 septembre 1959.

Après le départ de Vera, Irène retourna s'asseoir dans le petit salon, étendit les jambes et ferma les yeux.

Karl était un intellectuel… un homme qui cherchait des solutions à des problèmes théoriques. Pas un stratège… Ni un héros. Un homme bon, mais conforme. Comme ses transformations (Irène eut une moue désabusée). Selon le jour et les événements, il regardait ailleurs. Pauvre Karl… Il observait les situations de haut, en prenant des airs sophistiqués, comme s'il s'agissait de quelque chose d'abstrait. Il aurait pu postuler dans les universités les plus cotées ! A Stanford, à Harvard, à Chicago, il était connu, il avait ses correspondants, on l'aurait accueilli à bras ouverts ! Mais elle ne lui avait jamais demandé de partir. Jamais. Son mari était allemand, il fallait qu'elle le soutienne. Elle avait fait son devoir. En plus, chaque fois que Karl apprenait le départ à l'étranger d'un collègue, il tenait le même discours : si tous les Allemands de bon sens quittaient le pays, il n'y aurait plus d'Allemagne…

Leur malheur s'était construit par petites étapes. Karl se voilait les yeux et dans le même temps participait au désastre. Au milieu des années trente, l'Allemagne redressait enfin la tête. Le traité de Versailles l'avait privée de son artillerie, mais ne lui interdisait pas le développement de fusées. Au moment du traité, elles n'existaient pas... Pour Hitler, c'était la priorité. Elles allaient permettre à l'Allemagne de montrer au monde de quel bois elle se chauffait. Von Braun l'avait convaincu de regrouper tout ce qui touchait aux V1 et V2 à Peenemünde, au bord de la Baltique : les essais, la construction, les tirs, tout. Hitler y avait fait construire une véritable ville...

Un soir de mai 1937, Karl était rentré de son travail avec une de ces têtes... Qu'est-ce qui ne va pas ? Bien sûr il répond que tout va bien et va lire dans son coin. Impossible de lui arracher deux mots. Ils dorment mal tous les deux, elle parce qu'elle ne sait pas, lui parce qu'il sait... Au petit-déjeuner, il se déboutonne. La veille, Rudolph Hermann lui avait proposé d'aller à Peenemünde. Hermann dirigeait les recherches sur le profil des ailerons de fusée et le calcul des trajectoires. V, V1, V2... C'étaient les V de *Vergeltungswaffe*. Les armes de la vengeance... Le V de la vengeance... Tout venait de là. Les Allemands voulaient venger l'humiliation de 1918. Et Karl devenait un instrument du régime nazi.

Elle repensa à Hermann. Depuis la fin de la guerre, il était aux Etats-Unis... Et comme un coq en pâte ! Avec plein d'autres ! Von Braun en tête ! Ils y étaient encore, les salauds ! En plus, la soufflerie qu'avait construite Karl à Peenemünde, les Américains l'avaient démontée et prise sous le bras ! Elle était encore en service ! Au cap Canaveral ! Là, aujourd'hui ! La soufflerie de Karl ! Pas fous les Amerloques ! Ils avaient le sens du concret... Cent vingt savants allemands, qu'ils avaient récupérés… A la Nasa, ça devait être bière et saucisses tous les soirs…

Bien sûr, Karl avait accepté la proposition de Rudolph Hermann. C'était son devoir de citoyen qui aimait son pays. "Ça permettra d'en finir plus vite…", lui avait-il dit.

Un mois plus tard, ils s'étaient retrouvés au milieu de militaires et d'ouvriers dans une cité sortie de terre comme un champignon vénéneux.

Les recherches de Karl et de Hermann ne donnaient pas les résultats souhaités. Les V1 continuaient de tomber à dix kilomètres de leur cible. Un meilleur calcul, une nouvelle forme d'ailettes, et les fusées auraient atteint leurs cibles à cent mètres près. Hitler aurait rasé Londres et Manchester. Seulement voilà. Les choses s'étaient passées autrement. En 1943, les Anglais avaient décidé de bombarder massivement le site de Peenemünde. La nuit du 17 août, c'était un déluge… Les bombardiers visaient en priorité Karlshagen, la cité où logeaient les scientifiques. Karl était mort. Elle avait eu de la chance, à peine quelques éclats d'obus dans la hanche et la cuisse.

On appelait ça de la chance. Elle avait été soignée à Berlin, pour la hanche et la cuisse. Car pour le reste… Lorsque chacun pleure des morts, les gens ont pour autrui une compassion mesurée. Elle avait perdu un mari, elle n'était pas plus à plaindre qu'une autre.

Il fallait bien qu'elle aille quelque part. L'Allemagne, elle ne voulait plus en entendre parler. En plus, avec les bombardements des Alliés, le pays était rasé, grillé, ville par ville. Hambourg, Cologne… Les Alliés usaient de bombes incendiaires. Les gens flambaient comme des torches. Maintenant, personne n'en parlait plus…

Où aller après Berlin ? Retourner à Paris en 1943 comme veuve de Boche, ça n'était pas envisageable. Elle avait écrit à la sœur de son père, installée à Lausanne. Son mari était médecin, ils habitaient l'appartement de l'avenue Juste-Olivier. Sa tante l'avait hébergée. M. Alderson était un patient de son oncle. Il l'avait engagée pour s'occuper des tout-petits. Une chance…

Les Américains et leur projet Manhattan… Même baratin ! Leurs bombes allaient raser Hiroshima et Nagasaki, Truman serait considéré comme un homme courageux et les physiciens de Los Alamos, les Teller, Oppenheimer et compagnie, comme des héros. Ils avaient gagné la guerre.

A quoi ça tenait, d'être un chien plutôt qu'un héros ? Pauvre Karl. Il s'était fait avoir sur toute la ligne.

36

Lundi 14 septembre 1959.

Au café, la discussion eut pour unique sujet l'incendie du hangar à yoles.

— Ils vont analyser les balles de coton, au moins ? demanda Irène.

— Il n'y a rien à analyser, répondit Mme Alderson d'un ton sec. La police va interroger les pharmacies, voir si quelqu'un se rappelle avoir vendu de l'alcool à brûler ces derniers jours. De Cully à Lausanne, il y en a une vingtaine. Après, on verra bien. Cela dépendra du commissaire. J'ai décidé de ne pas porter plainte mais, s'ils veulent interroger les élèves, c'est leur droit de le faire.

— Ce serait une catastrophe, fit Dora Perret.

— Si on *fay* rien, lança McAlistair, la prochaine fois, ils vont *toue brouley*.

McAlistair avait raison, et Mme Alderson le savait.

— Et s'ils insistent ? demanda Irène.

— Ils interrogeront, répondit Mme Alderson. Mais là, on risque des désistements, c'est sûr.

37

Mardi 15 septembre 1959.

— Chère madame, vous me mettez dans l'embarras…

C'était M. Moulin, le directeur de la Société de banque suisse. Pour la troisième fois depuis le début de l'année, la ligne de crédit accordée à l'Institut était dépassée.

— J'attends plusieurs versements pour le trimestre, fit Mme Alderson. A la fin du mois, les choses seront rentrées dans l'ordre.

Les enfants de gros clients étaient pensionnaires de l'Institut. M. Moulin n'avait pas intérêt à créer de la mauvaise humeur. Pour finir, ce fut lui qui s'excusa du dérangement.

Au moment où Mme Alderson reposa l'appareil téléphonique, une douleur violente lui transperça le dos. Depuis le matin, c'était la troisième fois.

Elle ferma les yeux quelques instants et attendit de retrouver son souffle. Elle transpirait beaucoup.

Les désistements. Les douleurs. Ce dos qui se tordait. Le feu du hangar. Maintenant Moulin… Où trouver la force ?

Elle parlerait à Monfrini. Il serait de bon conseil. Mais elle ne dirait rien à Gisèle.

38

Jeudi 17 septembre 1959.

— Tu as décidé ?

Mme Alderson regarda sa sœur :

— Je les garde.

Gisèle baissa les yeux. Elle venait d'arriver au Salon rose, où une demi-heure plus tôt Mme Alderson avait convoqué Sassan et Acedo. C'étaient eux qui avaient mis le feu à la porte du hangar.

Les choses s'étaient clarifiées en cours de journée. L'une des employées de la pharmacie Abrezol, à Saint-François, s'était souvenue d'avoir vendu de l'alcool à brûler à deux garçons. L'un d'eux était déjà venu à la pharmacie avec en main une ordonnance pour de la théophylline Bruneau. La vendeuse avait été apeurée par la façon dont le garçon respirait la bouche ouverte, en émettant de longs sifflements. Elle retrouva facilement la trace de l'ordonnance sur le registre : *Samedi 23 mai 1959, Sassan Djavaheeri, théophylline Bruneau, 1b.*

En fin d'après-midi, Pilloud et l'un de ses adjoints étaient venus à l'Institut sans s'annoncer. L'interrogatoire avait duré cinq minutes. Sassan avait donné le nom d'Acedo. Puis il s'était mis à pleurer. La directrice avait obtenu de Pilloud qu'il n'y ait pas de suite.

Elle avait convoqué les deux garçons : "Je ne sais pas encore ce que sera votre punition, leur avait-elle dit, j'en discuterai demain en comité des professeurs. En tout cas, elle sera salée."

Maintenant le brouhaha des élèves qui montaient se coucher arrivait jusqu'au Salon rose. Souvent, à pareille heure, l'une ou l'autre des sœurs aimait dire : "Mon Dieu, comme ils sont bruyants." Mais ce soir le chahut les rassurait. L'Institut existait.

— Je n'avais pas le choix, fit Mme Alderson.

Le face-à-face qu'elle avait eu avec les deux garçons lui donnait encore le rouge aux joues. Le sentiment qui l'envahissait était l'humiliation. Celle de l'insulte, ajoutée à celle, plus mordante, de ne pas pouvoir répondre à l'insulte. Ces deux élèves avaient voulu défigurer l'Institut. Son Institut. S'ils avaient réussi à mettre le feu au hangar, il se serait transformé en une verrue calcinée visible à des kilomètres. Depuis le lac, il n'y aurait plus de *Tu deviendras* en belles lettres rouges, ni d'INSTITUT ALDERSON. Et Dieu sait quand elle aurait pu rebâtir... Ces garçons, elle aurait voulu les gifler. Les fouetter. Et les mettre à la porte. Mais elle devait les garder. Renvoyer Sassan, c'était perdre deux élèves. Ses parents auraient retiré Hosrow, le frère cadet. Avec Acedo, cela faisait trois. Ajoutés aux quatre désistements, on arrivait à sept. Dix pour cent de l'effectif. A ce rythme, elle ne tiendrait plus.

— Et les professeurs ? demanda Gisèle. Que penseront-ils ?

— Ils seront soulagés. McAlistair jouera les pères la rigueur et sortira sa tirade habituelle : "Comme a dit Churchill, si vous choisissez le déshonneur pour éviter la guerre, vous aurez le déshonneur et la guerre." Après quoi il sera content comme les autres et dans deux jours tout sera oublié.

39

Vendredi 18 septembre 1959.

Berthier en avait plus qu'assez. Depuis la conférence de presse de l'avant-veille, un mot revenait partout. A la radio, dans les journaux, maintenant au café : "autodétermination". Ces braves Suisses... Plongés dans leur ennui comme dans des sables mouvants, ils ne savaient pas à quel sujet s'agripper pour cesser de s'emmerder. Du coup c'était autodétermination par-ci, autodétermination par-là.

— Vous ne pensez pas que le Général fait preuve de sagesse ? demanda Dora.

— Pour vous, l'Algérie, c'est un sujet de bistrot ! fit Berthier. Facile de donner des leçons ! Nous, nous l'avons fait, ce pays. Nous l'avons même aimé, figurez-vous.

MacAlistair sourit.

— Je sais, je sais, reprit Berthier. De toute façon, le processus d'abandon est lancé.

— Même en Amérique il n'y a *ploue* d'esclaves, rétorqua McAlistair. *Cey* gens doivent être *deycolonisey* !

— Si vous les aimez tant que ça, vous n'avez qu'à aller leur enseigner votre angliche, lança Berthier.

Après quoi il quitta l'office.

Il y eut un moment de gêne.

— Il est chatouilleux sur le sujet, dites donc, osa Dora.

— Je le convoquerai après déjeuner, fit Mme Alderson.

— *C'ey* un fasciste, lança McAlistair.

La directrice le toisa :

— Il aime son pays à sa façon. Vous aussi, vous voudriez que votre pays soit différent, non ? Alors ? Et puis la France a beaucoup fait pour l'Algérie.

— Et beaucoup pris ! lança McAlistair, fâché à son tour.

— Nous aussi, nous avons quitté la Libye, fit Vera.

Mais personne ne fit attention à ces mots, la sonnerie du quart retentit et ils se séparèrent.

40

Samedi 19 septembre 1959.

— Je peux distribuer le courrier, madame ?

Alaa était debout, prêt à se précipiter vers le buffet de la salle à manger sur lequel était posée une petite pile de lettres.

C'était l'habitude. Avant que ne soit servi le dessert, l'un des élèves demandait à distribuer le courrier. Celui qui se portait volontaire devait s'annoncer juste après que les Voulencors avaient débarrassé les assiettes du plat principal. Il avait alors durant quelques minutes un rôle de vedette. Il passait de table en table remettre les lettres dans l'ordre de son choix, ajoutait ses mimiques, et selon son talent arrivait à déclencher les commentaires de la salle :

Enfin elle t'écrit…

Mmmm, ça sent le billet de banque…

Le gentil garçon a reçu une gentille lettre de sa gentille maman…

et ainsi de suite.

Les élèves partageaient les bonnes surprises, mais les déceptions étaient vécues en silence. Une lettre trop dure, des vacances annulées, une mauvaise nouvelle de tel ou tel membre de la famille, rien de cela ne pouvait être dévoilé devant tous. Plus tard, peut-être, en chambrée, avec le meilleur ami.

Alaa n'avait pas encore mémorisé les patronymes de tous les élèves et cela déclencha l'impatience de ceux qui attendaient du courrier.

Va apprendre l'alphabet...

Minus...

C'est pas des hiéroglyphes...

Il retourna à sa place, aussi déçu d'avoir mal accompli la distribution que de n'avoir pas reçu la lettre qu'il attendait. Mme Alderson s'approcha de lui :

— Je suis sûre que tu recevras une lettre la semaine prochaine.

Elle retourna s'asseoir.

Elle était contente. Après la frayeur causée par l'incendie, l'Institut retrouvait ses rythmes.

Elle et son mari avaient tout fait, pensé, organisé, pour qu'il se suffise à lui-même. Au fil du temps, divers protocoles s'étaient mis en place. Tout ce qui touchait à la vie de l'école était l'objet d'une considération exagérée. Une altercation entre élèves, la distribution du courrier, les résultats du championnat de football, les difficultés de tel ou tel dans un cours, chaque détail était mis en exergue, débattu, enregistré. Elèves et professeurs parlaient d'événements mineurs comme s'il s'agissait de choses importantes.

Des abréviations et des expressions du quotidien créaient un sentiment d'appartenance. Pour la préparation des cours du lendemain, les élèves étaient en *prép*. Ceux qui passaient l'après-midi à calculer des cubes à six ou à dix parce qu'ils étaient punis étaient en *sup*. Lorsqu'un interne quittait l'enceinte de l'Institut, il *s'annonçait partant*, et ainsi de suite. Il y avait aussi les expressions codées, comme par exemple *aux vestiaires*, ou *au bord du lac*, là où l'interne qui avait du chagrin allait cacher sa solitude. Au café de dix heures, les petits faits du quotidien acquéraient une sorte d'aval officiel sans mesure avec leur vraie dimension. De temps à autre, un échange au café sur les grands problèmes internationaux donnait aux professeurs l'illusion d'être en prise directe sur le monde.

Ainsi la vie de l'Institut était l'objet d'une agitation fictive qui adoucissait la solitude de chacun et lui donnait le sentiment de vivre une vraie vie.

— Alaa viendra à Zermatt pour les fêtes, annonça Mme Alderson.

La nouvelle fut commentée comme s'il s'agissait d'un sujet essentiel :

— Ah bon ! s'exclama Dora Perret, il ne devait pas rentrer ?

— Vous savez pourquoi Alaa est chez nous, fit la directrice, sa mère est dépressive…

— Disons qu'elle est sensible, corrigea Berthier. Dépressive, c'est autre chose.

La remarque irrita Mme Alderson. Berthier avait une femme dépressive, d'accord. Inutile de le rappeler à tout bout de champ. En plus, dans cette histoire, il était loin d'être innocent.

— J'ai reçu un courrier ce matin, reprit Mme Alderson. Le père d'Alaa vient d'être nommé ministre. Sa mère doit assumer des responsabilités…

— Et du coup elle n'est plus dépressive ! fit Berthier.

Mme Alderson le regarda d'un air glacial.

— Est-ce que le petit sera déçu ? demanda Dora à Irène.

— J'imagine, répondit celle-ci.

Elle hésita quelques instants puis ajouta :

— Quoique... A l'Institut, ils finissent par se sentir chez eux...

Au moment où retentit la sonnerie, Irène demanda à Vera si elle avait prévu quelque chose pour l'après-midi. Elle proposa la terrasse de l'hôtel d'Angleterre :

— En septembre, par beau temps, Ouchy est un rêve...

Vera accepta. Elle redoutait le vide du week-end.

Au déjeuner, elle avait les tout-petits. La discussion tourna autour du match de l'après-midi. L'Institut recevait l'Ecole Nouvelle de Paudex.

— Ils ont deux tackleurs à l'arrière.

— Des tackleurs ?

— Des salauds, madame.

— Ils tapent dans les jambes, pas dans la balle.

— Kranz et Donald, dit un autre, ils sont connus !

— Leur gardien, c'est Kastoryano, un Turc tellement gros, il remplit tout le but.

— Comme Gülgül ?

— Tous des gros.

— On a qui en milieu de terrain ?

— Sarnoff.

— Sarnoff, il a la trouille.

— Sarnoff, philosophe.

Vera se laissait prendre par la routine de l'Institut. La préparation des cours, le travail de correction, la lecture de la pièce, les repas pris avec les élèves (elle s'était habituée à leurs expressions et à leur brouhaha), tout lui convenait. Chaque jour ou presque elle se sentait plus à l'aise en compagnie de ses collègues. Les réunions du café de dix heures ne lui procuraient plus l'angoisse du début. Elle s'y rendait avec plaisir et s'intéressait aux sujets discutés. Les *prép*, les *sup* et les *bords du lac* lui étaient devenus des expressions familières qu'elle aimait utiliser.

Après le déjeuner, elle eut une hésitation sur le chemin à suivre pour rentrer chez elle. Elle pouvait choisir entre le quai ou la Grand'Rue, qui traversait le vieux Lutry de part en part.

Par forte bise, lorsque le lac prenait une couleur gris-vert, Vera évitait le quai. Il la plongeait dans la mélancolie, alors que la Grand'Rue, ces jours-là, offrait un itinéraire protégé. Elle était bordée de maisons étroites, minérales, qui formaient un tout harmonieux et rassurant.

Mais le trajet avait ses inconvénients. Chacun dans le bourg se connaissait, et le passage de Vera suscitait une attention particulière, rien de méchant, un petit sursaut, un silence, ou même un “Bonjour !” accompagné d'un regard prolongé et ces marques de curiosité innocente mettaient Vera mal à l'aise.

Ce samedi la journée était calme, et Vera choisit de rentrer par le bord du lac.

Une heure plus tard, au moment où elle quittait son immeuble pour Ouchy, elle croisa plusieurs élèves qui se précipitaient vers le magasin de tabac situé en face de chez elle.

— C'est la mi-temps, madame !

— On mène !

Le championnat… Elle vit au loin la silhouette de Gülgül. Il était entouré d'une dizaine de garçons en tenue de sport et leur parlait avec animation.

Aussitôt qu'il aperçut Vera, il se précipita vers elle :

— Vous venez pour le match ? Nous menons un à zéro ! C'est Nascimento qui a mis le but !

Elle n'eut pas le temps de le décevoir. Il ajouta, comme s'il s'agissait d'un secret :

— Ça leur fait plaisir quand des professeurs viennent, vous savez, ça leur fait grand grand plaisir ! Merci ! C'est formidable ! Vraiment !

Il lui fit un clin d'œil :

— Ils ne le diront jamais, n'est-ce pas ? C'est des durs !

Puis il retourna au stade de son pas sautillant. Vera reconnut Marco Giuliani, Sassan, et Lenny. De loin, ils avaient l'air d'hommes.

41

Samedi 19 septembre 1959.

Assis sur un banc à deux pas du point Quatre, Brunet était mal à l'aise. Ce n'était pas son lac qu'il avait devant lui, mais un plan d'eau pour touristes en goguette, brillant de soleil, couvert de canots, de voiliers et de pédalos.

Il aimait son lac gris, noir même, battu par la pluie, remué par la bise ou le joran, des vents qui le forçaient à se dévoiler, à se mettre en colère, à montrer une douleur que Brunet comprenait, qu'il partageait. Il aimait son lac lorsqu'il lui racontait des histoires fantastiques. Pas des contes de bibliothèque rose.

"Va donc à Ouchy, lui avait lancé sa mère en début d'après-midi, au lieu de rester à la maison à te morfondre, avec ce beau soleil !" Il n'avait pas répondu. Sa mère avait ajouté : "Va photographier quelque chose de gai ! Pour une fois !"

Pour ce soleil rasant de septembre, il avait mis un film à sensibilité faible. 50 ASA, cela éviterait des effets faciles. Il ferait ses prises au soixantième. Avec le diaphragme à 10 et un grand-angle, il aurait la profondeur de champ qui lui permettrait de tout capter : le lac jusqu'à Evian avec en arrière-plan les Alpes, les bateaux, les oiseaux, les reflets irisés de la lumière couchante sur les clapotis, tout.

Il eut un sourire de dépit. Il pourrait appeler la photo "Ouchy par un bel après-midi" et en faire une carte postale d'une niaiserie absolue.

42

Samedi 19 septembre 1959.

A Ouchy, Irène s'excusa :

— J'ai trop parlé, l'autre jour. Pleurer la mort d'un mari boche, ça doit rester un exercice solitaire. Allez, on change de sujet. Et vous ? Comment ça se passe ?

Vera eut un geste des épaules :

— Mes classes marchent bien, je crois. Les élèves sont attentifs, polis... C'est intéressant...

— Les collègues ?

— J'ai peu de contacts...

— L'ambiance ? La vie de tous les jours, le café de dix heures, les repas... Le reste ?

Les yeux dans le flou, Vera ne répondit pas.

— C'est difficile, je sais...

Elle caressa la main de Vera, du bout des doigts et très vite :

— Ici, c'est la foire aux voiles déchirées. Chacun a subi la tempête. C'est d'ailleurs ce qui nous rassemble. Les élèves, les professeurs, le personnel, Mme Alderson... Il y aurait du boulot pour une escouade de couturières... Du genre qui cousent sur des machines à gros fil ! Des enfants qui, à sept, huit, dix ans, croisent à peine leurs parents... Qui des mois durant ne reçoivent aucune caresse... Qui restent à l'Institut des huit, dix, onze ans ! Vous imaginez leur état à la sortie ? Ces garçons resteront des mal-aimés toute leur vie.

— Si les parents les placent à l'Institut, c'est pour des raisons graves, non ?

Irène eut des mains un geste de fatalité :

— Il y a toujours un bon motif. Des parents divorcés, comme pour Lenny. D'autres qui voyagent, comme les Demetz. Il y a aussi les fortunes d'après-guerre. Quand on n'a pas les manières qu'on voyait chez les riches, alors on colle aux enfants l'éducation dont on a été privé : le savoir-vivre, les langues étrangères, les sports, la valse... Sans parler des enfants nés hors mariage, le père veut se rattraper, alors il offre une éducation à son bâtard. Tenez, Afonso Nascimento. Son père s'appelle Smith. A lui d'expliquer à ses camarades pourquoi, lorsque son père lui rend visite, Mme Alderson l'appelle d'un autre nom que le sien. Ces enfants, ce sont leurs parents qui les ont écartés. Alors ils mettent les choses au point... C'est leur façon de retrouver une dignité. Ils règlent leurs comptes par l'intermédiaire de l'Institut. Ce qui les sauve, voyez-vous, c'est qu'ils ne se rendent pas même compte qu'une déchirure existe. Elle fait partie d'eux-mêmes. Ils ont appris à naviguer avec. D'ailleurs, ce sont des marins redoutables... Les coups de tabac, ils aiment ! A côté d'eux, les voiles non déchirées, c'est des chiffes molles...

Elle s'arrêta quelques instants, puis reprit, l'air pensive :

— Ils ont subi une trahison. La première de leur vie, et sans doute la pire. Plus cruelle que tout ce qui pourra leur arriver par la suite. Ça les durcit terriblement. Mais bon, ça les prépare... D'un côté, en les mettant à l'internat, on les prive de la vraie vie...

— La vraie vie ? fit Vera. Qu'est-ce que c'est ?

— La table familiale. Les retrouvailles du quotidien. Les petites consolations, les bras d'une mère… Regardez les tout-petits… Ils se surveillent moins que les grands. Vous avez vu comment ils courent vers moi… Ils ne savent plus ce que c'est, les bras d'une mère.

Elle réfléchit, haussa les épaules et ajouta :

— En même temps, on les plonge dans une autre vraie vie. Celle des abandons et de la solitude… Peut-être que c'est ça, la vraie vie… Mais après ? Comment pouvoir compter sur l'amour de l'autre sans craindre d'être trahi ? Vous avez remarqué combien ils sont méfiants ! Jusqu'à l'os ! Certains jours, je me dis que, comparée à ce que la guerre nous a imposé, leur vie à l'Institut, c'est une opérette : tennis, yole, ski, leçons de danse et tralala. Et puis je me dis que ces abandons sont d'une cruauté encore plus grande.

— Tous les élèves ne détestent pas leurs parents ?

Irène eut une moue de dépit :

— C'est pire que ça. On leur raconte à longueur d'année que leurs parents se sacrifient pour eux. Du coup, ce sont les enfants qui se sentent coupables…

Elle avait le regard flou :

— Et puis il n'y a pas qu'eux. Prenez les Voulencors. Déterrées de leur Calabre… Coupées de tout… Dans la peur de tout. Il faut voir comment l'Institut les loge, à quatre ou cinq par chambre dans des greniers ou des entresols. Et la population locale qui leur parle avec un mépris… Des sous-êtres.

— Nos collègues ?

Irène laissa échapper un petit rire :

— Une collection de voiles déchirées ! Tenez, McAlistair… Diplômé de Yale et deux ans de prison militaire pour avoir refusé de se battre contre les Japonais. Après quoi, *bye-bye*, il quitte son pays. Toutes ses affaires tenaient dans un sac militaire (elle sourit). Il se retrouve à Lausanne, à chercher de quoi gagner sa vie. Il fallait le voir... Un chien pelé ! Il tombe sur M. Alderson qui avait besoin d'un professeur d'anglais, une sacrée chance. Ils discutent le coup, parlent de Nietzsche, McAlistair fait son numéro, et hop, Alderson l'engage. En plus, il ne parlait pas un mot de français. Finalement, tout s'est bien passé. Enfin... Quand il est arrivé, en quarante-sept...

Elle eut un geste de l'épaule :

— Bon, vous l'apprendrez bien un jour, nous avons eu une liaison. Si l'on peut dire... Mon anglais était nul, son français inexistant... Et puis nous devions sans cesse faire attention. Et cette jambe que je devais exhiber... Echec sur toute la ligne. Bander devant une hanche qui ressemble à un gigot ficelé, ça ne doit pas être facile... Je ne vous montre pas ma cicatrice, ça vous ferait tourner de l'œil... Bref, tout le monde l'a quand même su. Berthier avait aperçu McAlistair sortir de chez moi et s'est fait un plaisir de le raconter. Après trois semaines, c'était terminé.

— Et maintenant ?

— Il est devenu végétarien, le monsieur ! Vous l'avez vu à table ? Un vrai poème, avec ses noisettes, ses pots de miel, ses Spassef...

— Ses quoi ?

— Ses Spassef. Des yaourts bulgares ! Du McAlistair craché ! Il va une fois par semaine à Saint-François, revient avec ses yaourts, des fruits secs et des bananes plein son sac à dos. Vous verriez sa coupe ! Et puis il fréquente des gens bizarres, accoutrés comme des missionnaires, et qui passent leur temps à lire René Guénon, leur maître à penser... Un de ces charabias ! Enfin, si ça lui fait plaisir...

— Les autres ?

— Berthier n'a pas même pas eu à choisir. En 1941, il a été l'un des premiers partisans du RNP, le Rassemblement national populaire, un parti collaborationniste qui se disait de gauche et voulait "protéger la race", vous voyez le genre. A la Libération, ils l'ont condamné à l'indignité nationale. Quatre mois de cachot à Grasse ! Après ça, pas question qu'il reste au pays. Sa femme n'a pas supporté. Elle passe son temps en clinique psychiatrique. Et Nadelmann ! Il a vécu la guerre loin de Vienne. Jusque-là, il était assistant en lettres à l'université. Et juif. Il est parti peu avant l'Anschluss. Du jour au lendemain. Pour l'Espagne. De là, il a filé aux Etats-Unis, au Montana. Il a fait la coupure. Mariage avec une Américaine, gérant de restaurant, divorce et retour dans sa Mitteleuropa adorée. Il dit : "De Lausanne, j'entends les valses qu'on joue à Vienne."

— Il a l'air d'être un homme harmonieux.

Le visage d'Irène se rassombrit. Evidemment, Nadelmann avait charmé Vera. Décidément, elle n'aimait pas cet homme. Maniéré, obséquieux... Elle arrivait toujours à la même conclusion : s'il n'y avait pas eu les juifs, l'Allemagne aurait perdu la guerre comme tout le monde. Comme on perd un match de football. Chacun aurait gardé la tête haute. Maintenant, c'était sale Boche par-ci, sale Boche par-là. Elle poursuivit d'un ton vif :

— Il raccommode sa déchirure en faisant des manières de petit marquis, point par point. Il s'est marié avec une femme de Lutry, plus âgée que lui. Ils n'ont pas d'enfants. Vous savez à quoi il passe son temps, Nadelmann ? Il traduit Kafka ! Tout Kafka traduit en français, comme ça, pour lui. Il dit que c'est la meilleure façon de rester dans l'intimité de la langue allemande. *Sa* langue, qu'il dit... Voilà à quoi il joue, Nadelmann. Et Kafka, en plus... Vous pensez s'il doit rigoler tous les jours... Bon, j'arrête sur Nadelmann. Brunet vit avec sa mère. Sa passion, c'est le lac. Il passe son temps à le photographier. Toujours en noir et blanc, et toujours depuis les quais. Sur chacune de ses photos, il en a fait des centaines, peut-être des milliers, il y a le lac et une échappée des quais. Il fait de belles choses, Brunet. Je suis sûre qu'il voudra vous montrer ses clichés. A part ça, il aime les hommes.

— Je l'avais compris, fit Vera.

— Entre eux, les élèves l'appellent Brunette... Ce que vous ne savez sans doute pas, c'est qu'il a participé à la fondation de l'Institut. Il était associé à M. Alderson. Après quelques années, ce dernier a racheté ses parts. C'est vrai que c'était plus logique. Brunet, donner des ordres, vous voyez un peu...

— Et Mme Alderson ?

— Veuve de M. Alderson. Bon mari et grand homosexuel. Il faisait partie de ce mouvement naturiste né entre les deux guerres, qui vouait un culte au corps, à la beauté, à la nature... A l'effort, aussi...

— Un mouvement fasciste ?

— Pas du tout ! M. Alderson était un homme remarquable. Ses idées sur l'éducation, l'esprit et le corps, l'ambition morale et physique, je n'en connais pas de plus belles. Mais voilà... Il aimait les hommes. Avant, c'était Brunet, puis un autre, vous l'avez sans doute remarqué, par la place qu'il occupe à l'Institut.

Vera l'interrogea du regard.

— Gülgül !

— Et Mme Alderson... ?

— Elle est très proche de sa sœur.

Il y eut un silence.

Irène repensa à Nadelmann. En voilà un qui était à des années-lumière de cultiver son corps. Elle eut soudain envie de s'ouvrir encore plus à Vera. L'Italie aussi avait promulgué des lois raciales. Peut-être que Vera la comprendrait.

Irène était sur le point de lui demander : "Et vous, les juifs, vous en pensez quoi ?" lorsque Vera s'interrogea à haute voix :

— Qu'est-ce qui pousse un homme à se plonger dans Kafka ?

La question ne s'adressait pas à Irène. Mais elle l'irrita, et Irène changea de sujet.

43

Lundi 21 septembre 1959.

— Qu'est-ce qu'il te voulait ?

Gisèle regardait sa sœur, dans l'attente d'être rassurée.

— Je ne sais pas, fit Mme Alderson d'une voix à peine audible.

C'était maître Monfrini, le grand avocat lausannois, qui l'avait rappelée. “Il m'est revenu quelque chose en mémoire, lui avait dit l'avocat. La courtoisie voudrait que je me déplace, mais j'ai l'audace de vous demander s'il serait possible que vous passiez en mon étude.” Il avait ajouté : “Dans un souci de discrétion, vous l'aurez compris.”

Du temps de Georges… Elle soupira. Il fallait qu'elle cesse cette ritournelle. Georges était mort. Et puis l'avocat avait raison. C'était mieux ainsi.

— Tu n'as pas idée ? reprit Gisèle.

— Un élève dont les parents ne peuvent plus payer, mentit Mme Alderson. Ou qu'ils veulent retirer sans avoir à régler le dédit de trois mois. Sinon, je ne vois pas…

Gisèle n'était pas tranquille. Il y avait eu les désistements. Puis l'incendie. Et maintenant ? Sans doute qu'elle se faisait du souci pour rien. Sa sœur était capable de régler n'importe quel problème. En plus, tout n'allait pas de travers. Le hangar aurait pu brûler. Et les yoles avec. Comme du papier à cigarettes, avait dit le policier. D'ici à ce que l'assurance ait remboursé, l'Institut aurait ressemblé à une ruine. Les élèves se seraient moqués. Sans parler des yoles qu'il aurait fallu remplacer.

Malgré tout, elles avaient eu de la chance.

— On s'en tirera, n'est-ce pas ? fit Gisèle.
— Bien sûr qu'on s'en tirera, Cigogne, répondit sa sœur. Ne t'en fais pas pour Monfrini, c'est sûrement trois fois rien.

44

Lundi 21 septembre 1959.

La situation météorologique générale se présente de la manière suivante : Valais, Nord des Alpes, Nord et Centre des Grisons…

Ce matin, la voix du météorologue était plus accusatrice que d'habitude. Vera traîna au lit jusqu'à presque neuf heures, puis se prépara coup sur coup trois cafés.

La journée s'annonçait difficile. La veille au soir, au moment où les élèves quittaient la salle à manger, Mme Alderson l'avait interpellée :

— Ne le prenez pas mal… Pour la pièce, vous connaissez peu les élèves… Avec Dora Perret, je crois que nous avons fait les bons choix.

A leur avis, Charles Hugues ferait un excellent Allan, le plus rangé des frères. Marco Giuliani pourrait interpréter l'aîné, Patrick. Pour Luke, elles avaient pensé à Hosrow.

— Vous aurez du travail, avait ajouté Mme Alderson. Il n'a pas beaucoup de facilité pour apprendre un texte. Mais il aime jouer.

Enfin, la directrice proposa que le rôle de Tom, le cadet, soit tenu par Franklin Demetz.

— Avec sa petite taille, il campera un Joe parfait.

Après quoi Mme Alderson avait renouvelé l'invitation de Gülgül :

— Venez à un cours de danse ! Ça va vous changer les idées.

Vera n'avait pas pu articuler un mot. Elle était ailleurs, occupée à vivre les scènes au cours desquelles le contact avec les garçons serait inévitable. Comme par exemple lorsque la radio annonçait que Patrick avait été arrêté et qu'au même moment, les deux cadets rentraient de l'école. Ils se précipiteraient dans ses bras. Elle les serrerait contre elle.

Cette perspective la hanta toute la matinée. Lorsqu'elle arriva à la Grande Salle, elle était à bout de nerfs.

Ils l'attendaient tous les cinq, assis autour d'une des tables.

— Je n'ai rien lu, madame, fit Giuliani à son arrivée. On ne me l'a dit que ce matin.

— Moi, hier, fit Demetz, je n'ai pas eu le temps. J'ai lu le titre…

— On commence ? lança Hosrow.

Vera leur résuma la pièce avec nervosité. Son regard allait se fixer sur le mur, sur la table, sur son texte, retournait se poser sur le mur, et ainsi de suite. Elle définit avec une profusion de détails inutiles le profil de chaque personnage, insista lourdement sur la nécessité d'aborder le projet avec sérieux, car il s'agissait d'un anniversaire important (On sait, madame, coupa Lenny) et conclut par un sentencieux :

— L'approfondissement viendra avec le travail.

— Pour pouvoir approfondir un texte, il faut qu'il soit profond, madame, lança Lenny, l'air très sérieux.

Les garçons se regardèrent, puis tous ensemble éclatèrent de rire.

— Mais non, il n'est pas si nul, ton père, fit Hugues.

— Je dirais même qu'il a de l'avenir, fit Giuliani.

— A condition qu'il approfondisse, lança Demetz, c'est là que je ne le trouve pas assez profond, dans l'approfondissement...

Les garçons s'esclaffaient. Elle lança :

— C'est un très beau texte.

Mais ses paroles furent couvertes par le brouhaha.

La lecture du premier acte fut laborieuse. Les garçons s'encoublaient, pouffaient, se lançaient des piques, et Vera dut les reprendre sans cesse. Elle le fit de façon si fébrile qu'au bout de cinq minutes elle les irritait.

Elle avait été idiote d'accepter. Idiote d'être venue à l'Institut. Idiote de tout. Elle dirait à Mme Alderson que c'était au-dessus de ses forces. Qu'elle devait faire appel à quelqu'un d'autre.

Mais à la lecture de l'acte suivant, elle reprit espoir. Il donna à Lenny l'occasion d'un morceau de bravoure, lorsque Nikos, son personnage, s'adressait à ses fils :

Quand nous sommes partis de Syros, mon père et moi, nous n'avions pas de chaussures. Nous étions pieds nus sur le bateau, tu entends ? Pieds nus ! Tu sais ce que c'est être pieds nus l'hiver ? Combien de paires de chaussures tu as ? Tu ne me réponds pas ? Tu sais comment vivent les gens en Russie ? C'est ça que tu veux pour nous ? Les communistes ? Regarde autour de toi ce que nous a donné ce pays ! Regarde cette cuisine ! Ouvre le frigo ! Vas-y, ouvre-le ! Tu ne le fais pas ? Tu as peur ? Tu as honte ? Tu veux que nous vivions comme avant ? Comme des animaux ? Comme les Russes ? A Syros je n'avais pas de quoi me payer une tranche de salami, tu entends ? Pas une tranche. Ici je vais au supermarché et j'achète un salami entier grand comme ça ! J'achète cinq salamis, dix salamis ! Le sénateur McCarthy, il nous protège, tu comprends ? Il protège ce pays ! Mon pays ! Maintenant mes racines sont ici ! Sous mes pieds ! Tu devrais t'en souvenir. Au lieu de te montrer si ingrat !

Lenny fut époustouflant. A sa lecture, le personnage de Nikos prenait corps, son humanité fruste touchait et irritait. Tout dans l'interprétation était juste. Mais Vera eut peur de paraître complaisante et décida de ne pas faire de commentaire. Puis elle changea d'avis et lança :

— C'est bien.

Lenny la regarda d'un air incrédule. Elle ajouta :

— Non, non, c'est très bien.

Elle était ridicule.

Ils s'apprêtaient à entamer la lecture du dernier acte lorsque Marco Giuliani l'interpella :

— Il n'y a que vous et Sarnoff jusqu'à la fin de la pièce, vous nous libérez ?

Elle n'eut pas la force de s'opposer et se retrouva seule avec Lenny, qui fit du troisième acte une lecture décalée. Une réplique faisait basculer la pièce, lorsque Dimitra disait à son mari :

Tu ne vas pas le laisser tomber, n'est-ce pas ? Tu vas le défendre ? Tu seras derrière ton fils ? Dis-le-moi, que tu seras derrière ton fils ! Dis-le-moi maintenant !

La réponse de Nikos était le début d'une prise de conscience :

Il aura un procès équitable. J'ai confiance en ce pays.

Lenny s'obstina à la lire avec agressivité, comme si Nikos tançait la femme.

— Je crois qu'à cet instant, fit Vera, Nikos prend conscience du vrai enjeu. Il ne veut pas perdre la face, mais commence quand même à se préoccuper du devenir de son fils. Son "Il aura un procès équitable" est dit comme s'il voulait se convaincre que tout ira bien. La pièce prend ici un tournant, et vous devriez peut-être nuancer…

— J'ai compris, madame, lui lança Lenny d'un ton sec.

Mais il resta à côté du rôle et Vera décida de ne plus l'interrompre.

45

Jeudi 24 septembre 1959.

— J'espère que vous ne m'en voulez pas, fit maître Monfrini en souriant. Au moins tout sera fait dans la discrétion.

— Merci de me recevoir, fit Mme Alderson d'un ton neutre.

— Je me suis souvenu qu'il y a environ une année, j'avais été contacté par un groupe américain qui cherchait à reprendre un internat en Suisse romande. C'étaient des professionnels, à l'époque ils possédaient déjà une chaîne d'instituts pour garçons aux Etats-Unis et deux écoles en Suisse. Evidemment, je n'avais pas pensé à vous, ni à personne d'autre, du reste, et les choses n'avaient pas été plus loin.

Mme Alderson resta impassible.

— Pour être franc, reprit l'avocat, j'ai sondé le groupe ce matin, sans citer de nom, bien sûr. Il vient de prendre contact avec une autre école…

— Et… ?

— Elle lui a soufflé votre nom…

Elle eut un petit vertige. “Soufflé”. Comme on chuchote le nom d'un malade. Y avait-il déjà une rumeur à propos de son école ?

— Permettez que je vous parle en toute franchise, ajouta Monfrini.

L'internat avec lequel le groupe américain s'était mis en rapport avait recueilli deux des élèves qui s'étaient désistés. Les deux professeurs à temps partiel (ceux qui avaient été remplacés par Brunet et Nadelmann) multipliaient les offres de service. L'incendie de la porte du hangar s'était su...

— Voulez-vous que nous en restions là pour aujourd'hui ?

Mme Alderson resta silencieuse. Puis elle posa avec calme ses yeux sur ceux de maître Monfrini :

— De qui s'agit-il ?

— J'ai l'autorisation de divulguer le nom de mes clients s'il y a intérêt de principe.

Elle hocha la tête.

— L'ABS, fit l'avocat, la famille Brittan, de Philadelphie.

Elle connaissait l'American Boarding System. Le groupe comptait sept internats huppés aux Etats-Unis. En Suisse, ils étaient au Tessin et dans les Grisons. Le groupe était réputé pour le succès de ses élèves à être admis dans les universités prestigieuses de la côte est.

— Ils cherchent à être présents en Suisse romande, fit maître Monfrini. C'est un M. Solcà, l'ancien directeur du campus de Lugano, qui a été chargé de prendre les premiers contacts. C'est lui qui m'avait appelé il y a une année et c'est lui que j'ai eu au téléphone ce matin.

Mme Alderson continua de rester silencieuse. Après quelques instants, maître Monfrini ajouta :

— Je l'avais rencontré, leur M. Solcà. Il m'avait fait bonne impression. Ex-prof de maths, Poly de Zurich, gymnase de Bellinzona, et direction de l'ABS-Lugano, comme ils l'appellent. Belle carrière. Il a pris sa retraite il y a deux ans.

Elle se leva.

— J'en parle avec ma sœur et je vous appelle.

— Sur le principe, je peux leur dire quelque chose ?

— Je vous appelle lundi, fit Mme Alderson.

46

Dimanche 27 septembre 1959.

Dès que les Voulencors eurent débarrassé les tables, Gisèle vint s'asseoir à côté de sa sœur :

— Qu'est-ce qu'on perd à discuter ?

— Une indiscrétion pourrait nous porter préjudice. Monfrini est un monsieur. Et puis il est d'ici, pour lui je ne suis pas inquiète. Mais ce Solcà, je ne le connais pas. Imagine qu'il aille raconter tout et son contraire...

— Et si ça marche, fit Gisèle, on partira d'ici ?

Mme Alderson caressa la main de sa sœur à plusieurs reprises.

— Le problème va se poser tôt ou tard, Cigogne. Le 1er février prochain, nous aurons soixante ans. Il faudra bien quitter l'Institut un jour. Et puis il y a ma santé. Ou ce qu'il en reste...

Sa cage thoracique se comprimait. Son dos se tordait. Cela l'obligeait à se tenir toujours plus courbée. Ses problèmes de respiration étaient plus récurrents. Plus douloureux, aussi.

Gisèle se mit à pleurer. Sa sœur se leva, lui embrassa le front, jeta un coup d'œil autour d'elle, lui embrassa très vite les lèvres et se rassit.

— Et si ça marchait ?

Mme Alderson caressa à nouveau la main de sa sœur :

— Nous pourrions redevenir libraires…

— Tu nous vois chez Payot ?

Gisèle se mit à rire. Mme Alderson sourit.

— Nous chercherons quelque chose entre Lausanne et Montreux.

— On pourrait se le permettre ?

— Allons, fit Mme Alderson, tu fais l'enfant…

— C'est vrai, répondit Gisèle en hésitant.

Elle n'était pas rassurée. Elle regarda sa sœur :

— Et tout ce travail ? ces efforts ?

Mme Alderson hocha la tête :

— On a eu de belles années…

— Très belles, fit Gisèle.

Elle sourit et ajouta :

— Très très très très belles, comme dirait…

Elles rirent.

— Voilà comme j'aime te voir, Cigogne.

— Et les professeurs ?

— Ils auront un nouveau patron, voilà tout.

— Et nous recevrons de l'argent ?

— Tu continues à faire l'enfant ! fit Mme Alderson d'un air faussement sévère.

— Notre vie va être bouleversée, n'est-ce pas ? demanda Gisèle.

— Elle va changer, répondit sa sœur, on la rendra belle. Allez, ce soir, tu me masses partout, d'accord ?

— Oui, répondit Gisèle.

D'un coup, elle était contente.

47

Mercredi 30 septembre 1959.

— Je sais que ce n'est pas facile, fit Solcà.

Mme Alderson leva lentement la tête et le dévisagea. Soixante-sept, soixante-huit ans. Des cheveux magnifiques, gris et drus, coupés en brosse. Une moustache de grognard, grise elle aussi, sous un nez busqué. Des yeux calmes, vert foncé.

— Je n'étais que directeur à l'ABS-Lugano, ajouta Solcà. Mais je l'avais fondée. Quand je dis que ce n'est pas facile, je sais de quoi je parle.

— Ne nous occupons pas de ça, fit Mme Alderson. Chacun assume ses problèmes.

Solcà leva les mains comme si on le menaçait d'une arme :

— J'essayais simplement…

— Je propose qu'on avance, fit Mme Alderson. Vous avez exprimé un intérêt à reprendre l'Institut. Je vous écoute.

Elle avait repris la main. Son "pas facile", il pouvait se le garder.

D'un mot, Solcà entra dans le concret :

— Vos comptes annuels suivent le calendrier ou l'année scolaire ?

— Ils se terminent au 31 juillet.

— Et pour le dernier exercice ?

— Ils sont bouclés.

— Parfait. Je voudrais pouvoir examiner les comptes des trois dernières années. Je le ferai en cette étude, de façon confidentielle. Si vous faites parvenir vos bilans à maître Monfrini d'ici lundi, je m'engage à vous répondre avant la fin de la semaine prochaine. Si sur le principe nous décidons d'aller de l'avant, nous vous proposerons un protocole, étape par étape, qui nous permettrait de conclure avant les fêtes de Noël.

— C'est parfait, dit Mme Alderson.

48

Samedi 10 octobre 1959.

Au café, Irène Kowalski faisait un aparté avec Mme Alderson. Toutes deux avaient l'air préoccupées. La directrice hocha la tête :

— On en parle lundi.

Irène s'approcha de Vera :

— Vous venez cet après-midi ?

Elle ajouta d'un air désinvolte :

— Mais en fin de journée, pas avant, j'ai des courses.

Puis, alors qu'elle s'éloignait, elle se retourna et lança :

— Ne dites pas non. Et prenez votre passeport.

Il y avait de la tristesse dans le ton d'Irène. Et pourquoi le passeport ?

La conversation glissa sur un de ces sujets que la directrice savait faire enfler :

— Afonso a malmené Demetz. Un œil au beurre noir.

Demetz était allé pleurer chez son père et celui-ci avait écrit à Afonso. Le garçon avait rangé la lettre dans son armoire et tante Gisèle était tombée dessus en rangeant son linge.

— Il faut que les garçons règlent leurs problèmes entre eux, fit Mme Alderson.

— C'est pour ça qu'on nous les confie, lança McAlistair.

— Eh oui ! ajouta Berthier en souriant, pour qu'on en fasse des hommes…

— C'est plus simple lorsque les parents sont éloignés, fit Dora Perret.

49

Samedi 10 octobre 1959.

La perspective d'être assise seule à une table de café durant une demi-heure embarrassait Gisèle. En attendant de retrouver sa sœur, elle décida de faire le tour des beaux magasins.

Elle aimait infiniment passer devant les boutiques huppées du centre-ville. Elle jetait un coup d'œil à l'intérieur et, si elle reconnaissait l'une ou l'autre des vendeuses, elle trouvait un prétexte et entrait dire bonjour. Elle savait qu'elle serait reconnue, reçue, complimentée. Chez Schaefer-Sports, l'Institut achetait les tenues de football par douzaines. Chez Payot c'était des commandes de livres par cartons entiers. Et chez Bonard ! Elle se demanda combien de paires de pantalons l'Institut avait achetées depuis sa création. Si elle comptait une moyenne de soixante-dix élèves à un pantalon par an, disons deux, vu que les garçons se retrouvaient sans cesse avec des pantalons qui leur arrivaient au haut des chevilles, même un et demi en moyenne… Elle se perdit dans ses comptes.

Sa sœur pourrait faire la multiplication en un rien de temps. Mais elle était sur des calculs autrement plus importants.

Gisèle passa devant le fleuriste accolé au Tabaris, puis devant l'hôtel Central et l'hôtel de la Paix. La vie de tous ces lieux était liée à celle de l'Institut depuis un quart de siècle.

Lorsqu'elle arriva au bas de la rue de Bourg, il lui restait encore un quart d'heure. Elle aurait eu le temps de continuer son petit périple, mais elle alla directement chez Nyffenegger. Passer devant ces magasins, ces cafés, ces hôtels pour lesquels l'Institut comptait tant lui avait donné du courage. Elle se sentit à même d'attendre un quart d'heure seule à une table.

Chez Nyff, comme les Lausannois appelaient le café, il y avait la foule des samedis après-midi. Gisèle se tint debout près du bar jusqu'à ce qu'une des petites tables se libère.

— Tu rêvasses, Cigogne !
Mme Alderson était devant elle, le regard joyeux.
— Alors ?
— Les choses se sont bien passées.
Elles s'embrassèrent.
— Raconte !

Le groupe américain avait pris connaissance des chiffres. Pour eux, la baisse du nombre d'internes n'était pas un facteur d'inquiétude. “Nous la considérons comme normale, vu les circonstances”, avait dit Solcà. Ils estimaient pouvoir retrouver rapidement les niveaux d'occupation que l'Institut avait connus durant les années 1955 et 1956 “par notre réseau…”. Les frais de fonctionnement étaient maîtrisés, c'était là un point essentiel (grâce à toi ! fit Mme Alderson à Gisèle). Solcà semblait avoir une idée précise de l'état du bâtiment (elle ne savait pas d'où il tirait ses informations, mais il semblait sûr de son fait). A ses yeux, la seule inconnue restait la qualité des enseignements, ou plutôt la personnalité des enseignants. "Les Américains sont très attachés à la morale", avait précisé Solcà. En conclusion, leur groupe était prêt à poursuivre dans le cadre d'un protocole en quatre points. Solcà devait avoir un entretien avec chacun des professeurs. Ensuite la transaction se ferait au 31 janvier. Point trois : jusqu'au 30 juin, Mme Alderson dirigerait l'Institut, et les professeurs auraient leurs salaires garantis, ainsi que Gisèle. Point quatre : au-delà de cette date, certains professeurs pourraient ne pas être retenus.

— Ils ne vont pas les renvoyer tous ? demanda Gisèle.

— Bien sûr que non. Tu imagines les réactions des parents ! Voilà... Tu sais tout sauf l'essentiel !

— Dis !

— Huit cent cinquante mille. Plus une participation aux résultats des cinq premières années ! Ça pourrait encore bien s'arrondir. Et ils décident avant fin décembre.

— Mais c'est énorme ! Enorme !

Gisèle embrassa sa sœur.

— Ce n'est pas joué, fit Mme Alderson. Tout dépend des entrevues qu'aura Solcà. Ils ne sont pas forts, nos professeurs. De bons enseignants, oui. Mais la morale à l'américaine...

50

Samedi 10 octobre 1959.

A Juste-Olivier, Vera trouva Irène la mine défaite :

— Deux minutes et on y va.

Vera alla l'attendre dans le petit salon où elles avaient pris le thé. Le cadre qui portait la photo d'Irène et de Karl à Paris était maintenant posé sur la table basse. Sur quel autre meuble l'avait-elle vu la fois précédente ?

— Où m'amenez-vous ? demanda Vera lorsqu'elles quittèrent l'avenue Juste-Olivier.

— C'est difficile à raconter, fit Irène. Vous comprendrez.

Irène prit la direction de Genève. A Coppet, elle bifurqua en direction de la France. Après la douane, elles traversèrent une petite agglomération et arrivèrent sur un immense parking. Irène coupa le contact et regarda Vera dans les yeux :

— Vous saisissez ?

Elle fit non de la tête.

— Venez.

Irène s'extirpa de la Topolino et se dirigea vers un grand bâtiment blanc sur le fronton duquel une enseigne lumineuse indiquait en lettres majuscules :

CASINO DE DIVONNE

— Bonsoir, madame Kowalski.

— Bonsoir, Georges, répondit Irène au gardien.

Vera était bouche bée. Irène se tourna vers elle, lui fit un clin d'œil et poursuivit en direction d'un grand comptoir derrière lequel se tenaient deux hommes habillés de gris foncé.

— Bonsoir, madame Kowalski. Je crois que c'est la première fois que nous voyons madame.

— Ces messieurs sont des physionomistes, fit Irène. Cela fait partie du métier… Donnez-lui votre passeport.

Irène sortit un billet de cent francs suisses de son portefeuille :

— Change et jetons, s'il vous plaît.

En un rien de temps, deux petites piles de jetons étaient posées sur le comptoir.

— Madame a besoin de jetons ?

— Elle jouera les miens, répondit Irène, elle me portera chance !

— Je vous le souhaite, répondit l'employé.

— Bonsoir, madame Kowalski, fit le barman.

— Bonsoir, Antoine.

Elles s'assirent à l'une des petites tables rondes qui étaient disposées près du comptoir. Les interventions des croupiers leur parvenaient par intermittence. Les "Faites vos jeux…" étaient suivis du sifflement de la bille qui glissait sans rencontrer d'obstacle. "Rien ne va plus", et l'on entendait la bille sautiller entre les cases. Enfin venait le résultat, annoncé dans une élocution lente et claire : "33, noir, impair et passe", ou : "16, rouge, pair et manque."

— Je vous dois une explication, fit Irène.

Elle raconta les années à Peenemünde, la course aux fusées, l'euphorie qui avait précédé la guerre. Karl et ses recherches. Elle qui traînait un peu et allait voir ses parents…

— Le soir à Peenemünde, c'était l'ennui assuré ! Un jour de septembre 1938, à Paris, je m'en souviens parce que mes parents fêtaient leurs trente-cinq ans de mariage, j'avais acheté une roulette. C'était une reproduction parfaite, avec tapis vert, jetons, et tout. "Tes mathématiciens vont adorer", m'avait dit mon père. Il avait vu juste. Pour Karl et ses collègues, les nombres, c'était plus que leur métier, c'était leur vie. Du reste, ils ne jouaient pas vraiment, ils faisaient tourner la roue, observaient les trajectoires que suivait la bille, répertoriaient les différentes façons qu'elle avait de sautiller de case en case et bien sûr notaient les numéros qui sortaient. Lorsque Karl lançait les "Faites vos jeux" et faisait tourner la roue, il fallait les voir, sérieux, appliqués… En fin de soirée, ils faisaient des calculs dans tous les sens, à chercher des martingales…

— Des quoi ?

— Des martingales. Des méthodes qui permettent de prévoir les numéros gagnants. Un jour, pendant qu'ils jouaient, voilà que mon Karl se lance dans une longue explication sur ce qu'il faisait le matin même. Et il utilise cette expression : la méthode de Monte-Carlo…

Une dizaine d'années plus tôt, elle avait reçu une lettre de Jakob Kühner, l'un des chercheurs de Peenemünde qui avaient suivi von Braun et Hermann en Amérique après la guerre. Il lui écrivait qu'un mathématicien de Chicago avait présenté un article sur une façon de créer des nombres au hasard et l'avait baptisée "méthode de Monte-Carlo", parce qu'elle imitait la roulette. "Maintenant, disait Kühner, tous les mathématiciens du monde utilisent l'expression. Le mérite aurait dû en revenir à Karl."

Elle s'arrêta, s'essuya les yeux et reprit :

— Jusqu'à il y a quatre ans, je n'avais jamais joué. Je n'étais pas même entrée dans un casino. Et puis le hasard s'y est mis. En septembre 1955, la maman d'un des élèves, Lucie Kandioti, s'était installée à l'hôtel de la Paix. Elle avait peur de retourner en Turquie. Il y avait eu des heurts à Istanbul, je crois que c'était lié à Chypre, elle parlait sans cesse des "événements". Du coup elle passait ses journées à prendre des cafés, au Central ou à l'Escale. Un samedi soir, je la croise au Capitole. Nous nous asseyons côte à côte, après le film elle m'invite à dîner au Chat Noir, bref nous passons une soirée délicieuse. Au moment de nous quitter, elle me propose de l'accompagner le lendemain à Evian. "Ça me changera les idées", qu'elle me dit. Aller à Evian le soir, c'était pour le casino. Entre Lausanne et la côte française, les bateaux font la navette. Mais le trajet m'aurait posé des problèmes, surtout pour le retour. La nuit, avec le vent et l'humidité, j'ai des élancements dans la jambe. Bref, je propose que nous allions à Divonne. Je lui dis : "Si ma Topolino est assez luxueuse...", elle rit, et voilà qu'un dimanche d'octobre 1955 je me retrouve pour la première fois dans un casino. Ici. A peine nous entrons, les larmes ! Impossible de m'arrêter de pleurer ! Si j'avais pu rentrer sous terre, je l'aurais fait. Et la pauvre Lucie qui ne comprenait pas ce qui m'arrivait !

— Qu'est-ce qui vous a tant émue ?

— Les annonces ! A Peenemünde, c'était Karl qui faisait le croupier. En vrai Allemand, vous voyez, sérieux, appliqué... Ses annonces, c'était : "Faites *fos cheuh*..." (elle rit). Alors, quand j'arrive ici avec Lucie Kandioti et que j'entends un croupier lancer : "Faites vos jeux...", je fonds en larmes. La pauvre Lucie veut comprendre, elle me dit mille gentillesses... Evidemment, je lui raconte. Vous voyez le tableau... La femme d'un Allemand qui fabriquait les V1 cherche la consolation chez une dame juive... Lucie tombe des nues. Mais elle m'écoute avec une attention totale, les yeux grands ouverts, sans dire un mot. Lorsque je m'arrête, elle dit : "Mon peuple a beaucoup souffert..." Et elle se met à pleurer. Nous étions assises toutes les deux à la table qui est là, vous voyez, celle-là, la dernière avant la table de baccarat, Lucie se lève, s'approche de moi, se penche et me prend dans ses bras. Vous vous rendez compte ? C'est elle qui me console et me prend dans ses bras. C'était inouï. "Vous, vous étiez du côté des coupables, et moi des victimes", me dit Lucie. Elle s'arrête quelques instants, très émue, puis elle ajoute : "Nous sommes là toutes les deux. La vie a gagné."

Irène s'interrompit quelques instants, puis reprit :

— Quinze jours plus tard, un samedi après-midi, je suis revenue à Divonne. Seule. J'avais une envie folle d'écouter les annonces. Je change cinquante francs, histoire de ne pas paraître suspecte (elle rit), je joue les douzaines et en un rien de temps je gagne quatre-vingts francs.

— Les douzaines ?

— Je vous montrerai, c'est très simple.

Elle avait dit ces mots avec dépit.

— Le petit guéridon marqueté en bois rose, celui sur lequel était posée la belle photo de Karl et moi le jour de nos fiançailles... Il est en dépôt chez Rossier, l'antiquaire. Vous croyez qu'on peut gagner à la roulette ? A la fin, on perd toujours. C'est le zéro qui fait la différence (elle sourit). Ça aussi je vous expliquerai. Voilà pourquoi il y a des traces noires sur les murs de mon salon...

— Des tableaux vendus ?

Elle lui fit un clin d'œil. Vera osa demander :

— Ce matin, avec Mme Alderson ?

— Une avance sur salaire. Une de plus.

Elle laissa deux jetons sur la table, lança au croupier : "Pour le personnel", et se leva :

— J'en suis à quatre mois. Venez, je vous explique le jeu.

Elles approchèrent d'une table.

— Les tables de roulette se différencient par la mise qu'elles acceptent. Celle-ci est pour les mazettes...

Irène s'assit et lança un jeton sur le tapis :

— Noir.

— Faites vos jeux, dit le croupier.

D'un tour de main rapide il fit tourner la roue, lança la bille dans le sens opposé, laissa passer quelques secondes et lança :

— Rien ne va plus.

La bille sautilla de case en case et finit par s'immobiliser sur le 25.

— 25, rouge, impair et passe, annonça le croupier.

— Perdu ! fit Irène. J'avais une chance sur deux. Enfin presque... Ici, tout est dans le presque...

— Pardonnez-moi, fit Vera, moi, les chiffres...

— Il y a trente-six numéros, plus le zéro. Vous les voyez autour de la roue, les cases rouges et noires ? La case du zéro, c'est la seule qui soit verte. Si vous misez sur l'un des numéros et qu'il sort, vous touchez trente-six fois votre mise.

— C'est énorme !

— Si ce n'est que vous mériteriez de la toucher trente-sept fois ! Il y a le zéro ! Votre numéro n'a pas une chance sur trente-six de sortir, mais une sur trente-sept !

— Ça fait une si grande différence ?

— Imaginez qu'il n'y ait pas de zéro. Si, chaque fois que vous gagnez, vous touchez trente-six fois votre mise, après des milliers et des milliers de coups de roulette, en moyenne, vous rentrez exactement dans vos fonds. Le casino n'aura ni gagné ni perdu. Mais il n'aura pas de quoi payer ses croupiers, son installation, tout le reste… Avec le zéro, il gagne sa vie. Il paie trente-six fois les mises au lieu de trente-sept. Et c'est comme ça qu'on en arrive à mettre un guéridon de bois rose à la vente. Allez, j'ai perdu peu, il est temps de rentrer.

Devant le grand comptoir de l'entrée, elle rendit les jetons qui lui restaient :

— Francs suisses, s'il vous plaît.

Dans la voiture, elle ne dit pas un mot pendant dix minutes. Puis d'un coup elle se mit à parler d'une voix à peine audible :

— Contre le destin, on ne peut rien. Disons : rien ou presque. Le casino a inventé le zéro. C'est sa seule chance de s'en sortir. Chacun a son petit zéro. Le problème, c'est de le repérer quand il vous passe sous le nez. Je devrais dire : S'il vous passe sous le nez.

Un quart d'heure plus tard, elles arrivèrent à la Grand'Rue. Irène arrêta le moteur :

— Ces cours de danse qu'organise M. Gülgül les samedis soir… Allez-y, au lieu de perdre votre temps avec une vieille folle. Allez, bonne nuit.

51

Mardi 13 octobre 1959.

— Ce qui s'appelle se faire virer à la vaseline, fit Berthier.

McAlistair et Nadelmann ne réagirent pas. Ils étaient tous trois attablés au café du Léman, place des Halles. Une heure plus tôt, Mme Alderson avait annoncé aux professeurs que l'Institut pourrait être vendu. Sa santé déclinait, il fallait songer à la relève, au devenir de l'Institut et de ses professeurs... La directrice avait insisté sur leur participation au processus de rapprochement avec les Américains. "Votre collaboration sera essentielle", avait-elle ajouté avant de conclure : "Tout devrait bien se passer." Mais c'était dit sans conviction.

Du blabla, avait conclu Berthier. Elle va s'en mettre plein les fouilles et nous balancer aux Amerloques. Personne n'avait posé de question. Seule Irène avait laissé échapper un "Merde alors".

Ils avaient tous quitté le Salon rose tellement abasourdis que plusieurs oublièrent de se saluer.

Un quart d'heure plus tard, McAlistair, Nadelmann et Berthier se croisaient à l'arrêt du tram, place des Halles.

— Allons prendre un verre, avait lancé Berthier.

Il s'était dirigé vers le café du Léman sans attendre la réponse des deux autres.

Lorsqu'ils furent assis, il proposa :

— Un coup de blanc ?

Mais McAlistair ne buvait pas d'alcool et ils n'avaient rien à fêter.

— Première fois qu'on prend un café ensemble, fit encore Berthier.

— A part les matins ! précisa Nadelmann.

— Mais bien sûr, monsieur Nadelmann ! Merci de me corriger.

— Je voulais simplement...

— Je sais, je sais, fit Berthier.

Pour une fois, il n'avait pas voulu être brusque. Il regarda ses collègues. Ils étaient tous trois entrés à l'Institut en septembre 1947, au moment où la tour venait d'être achevée, et avaient passé douze années à se côtoyer sans chercher à se connaître. Il n'avait jamais estimé les deux autres. McAlistair était un demeuré, avec ses pots de yaourt Spassef, son miel et ses noisettes, sans parler de sa fascination pour cet illuminé de René Guénon. Encore un qui avait trouvé ses gogos. "Ce n'est pas avec ce zigoto que l'Occident va redresser la tête face aux bougnoules", avait lancé un jour Berthier à McAlistair au café de dix heures. Ils ne s'étaient pas parlé durant six mois.

Nadelmann, c'était encore autre chose. Un bavard. Ou tout simplement un con. Ses histoires de traduction, Berthier n'en avait rien à faire. De l'enculage de mouches et rien d'autre.

— En définitive, reprit Berthier, dans une année, qui de nous trois sera ici ?

— Ils ne peuvent pas nous mettre tous dehors, fit Nadelmann. Mme Alderson l'a affirmé. Imaginez la réaction des parents ! Les Américains ne sont pas si bêtes.

— A mon avis, reprit Berthier, ils vont se dire : “Allez, sur dix, on en garde cinq.”

Il se fit la réflexion que c’était la première fois en douze ans qu’il avait pris la peine de répondre poliment à un commentaire de Nadelmann, et cela lui procura un sentiment désagréable.

— Les Américains aiment les solutions simples, fit McAlistair en souriant. Ils vont nous *liquidey*.

— Et vous irez où, avec vos romans de Guénon ?

— Vous *recommencey* !

— Je plaisantais, ne vous fâchez pas. J’ai deux garçons qui étudient et une femme en clinique. Vous, à la rentrée prochaine, si vous êtes viré, vous pouvez aller murmurer dans un temple bouddhiste si ça vous chante. Moi…

McAlistair hocha la tête :

— Qu’est-ce que vous *envisagey* ?

Berthier resta silencieux quelques instants, puis regarda les deux autres :

— Et vous ?

Aucun ne répondit.

— Ben moi même chose ! lança Berthier, qui se mit à rire.

Chacun s’était créé une place dans la vie de l’autre. L’esprit corrosif de Berthier avait aidé McAlistair à marquer sa place à l’Institut. L’inverse était vrai aussi. Le tralala philosophique de McAlistair avait permis à Berthier de donner libre cours à ses polémiques. Et si Nadelmann s’était accroché à Kafka, s’il en avait retiré tant de force, c’était aussi du fait de Berthier et de son antisémitisme sournois. Nadelmann avait appris à l’affronter.

Les trois hommes se regardèrent en silence, et soudain Berthier éprouva à l'égard des deux autres un sentiment de fraternité. Mais son flottement ne dura que quelques secondes :

— Voyons les choses en face. McAlistair, ils vont vous garder. Vous êtes américain, ils auront besoin d'un interlocuteur.

— J'*ay fay* de la prison pour ne pas avoir servi *Uncle Sam*... Je parie qu'ils savent tout sur nous, ça *c'ey trey* américain. Tout savoir. Ils font leur *homework*. Vous *verrey*.

— Donc, ils vous virent, fit Berthier. Parfait, un de moins (il sourit). Nadelmann, vous, aucun risque. Grand germaniste, *Herr Doktor*, coreligionnaire de la moitié des Amerloques qui font professeurs, vous êtes peinard.

— Il reste l'autre moitié, fit Nadelmann en souriant. Et si c'est des gens comme vous...

Ils rirent.

— Et vous ? demanda McAlistair à Berthier.

— Je n'en sais fichtre rien... Ils aiment peut-être les fachos, allez savoir !

Ils rirent à nouveau.

— Mais s'ils veulent en virer trois ou quatre, ils n'ont qu'à prendre les autres !

52

Mardi 13 octobre 1959.

Elle aurait pu lui en parler avant. Gülgül était blessé. Franchement franchement, qu'est-ce qu'elle avait pensé ? Qu'il se serait précipité dans les couloirs à hurler : L'Institut se vend, l'Institut se vend ? Qu'il l'aurait trahie ? Il avait grandi dans un palais ! Des secrets, il avait l'habitude ! Ce qui était évident, mais alors évident évident, c'est qu'elle ne lui faisait pas plus confiance qu'aux autres. L'Institut allait disparaître, et c'était chacun pour soi.

Arrivé à son appartement, Gülgül resta un long moment debout au salon, les yeux virevoltant sur les photos dont il avait couvert les murs. Elles étaient disposées sur deux lignes, en symétries verticale et horizontale parfaites, toutes encadrées par une baguette arrondie noire autour d'un passe-partout blanc cassé. Il y en avait plus de cinquante. Gülgül les avait fait mettre sous verre d'après un modèle trouvé dans une revue américaine.

Il s'approcha d'une photo de groupe. Elle avait été prise chez Ayché, en 1925 ou 1926, car il y avait déjà Sâré et Lili était encore là. Lili… Toujours la plus chic ! Et Zübeyde, la cuisinière, tendue, comme toujours ! Il y avait Ayché, bien sûr, et six ou sept autres pensionnaires.

Viens, Moustafadjim, que je te couvre de baisers...

Montre-moi quel garçon fort tu es...

Tu as très très très bien travaillé, aujourd'hui, mon Moustafa à moi, vraiment très très bien...

Et il allait se perdre dans leurs bras comme on se fond dans ceux de sa mère.

Gülgül eut une soudaine envie de retrouver cet océan de seins, de bras, de cuisses, de bourrelets...

Il resta ainsi une ou deux minutes, perdu dans ses pensées, puis porta son regard sur la photo voisine. Elle montrait deux athlètes bras dessus, bras dessous. C'était à Los Angeles avec Louis François, après la petite finale, celle pour le bronze. Il aurait pu la gagner. Et même il aurait dû la gagner. François l'avait surpris avec une prise idiote, un bras roulé, et il s'était retrouvé dos à terre comme un débutant. Quand même, quatrième aux Jeux olympiques, ce n'était pas un mauvais résultat. Ils étaient trois lutteurs turcs à avoir fait le voyage. Ils n'avaient obtenu aucune médaille. En Amérique, ils étaient sans cesse bouche bée, comme des *köylu** : Ah ! regarde ceci ! Ah ! regarde cela ! Les gratte-ciel, les voitures, tout ça... Où trouver la concentration ?

Il secoua la tête. Aux derniers Jeux, à Melbourne, la Turquie avait gagné sept médailles en lutte ! Sept ! Trois en gréco-romaine et quatre en libre... Vraiment, ils étaient très forts.

* Villageois.

La photo voisine le montrait sur une plage en compagnie de Georges. Elle avait été prise l'été 1939, à Capri. Georges et sa façon calme de regarder… Vraiment c'était quelqu'un d'exceptionnel. Il posait les yeux sur n'importe quoi ou n'importe qui, et tout de suite il voyait ce qu'il y avait de beau chez cette personne. Qu'est-ce qu'il était, Gülgül, avant de venir à l'Institut ? Rien. Moins que rien. Georges lui disait : Il ne faut pas avoir honte. C'est quand on se cache qu'on perd sa dignité. C'était un homme de valeur. *Vallahi billahi*, un homme de grande valeur.

Il alla s'étendre sur le canapé du salon et repensa à Mme Alderson. Pourquoi est-ce qu'elle ne lui avait pas parlé ? Sûrement parce qu'elle savait que les Américains avaient leurs sports à eux. Le basket, le baseball, peut-être même le rugby.

Pour eux le football n'était rien. La yole, rien non plus.

A l'Institut, il n'aurait plus sa place. C'était comme ça.

53

Mardi 13 octobre 1959.

— Elle se moque du monde, la mère Alderson ! lança Mme Brunet.

Son fils saisit sa tasse et se mit à souffler sur le thé brûlant, histoire de trouver une contenance.

— En plus, elle vous met au turbin...

Sa mère avait raison. Qu'est-ce qu'il allait bien pouvoir raconter aux gens de l'ABS ?

— Au fond, elle vous demande d'aider les Américains à vous débarquer.

Elle aspira une longue gorgée de thé, se brûla et dut recracher le liquide dans sa tasse.

— Tu t'es fait mal ? demanda Brunet.

L'heure n'était pas aux gentillesses. Elle voulait en découdre. On allait congédier son fils comme un malpropre. Et celui-ci qui se laissait faire... Mais qui se laissait faire... Un vrai gamin en culottes courtes. Courtes et baissées ! L'image lui plut tant qu'elle émit un "pff" de mépris. Se faire traiter comme ça à quarante-sept ans...

— Tu t'es mis dans une de ces situations... Mais une de ces situations...

Parce qu'elle les voyait venir, les Américains. Ils allaient le pigeonner. Cinq minutes d'entretien et il leur proposerait d'enseigner pour des prunes. Elle l'entendait déjà : "Si vous voulez... Si ça peut vous dépanner..." Et patati et patata... Au mieux il se retrouverait à mi-solde avec l'histoire, la géographie et encore Dieu sait quoi. Le sanscrit, tiens !

— Je parie, lança-t-elle sur un ton offensif, je pa-rie...

Elle s'interrompit et baissa les paupières. Elle était d'un coup glacée. Elle pensa à Gilbert. Les Américains allaient savoir. Peut-être qu'ils savaient déjà. Jamais ils ne garderaient son fils. Et celui-ci qui continuait de souffler sur son thé comme un idiot.

— Rien n'a été décidé, fit Brunet. Il ne faut pas noircir le tableau.

Elle se sentit immensément fatiguée. D'un coup elle eut pitié de lui. Elle aurait aimé le prendre dans ses bras. Ou plutôt elle aurait tant aimé désirer le prendre dans ses bras. Mais elle n'en avait pas envie.

54

Mardi 13 octobre 1959.

Non, se dit Irène. Pas devant tout le monde.

Elle démarra, conduisit durant deux à trois minutes et s'arrêta à Pully-Village. Elle sortit son porte-monnaie de son sac et compta. Deux billets de vingt, deux billets de cinq, et huit francs de monnaie. L'équivalent de soixante-cinq francs français. Pas de quoi tenir le coup longtemps, même en jouant les couleurs par jetons de cinq. Elle avait encore deux cents francs cachés dans la cuisine. Mais il aurait fallu se garer près de chez elle, monter, redescendre, aller jusqu'à Divonne... Tout ça pour rentrer à minuit, ratiboisée et morte de fatigue...

Elle devait plutôt se reposer. Réfléchir à ce qu'elle allait dire aux Américains. Dans les comptes qu'ils avaient reçus de Mme Alderson figuraient forcément ses avances sur salaire... Ils n'allaient pas en rester là. "Chère madame Kowalski, je vois ici que vous avez perçu des avances sur votre traitement... Y a-t-il à cela un motif particulier ?" Comment donc, cher monsieur. Je me ruine à la roulette. Trois fois rien. J'ai quatre salaires d'avance, deux loyers de retard, la régie va m'expulser, mais à part ça, madame la marquise, tout va très bien. Et vous savez, pour la roulette… Au début ce n'était rien ! J'ai accompagné Mme Kandioti. Après, je voulais seulement écouter les "Faites vos jeux" que mon mari lançait avec son accent teuton. A propos… C'était un mathématicien qui travaillait pour les nazis. Mais lui était un homme charmant. Vous l'auriez beaucoup aimé, j'en suis sûre. Mais voilà, il calculait le profil des ailettes pour les V1, les V2, vous voyez de quoi je parle ? Ces bombes qui étaient faites pour vous tomber dessus ?

Elle avait collectionné les culs-de-sac. Munich, Peenemünde, Berlin, Divonne… Maintenant, l'Institut passait aux Amerloques. Elle serait la première à être remerciée, cela ne faisait pas un pli.

55

Vendredi 16 octobre 1959.

Berthier était d'humeur hargneuse. La veille, le médecin de sa femme avait décidé de reprendre les séances d'électrochocs. Mais ce ne serait pas avant la fin du mois. "Il faut respecter l'intervalle des huit semaines", avait-il dit par téléphone à Berthier. Il avait ajouté : "Même si, dans le cas de votre femme, j'aurais aimé reprendre le traitement plus vite." Elle n'allait pas tenir le coup, sa femme. C'était évident. Elle allait s'éteindre.

Et il était là, au café, à se farcir des commentaires pathétiques. On aurait dit que ses collègues faisaient un concours, à qui dirait les plus grosses bêtises.

Le sujet du jour était l'attentat contre Mitterrand. La mère Perret qui parlait des barbouzes, c'était un poème… Est-ce qu'elle savait ce que ça voulait dire ? Est-ce qu'elle en avait jamais vu un ? Il n'y en avait pas un seul, de barbouze, en Suisse. Un pays propre en ordre et "merci-au-revoir-merci" comme disent les vendeuses dans les magasins. Pas juste "merci-au-revoir", ou "au-revoir-merci". Non. Toujours "merci-au-revoir-merci", en montant les deux fois la note sur le *ci*. "Mer*ci*-au-revoir-mer*ci*."

Au fond, pourquoi pas… Des kiosques bien propres qui vendent du chocolat, des Sugus et des cartes postales, tout bien brossé à l'eau de Javel, et "merci-au-revoir-merci". Enfin… Est-ce qu'elle savait où se trouvait l'Algérie, la mère Perret ? Et Irène ? Elle avait épousé un Boche, alors forcément, la guerre d'Algérie, elle en parlait en grande spécialiste.

Cette histoire d'attentat, ça lui retournait l'estomac. Mitterrand avait sauvé sa peau en héros et qui est-ce qui en prenait plein la gueule ? Ceux de l'Algérie française. Des gens qui ne baissaient pas les bras devant la racaille et qui finiraient par se faire avoir jusqu'à l'os, il le voyait venir. L'un qui brade le pays avec son autodétermination, l'autre qui fait le héros, et chacun baise la France. Au fond, autant être en Suisse. Peinard et merci-au-revoir-merci.

L'après-midi, il irait faire un tour au port de Pully avec sa femme. Même si elle commençait par refuser. Il allait l'amener au bord du lac, qu'elle le veuille ou non.

56

Samedi 17 octobre 1959.

Gisèle était aux anges. Elle allait *en-fin* participer à une réunion concernant l'ABS ! Elle pourrait s'exprimer ! Comme les professeurs ! Comme sa sœur ! Elle en avait, des choses à dire ! Vingt-cinq ans qu'elle s'occupait de faire fonctionner l'Institut. Le personnel de cuisine, le service de table, l'aile des petits, la lingerie, elle connaissait les moindres détails de tout !

A trois heures moins le quart, elle et sa sœur sonnaient chez maître Monfrini. Elles étaient les premières. Dora Perret et Irène arrivèrent peu après. Puis ce furent Berthier et Gülgül. Finalement tout le monde se retrouva à la salle de conférence, où maître Monfrini présenta Solcà et le laissa mener la discussion.

— Nous n'allons pas débattre ici de l'Institut, fit Solcà. Il s'agit d'un premier contact. Mon propos est de fixer les règles du jeu. Dans l'analyse que notre groupe entreprend, votre regard est essentiel (il détacha les syllabes avec netteté). Mais pour que les choses soient faites en transparence, pour que personne ne se sente pris de court, nous allons procéder selon un schéma auquel Mme Alderson a consenti, n'est-ce pas, madame ?

Elle hocha la tête, le regard sur la table de conférence. Après tout, les postes à vie, cela n'existait que dans l'administration.

— Au cours des prochaines semaines, reprit Solcà, je rencontrerai chacun d'entre vous séparément. Je l'écouterai. Je ne ferai que ça, écouter. Je vais vous indiquer aujourd'hui les questions auxquelles je voudrais que chacun réponde. Je ne les reposerai même pas, vous voyez. Je resterai muet. C'est pour cela que nos réunions seront ainsi espacées. Pour que chacun se sente à l'aise.

Solcà s'arrêta et promena son regard autour de la table.

— Vous nous faites languir, lança Berthier.

C'était un peu insolent, mais il avait pris la précaution de sourire. Les Américains seraient sans doute sensibles à sa capacité de s'exprimer librement.

— J'attendrai que chacun réponde à trois questions très simples, reprit Solcà. Qu'est-ce qui vous a amené à l'Institut ? Que feriez-vous différemment si vous étiez retenu dans vos fonctions ? Enfin, comment envisageriez-vous votre avenir dans le cas contraire ?

Il y eut un silence.

— M. Solcà se tient à votre disposition, fit Monfrini.

Personne ne donna suite. Solcà s'adressa à Mme Alderson :

— Puis-je vous demander de fixer l'ordre des rendez-vous ? Ce serait plus simple, vous connaissez les horaires de chacun... Nous les prévoirons à raison de deux chaque samedi, à quatorze et seize heures, ici même, si cela vous convient.

La directrice hocha la tête.

— Encore une chose, fit Solcà à l'intention de Mme Alderson. Pour Mme D'Abundo, je ne vois pas la nécessité de la déranger. En revanche, je souhaiterais que votre sœur accepte d'être sur la liste. Pour elle comme pour nous, la situation se présente sous un jour différent, j'en suis conscient. Mais elle sait tant de choses…

Il regarda en direction de Gisèle en souriant. Le cœur affolé, elle lui rendit son sourire. Elle n'avait pas eu à parler. On l'avait reconnue.

Dans le tram qui les ramenait à Lutry, Dora Perret, Berthier, Nadelmann, Brunet et Gülgül restèrent debout, groupés sur la plate-forme arrière.

— Au fond, lança Berthier, ce qu'il veut, c'est nous voir à poil.

— Monsieur Berthier…, fit Dora Perret.

— Bon, d'accord. Je recommence. C'est bien gentil, son histoire de trois questions toutes simples, mais c'est drôlement pervers.

Il se tourna vers Dora Perret et lui demanda en souriant :

— Pervers, je peux dire ?

— Vous êtes fatigant, fit Dora. Pourtant…

Elle s'arrêta et réfléchit quelques secondes avant d'ajouter :

— Ça ne vous rappelle rien ?

— *Saytan !* lança McAlistair.

Dora Perret sourit :

— Ah ! Quand même…

— Je ne comprends pas, fit Nadelmann. Quelqu'un peut m'expliquer ?

En temps normal, il n'aurait jamais osé poser une question à la cantonade. Mais le climat qui régnait sur la plate-forme arrière du tram était si étrange qu'il s'était laissé aller.

— *Saytan !* répéta McAlistair.
— Vous voulez dire : Satan ? demanda Brunet.
— Eh oui ! fit Dora Perret en souriant. Rappelez-vous, dans l'Evangile de Matthieu... Le malin fait trois propositions au Christ.
— Pour le piéger ! lança Berthier, souriant de toutes ses dents.
— *Exactly*, fit McAlistair.
— Satan voulait le pousser à se trahir, reprit Dora Perret. Ou plutôt : à trahir les hommes. En choisissant de leur faire confiance, le Christ s'est révélé.
— Et nous ? demanda Brunet.
— Ce n'est pas bien sorcier, fit Dora Perret. Il veut que chacun se révèle.
— Se révèle et donc se trahisse, lui lança Berthier.
— *Okay*, fit McAlistair. Mais se trahisse ou trahisse, *c'ey* pas la même chose !
— Vous parlez comme un curé, lança Berthier. Quand on veut éviter de passer à la trappe, trahir ou se trahir, c'est kif-kif bourricot.

57

Lundi 19 octobre 1959.

Au café, Brunet avait glissé à Vera :

— Je photographie le lac…

— On m'a dit que vous faites des merveilles…

Il ne sut d'abord que répondre, puis lâcha très vite :

— Les lundis, ma mère est à son club de bridge. Vers quatre heures, ça vous irait ?

Vera avait à peine franchi le seuil de chez Brunet qu'il la fit monter dans les combles. Il avait l'air pressé :

— Je développe dans la petite salle d'eau, juste à côté. Ici (il désigna la grande table) je classe, et là (il montra les rayonnages) je range. Chacun de ces cartons contient les photos prises à partir de l'un de mes points cardinaux, sur une période de trois mois, au cours d'une année précise.

— Vos points cardinaux ?

Brunet décrivit les règles qu'il s'était fixées. Puis il retira un carton d'archives et le posa sur la table.

— Regardez, c'est marqué sur la languette : 1958-1959, hiver, et quatre en chiffres romains. Ce sont les photos que j'ai faites du 21 décembre 1958 au 20 mars 1959, à partir du quatrième point cardinal, celui d'Ouchy, là où l'axe médian de l'hôtel Beau-Rivage coupe le quai. Elles sont toutes regroupées dans ce carton d'archives. Toutes de la même dimension, dix-huit sur vingt-quatre, à bord blanc cannelé à la coupeuse.

— Vous n'avez jamais envie de photographier le lac à partir d'autres endroits ?

— Je ne le fais pas, répondit sobrement Brunet.

— Vous vous l'interdisez ?

Il eut un geste de l'épaule :

— Je me suis fixé des règles. Elles m'aident à organiser mon travail. Et puis, de ces quatre points de vue, le lac se montre sous une infinité de jours. Regardez.

Il ouvrit le carton et Vera entrevit une liasse de trente ou quarante images.

— J'en prends une au hasard, tenez. Il y a la date, au dos, 12 février 1959. Regardez ce papier. Du baryté, une vraie beauté. Il est à base de coton ! De vrai coton ! Et aucun acide, pas ça ! Ces photos ne jauniront jamais. Regardez les noirs que ça permet. D'un profond… Et les gris ! Des nuances inouïes…

Vera était médusée.

— Ce jour-là, j'ai attendu au moins une heure. Vous m'auriez vu ! (Il rit.) Assis sur un banc, les yeux fixés au ciel, l'appareil couvert d'un sac plastique posé sur le trépied… J'avais l'air fin… J'ai fait la photo direction est, dans le sens des rayons de lumière. Là, c'est les dents du Midi. Pour être franc, je préfère les photographier depuis chez moi, la différence d'angle est petite, mais le profil du rocher est mieux découpé, l'effet est tout de suite plus dramatique. Et là, vous voyez, dès qu'on remonte le lac du côté de Saint-Gingolf, il s'assombrit. Ces gris anthracite, on dirait du bleu… Ils sont inquiétants, vous ne trouvez pas ? On a l'impression que c'est la mer. En hiver, une fin d'après-midi orageuse, par exemple, c'est l'apocalypse. Surtout si la lumière du couchant perce les nuages, comme ici, vous voyez ?

Il regarda Vera :

— Elle vous plaît ? Elle est à vous, fit Brunet en lui tendant le cliché.

— C'est une photo magnifique, dit Vera, je ne voudrais pas vous priver.

— Ne vous en faites pas. Tous mes négatifs sont répertoriés, je la remplacerai au prochain tirage.

Vera regarda longuement la photo sans la toucher :

— On dirait que le lac bouge…

— Ça, c'est mon truc ! s'exclama Brunet, soudain joyeux.

Il posa la photo sur la grande table et reprit :

— Un temps d'exposition énorme ! Une seconde ! Parfois même une seconde et demie ! Et voilà le travail ! L'eau est en mouvement. Vous voyez, quand on vit devant ce lac, et quel lac, hein, vous êtes d'accord ?

— Il est bouleversant…

— On a le monde à sa porte, avec le lac, poursuivit Brunet. En hiver, par forte bise, il ressemble à l'océan. Les fins d'après-midi, en été, on dirait la Méditerranée, ou plutôt la mer Egée, avec des petites vagues très nerveuses, très désordonnées… Aux belles journées d'automne, tôt le matin, il ressemble à un fleuve immense, l'Amazone, la Volga, vous voyez, ces fleuves dont on rêve. Et le soir, le même soir, tout change d'un coup ! On ne voit rien venir et hop ! on a un autre lac devant soi. En fait, il vous échappe. Alors un beau jour on se dit : Tiens, ce matin, les tons sont uniques, il y a des gris, des verts, des bleus, des glauques… Et si je faisais une photo ? On essaie de capter toutes ces nuances avec un noir et blanc, et là on entre dans un processus, vous voyez ? Le penchant se transforme en passion. On fait de plus en plus de photos, on achète un meilleur appareil... Et puis vient l'envie de développer soi-même. C'est encore autre chose. On fait ses premiers tirages. On n'en croit pas ses yeux, d'y être arrivé. Du coup on joue, on finasse, on fait tanguer le bain du révélateur, pour monter les gris et les noirs, par exemple. Et de fil en aiguille, on se retrouve photographe...

A cet instant une voix stridente retentit du rez-de-chaussée :

— Tu es avec quelqu'un ?

On aurait dit une voix de soprano, tant le "quelqu'un" montait dans les aigus.

— Ma mère, fit Brunet, l'air décomposé. Pourtant...

— Bridge annulé ! cria la voix, maintenant plus proche.

Vera se retourna et vit la mère de Brunet achever de grimper sans effort la volée d'escalier.

— Tu ne m'avais pas dit que tu recevais quelqu'un ! Mais quel coquin de fils j'ai ! Comment allez-vous chère madame ? Je *pa-rie* que vous êtes Mme D'Abundo ! J'ai dit juste ? Ah ! j'en étais sûre ! Il me raconte tout, vous savez ?

Elle est envahissante mais drôle, se dit Vera.

— Il vous a montré ses photos ? Il a du talent ! Mais du talent ! Et il vous a dit comment tout ça a commencé ?

— Maman ! fit Brunet.

C'était trop tard.

— Il ne faisait *au-cun* sport, mais *au-cun* ! Je lui disais : Bouge ! Mais bouge ! Va au moins faire la promenade des quais ! Il *n'o-sait pas* ! De retour après un quart d'heure ! Vous vous rendez compte !

Il me disait : J'ai l'air de quoi, à arpenter les quais comme une âme en peine ?

Brunet n'existait plus.

— C'est là que je lui ai dit : Prends un appareil photo ! Ça te donnera une contenance, tu verras ! Ce lac est triste, bon, mais au moins comme ça il bouge un peu !

Vera était sur le point de lui demander ce qu'elle entendait par ce lac qui bouge, mais elle se ravisa à la seconde même. Le "il" se référait à son fils.

— Et vous, poursuivit Mme Brunet, qu'est-ce que vous en dites de ce qui se passe à l'Institut ?

— Je ne fais que remplacer une amie jusqu'à Noël. J'ai peu à dire... C'est regrettable, bien sûr.

— Vous conviendrez que c'est scandaleux, lança Mme Brunet.

Elle regardait Vera dans l'attente d'une approbation.

— Je descends avec vous, fit alors Brunet.

Dehors, il insista pour la raccompagner jusqu'à la Grand'Rue. Ils parcoururent le trajet en silence.

Arrivé devant chez Vera, Brunet lui dit, tête baissée :

— Je suis désolé...

Elle l'embrassa sur chaque joue :

— Vous faites des photos splendides. Et j'ai oublié celle que vous m'avez offerte.

— Vous reviendrez ?

— C'est promis, fit Vera.

Elle s'apprêta à ouvrir la porte cochère. Brunet ne bougeait pas. Il la regarda, hésita et finalement lâcha :

— Sans elle, je n'aurais pas fait de la photo.

Puis il se retourna et partit. Vera le rattrapa et le prit par le bras :

— Venez, nous allons prendre notre tasse de thé chez moi.

— Et ma mère ?
— Elle attendra.

Ils étaient installés au salon. Pourquoi est-ce qu'il ne gagnait pas sa vie comme photographe ? Il était doué, passionné...

Il secoua la tête :

— Je n'aurais pas le courage de me faire une place dans le milieu. J'ai besoin de l'Institut... Au début...

Il s'arrêta, le regard hésitant.

— Oui ? fit Vera.

Elle lui sourit.

— Je me vois comme je suis, vous savez. Un vieux avant l'âge qui a peur de tout. Je n'ose pas sortir de chez moi si je ne sais pas d'avance où j'irai, ce que je ferai, ce que je dirai. Je ne sais pas flâner. Il suffit que je quitte la maison et ça y est, je suis embarrassé. Avec la photo, j'ai mon règlement. Il me tient.

A nouveau il y eut un silence.

— Vous ne vous êtes jamais marié ?

Brunet la regarda avec curiosité :

— C'est drôle que vous me posiez cette question. Vous connaissez mes goûts...

— On peut avoir des expériences et changer...

— Il doit y avoir dix ans que personne n'a pris le temps de me poser une question personnelle... Enfin... Figurez-vous que oui.

L'été quarante-cinq, sa mère hébergeait une lointaine cousine. Elle venait de Rougemont, dans les Alpes vaudoises, où ses parents tenaient une pension de famille. Rougemont, c'était une station modeste. A la fin de la guerre, la pension tournait à peine, il n'y avait pas de quoi nourrir trois bouches. Les parents de Mathilde, la cousine, avaient pensé qu'elle pourrait s'employer en magasin, à Lausanne. Elle avait été accueillie par les Brunet. Elle était gentille, travailleuse, elle avait déjà trente ans, lui vingt-huit. Sa mère les avait convaincus. Avec Mathilde, ils avaient deux choses en commun : ils ne savaient pas quoi attendre de la vie et avaient chacun connu des hommes. Pas de quoi bâtir un couple…

— Et pourtant ! reprit Brunet. Nous nous sommes mariés, à deux pas d'ici, au temple de Lutry. Au retour d'un petit voyage de noces à Ascona, Mathilde a trouvé une place chez Pamblanc, le grand magasin de la rue Haldimand, au rayon articles de table. Elle s'y connaissait, par son travail à la pension. Et puis elle a connu quelqu'un, un Zurichois qui travaillait aux livraisons, et nous nous sommes séparés. Voilà. Depuis, je n'ai pas bougé.

58

Mercredi 21 octobre 1959.

— Venez vous mettre près de moi ! fit la directrice à Vera. Vous verrez, c'est amusant un cours de danse.

— Bonsoir ! lui lança Gülgül.

Un micro à la main, il sautillait devant une table où des piles de trente-trois et quarante-cinq tours étaient disposées près d'un tourne-disque. D'un coup sa voix occupa toute la Grande Salle :

— Voilà voilà, on s'installe…

Il était radieux.

Vera parcourut la salle du regard. Garçons et filles étaient assis face à face. Les garçons portaient tous le blazer aux armes de l'école, un aigle perché sur une tour, au-dessus duquel était brodé : *Tu deviendras.*

A quand remontait la dernière fois qu'elle avait dansé ? Cela devait faire quatre ou cinq ans. Sûrement à l'occasion d'une Saint-Sylvestre au Grand Hôtel, car sinon ils ne dansaient jamais. Elle essaya de se remémorer l'année, confondit des dates, et pour finir ne chercha plus.

— On commence on commence ! lança Gülgül.

Elle n'avait jamais dansé avec Lorenzo. Mille fois elle s'était dit : “Un jour il me fera danser. Quand il aura seize ou dix-sept ans, l'âge d'un vrai jeune homme. Avec une taille d'homme, des épaules d'homme. Nous serons entourés, les gens ne regarderont que nous, je me laisserai guider par lui, et devant tant de grâce chacun tombera d'admiration.” Là comme ailleurs, elle s'était montrée d'une bêtise insondable. Il aurait suffi qu'elle mette un disque au salon et ils auraient dansé. A six ou sept ans, il n'aurait pas refusé.

Gülgül plaça l'aiguille du tourne-disque sur le sillon d'un trente-trois tours et aussitôt les premières mesures du *Beau Danube bleu* se firent entendre. Plusieurs garçons se précipitèrent pour inviter une cavalière qu'ils avaient sans doute repérée. D'autres y allèrent avec circonspection, hésitant à choisir entre les filles qui étaient encore assises. D'autres enfin restèrent collés à leur chaise. Mme Alderson suivait les va-et-vient avec une attention aiguë. Lorsqu'elle vit que plusieurs filles faisaient tapisserie, elle se dirigea vers l'un des garçons restés collés à leur chaise, le prit par la main, le traîna à travers la piste de danse et le planta devant une jeune fille. La malheureuse rougit tant qu'elle put, se leva et se mit à valser. Elle était gracieuse alors que le garçon sautillait par grands pas et agitait sans cesse son bras gauche, de bas en haut, comme s'il actionnait une pompe. Vera sourit. Une fois ce couple formé, Mme Alderson répéta l'opération deux fois encore.

Maintenant toutes les jeunes filles dansaient. Sur les chaises des garçons, il ne restait que Nelson Kandioti. Mme Alderson s'approcha de lui et tendit la main :

— Allez, Nelson, nous allons valser.

— Je ne veux pas, madame, bougonna le garçon.

— Nelson, tu te lèves, s'il te plaît.

— Si tu es turc, tu es galant ! lui lança Gülgül.

Le garçon obéit. Gülgül s'approcha de Vera et lui chuchota :

— Les samedis soir, j'organise un cours pour adultes, en ville. Vous devriez venir !

Pendant qu'il lui parlait, Mme Alderson faisait la leçon à Kandioti :

— Allez, cesse de faire la tête. On valse ! C'est bien, Nelson, c'est mieux... Mais laisse-toi aller... Fais comme moi... Nonchalant... Détendu... Oui... Voilà... On discute... Il ne faut pas que les autres te voient comme ça. Fais un effort !

Il va pleurer, se dit Vera.

Elle tourna son regard vers la piste de danse. Une jeune fille aux cheveux très blonds dansait avec Lenny. Une Hollandaise, se dit Vera. Ou une Scandinave. En tout cas une sportive.

Soudain Mme Alderson était devant elle, traînant Nelson par la main.

— Pendant que je dis un mot à M. Gülgül, finissez donc la valse ensemble...

Vera eut le sentiment de tomber dans le vide. Mais elle n'osa pas refuser.

— Mes parents m'obligent à prendre les cours de danse, fit Nelson.

Ils se mirent à valser sur place, à petits pas.

— Tes parents veulent que tu sois heureux, dit Vera. Que tu aies du succès, que les gens t'admirent. Tous les parents souhaitent ça pour leurs enfants.

Nelson gardait les yeux au sol :

— Ils disent tout le temps : On veut être fiers de toi.

Vera se sentit chavirer.

— Tous les parents souhaitent que leur enfant brille, Nelson. C'est normal.

Le Beau Danube bleu prit fin, et Vera retourna s'asseoir. Elle était exténuée.

Gülgül reprit son micro :

— Mes chers élèves...

— Chaque mercredi il leur apprend une nouvelle danse, glissa Mme Alderson à Vera. Il est formidable...

— Aujourd'hui, nous allons apprendre le... Gülgül fit une pause, puis, appuyant sur chaque syllabe : *Cha-cha-cha !*

"Only you", cria une voix. "Oui ! Les Platters !" fit une autre.

Mme Alderson soupira :

— Tout ce qui les intéresse, c'est les slows...

— D'abord quelques explications, annonça Gülgül.

Vera se tourna vers Nelson. Il semblait accablé.

— Tu n'es pas content d'apprendre le cha-cha-cha ?

— Ma mère m'obligera à le danser devant ses amis, répondit Nelson d'un ton sinistre.

— Avec Mme Alderson, on va vous montrer le pas, reprit Gülgül à son micro. S'il vous plaît, madame la directrice ?

Mme Alderson se leva et les garçons lui réservèrent un tonnerre d'applaudissements. Les filles suivirent, plus timidement. La directrice souriait. Du rang des garçons partirent plusieurs remarques, dont on ne pouvait dire si elles étaient tendres ou ironiques. "Ça c'est du cours de danse", lança l'un.

“Fred Astaire entre en scène”, fit un autre. Un troisième entama un refrain américain à la mode : *Hot, Hot Chocolate*, avec l’accent des îles.

— On enlace sa cavalière comme pour une valse, fit Gülgül. Et maintenant, le pas.

Il se détacha de Mme Alderson :

— A deux, on avance le pied *gauche*, et le poids du corps *vers l’avant*, comme *ça*, et trois, le poids du corps *vers l’arrière*, comme *ça*, et *quatre* et *un*, on fait le cha-cha-cha, cha*ssé* vers la gauche, *cha-cha-cha*, et *on re-com-mence*, et deux, pied *gauche*, et trois, pied *droit*, et *cha-cha-cha*... Et on attaque *avant* la note, comme toujours !

Il fit une démonstration sans musique ni cavalière, puis après quelques pas s’arrêta et, se tournant vers la salle, annonça :

— Madame la directrice, s’il vous plaît ! Démonstration avec musique !

Il posa son micro, plaça un trente-trois tours sur la platine et visa soigneusement le sillon sur lequel il voulait placer l’aiguille. Dès que les premières notes se firent entendre, il augmenta le volume des haut-parleurs et la musique emplit la salle. C’était une version sud-américaine d’un air à la mode, *Tea for Two*.

De nouveau les garçons applaudirent dès que Mme Alderson et Gülgül se mirent à danser. Ils étaient gracieux, et même touchants. Leurs pas étaient rythmés, à peine esquissés. Vera était subjuguée.

Après une minute ou deux, Gülgül se détacha de Mme Alderson, reprit son micro, sourit tant qu’il put et annonça comme à la foire : “*And now, ladies and gentlemen !* Chacun choisit sa cavalière...” Puis il remit le bras du tourne-disque au début de la plage et augmenta encore le volume des haut-parleurs.

Maintenant tous dansaient. La musique était extraordinairement entraînante. Les percussions et les cuivres créaient la gaieté.

Assise jambes croisées, Vera se mit à battre la mesure du pied. Elle avait envie de bouger.

— *Percussions*, lança Gülgül à son micro, *congas*, *reco-reco*, *grattoirs*, *cencerros*, cloches à vache, *ding*, *ding*, *ding*, comme à Appenzell. Et on attaque, on attaque, a-*vant* la note, s'il vous plaît…

Il se mit à fredonner :

Tea for two
And you for me
And me for you
And tea for two

— Bravo Gülgül ! crièrent plusieurs garçons.

— En turc ! lança l'un des danseurs.

— En turc, en turc, reprirent d'autres.

— Ah, vous voulez vraiment ? fit Gülgül.

Il se mit à chanter :

Tchay iki itchin
Ve sen benim itchin
Ve ben senin itchin
Ve tchay bizim itchin…

Maintenant Vera battait la mesure du pied d'un mouvement plus ample.

— Mario Lanza, cria une voix.

— Chiqué, fit une autre.

— Alors ? demanda Mme Alderson, tout sourire.

Elle était à nouveau devant sa chaise. Cette fois, c'était Lenny qu'elle tenait par la main. Vera tressaillit. La directrice ajouta :

— Alors, vous vous y mettez ? Vous semblez tellement aimer cette musique… Voici un jeune homme qui souhaite vous inviter à danser…

Vera se leva et se mit à trembler, mais le malaise ne dura pas. Très vite elle fut prise par la musique. Les tambours, les clochettes, les *reco-reco*... Drôle de mot, *reco-reco*, se dit Vera. Elle avait envie de rire et le sérieux de Lenny augmentait encore son envie. Les yeux au sol, il vérifiait ses pas. Vera se laissait porter par le rythme. Elle le marquait avec légèreté, esquissant à peine les mouvements des bras et des épaules. Au fil du morceau, son plaisir grandit. Elle sentait ses seins qui tiraient sur son pull. Une gaieté l'envahit. La cadence l'emportait. Elle était prise par le bonheur de bouger ses hanches, ses cuisses, ses jambes, même ses pieds.

Lenny continuait de surveiller ses pas, le regard à terre. Soudain, il leva les yeux :

— Vous êtes contente, pour la pièce ?

— Oui, fit Vera. Très.

La question l'avait prise de court.

— J'ai cru que vous n'étiez pas contente, poursuivit Lenny.

Elle continua de danser dans le rythme. Après un silence, Lenny reprit, mais cette fois sans chercher son regard :

— Je vous ai vue au stade l'autre jour...

— Ah...

D'un coup elle fut liquéfiée. Elle manqua un pas, se rattrapa et au même instant ressentit une pression du pouce de Lenny sur sa main droite. C'était un mouvement infime, une caresse sur deux ou trois millimètres de peau qui dura à peine un instant et qu'elle n'osa pas retourner.

La musique s'arrêta. Lenny retira sa main du dos de Vera, la glissa le long des côtes et frôla de la paume le flanc de son sein gauche.

Elle frissonna, se détacha de lui et retourna à sa place. Elle avait les jambes coupées.

Mme Alderson la vit s'approcher et lança :

— Vous voyez ? Vous avez bien fait de venir !

— Je voudrais rentrer.

— Mais bien sûr, je comprends tout à fait.

Vera quitta l'école par la porte des vestiaires, comme une voleuse.

Dehors, elle n'avait pas fait vingt mètres qu'elle éclata en sanglots, honteuse jusqu'à la moelle.

Elle s'arrêta quelques instants. Puis elle se ressaisit et se mit à marcher d'un pas rapide. Une rafale de bise glacée la gifla. Elle se souvint à cet instant que, lorsque Lorenzo mangeait une glace, il la voulait froide et en même temps coulante. Surtout pas dure, comme à la sortie du congélateur. Vera lui disait :

— Fermes ou coulantes, il faut choisir, mon cher monsieur !

Il lui sortait alors un de ses “Allez, maman”, pour lesquels il prenait une grosse voix qui la faisait fondre de plaisir.

Elle entreprit alors de recenser les occasions où Lorenzo avait mangé une glace devant elle. Elle arriva à dix. Trois fois à table à la maison, trois fois au restaurant, et quatre fois dans la rue. Dix occasions précises. La dernière avait eu lieu au Tre Scalini. Pour dessert, elle avait commandé un *semi-freddo* et Lorenzo avait pris trois boules de *stracciatella*, la spécialité du Tre Scalini. Il avait commencé par goûter son *semi-freddo*. “Allez, maman, en attendant que ma glace ramollisse…” Il avait fini par manger le *semi-freddo* tout entier. C’était deux dimanches avant sa mort.

59

Mercredi 21 octobre 1959.

Je rêve, se dit Nadelmann. Je vais me réveiller et je rirai de mon rêve.

Cela lui arrivait souvent. Ce qu'il rêvait était si incroyable qu'en plein rêve il se demandait : Est-ce que je ne rêve pas ? Il concluait que non, forcément, et continuait de rêver.

Mais à cet instant, Nadelmann était sans expression. Déjà l'en-tête de l'enveloppe l'avait fait tressaillir. Sur sa partie supérieure gauche, il avait lu :

Institut für Germanistik
Universität Wien
Dr.-Karl-Lueger-Ring 1
Wien

Son institut.

Nadelmann déchira l'enveloppe sur son bord droit. Les mains tremblantes, il en retira une page tapée à la machine. Elle portait sur sa partie gauche le même en-tête que l'enveloppe. Au haut de la page figurait en grand le nom de l'expéditeur : *Univ.-Prof. Dr. Walter Schneebel.* A la lecture du nom de l'expéditeur, Nadelmann devint blanc. Schneebel…

Il continua de secouer la tête, les yeux devant lui, sans oser lire la lettre. En un instant, la journée du 25 mai 1937 défila tout entière. Le séminaire qu'il avait présenté sur la première strophe du poème intitulé *Lorsque j'étais enfant…*, la thèse de Schwaab sur les rythmes chez Hölderlin, le discours de Schirlbauer, le directeur de l'Institut d'études germaniques, qui avait lancé : “Après deux présentations aussi exceptionnelles, on devrait instituer le 25 mai journée Hölderlin.” Il se souvint du bonheur aigu qui l'avait traversé alors qu'il avait tourné la tête vers la statue de Hellmer. La conscience qu'il avait eue à cet instant de vivre dans un monde exceptionnel, d'un raffinement et d'une douceur inégalables. Et enfin le coup de poignard de Schneebel : “Je ne vois pas comment tous ces juifs peuvent aimer Hölderlin. A moins que Hölderlin n'ait écrit des poèmes en yiddish, quelqu'un est au courant ?”

Nadelmann resta figé sur sa chaise durant cinq longues minutes, incapable de réfléchir ou de bouger.

Puis il déglutit, respira profondément, expira, et lut la lettre de Schneebel.

Mon cher Nadelmann,

C'est avec une immense joie (et par un grand hasard) que j'ai reçu tes coordonnées de notre ambassade à Berne. J'espère que tu vas bien, que la vie en Suisse t'est douce, et qu'il te reste du temps pour lire notre cher Hölderlin, dont tu étais sans conteste le plus fin analyste au sein de notre département (nous avons été plusieurs à le répéter ces dernières années). Sais-tu que ta thèse est régulièrement citée ?

Mais j'en viens au sujet qui m'amène à toi. Te souviens-tu de Schirlbauer ? Il fête ses quatre-vingts ans cette année, et nous avons décidé d'organiser en son honneur un séminaire au cours duquel nous présenterons six contributions (trois le matin, les autres après déjeuner), chacune de quarante-cinq minutes, suivies d'une brève discussion. Il a exprimé le désir que tu sois l'un d'entre nous (en tant que son successeur, je peux difficilement me défiler, j'en ferai une). Le séminaire aura lieu le 13 décembre prochain (un samedi) dans la grande aula du premier étage.

Ta participation nous ferait à tous un énorme plaisir. J'espère de tout cœur que tu pourras te libérer. Dis-moi vite oui, et donne-moi avant mi-novembre le titre de ton intervention. Le seul souhait de Schirlbauer, auquel j'associe le mien, est que tu nous parles de Hölderlin.

Je te serre dans mes bras.

Ton bien fidèle

WALTER SCHNEEBEL.

60

Mercredi 21 octobre 1959.

— Elle est venue ?

Mme Alderson fit oui de la tête, ôta ses chaussures et s'allongea sur le lit près de sa sœur. Elle ajouta :

— Elle a même dansé.

— Ah bon ! Avec qui ?

— Nelson et Lenny. Gülgül nous a mis un cha-cha-cha. Elle avait plaisir à danser, cela se voyait. Et puis d'un coup elle s'est effondrée et a filé.

Mme Alderson ferma les yeux et soupira. Elle repensa à l'entrevue qu'elle avait eue avec Elena quelques mois plus tôt, lorsque celle-ci lui avait proposé d'engager Vera comme sa remplaçante. “Elle a perdu un fils, avait dit Elena, qui d'un coup s'était arrêtée, les traits figés. Après quelques secondes, elle avait réussi à dire, avec un chat dans la gorge : “Son fils unique.” Puis, après un nouveau silence, elle avait ajouté d'une voix forte : “Elle a repris le dessus et enseigne à nouveau.”

Mme Alderson n'avait pas cherché à en savoir plus. Après tout, elle-même avait vécu le deuil de Georges sans cesser de travailler un seul jour.

Elena avait ajouté : “La seule chose qu’elle souhaite est que les garçons ne soient pas au courant.”

Elles s’étaient vite mises d’accord. Mme Alderson informerait les professeurs que Vera avait perdu un fils, mais le personnel et les élèves n’en sauraient rien.

61

Jeudi 22 octobre 1959.

Vera sortit du bain et sans jeter un coup d'œil au miroir s'entoura du grand linge qu'elle avait posé sur le rebord du lavabo. Elle ne supportait plus de se voir nue.

Après s'être séchée, elle approcha son visage du miroir et se mit à examiner ses traits. Son nez était trop épais. Et cette bouche qui n'en finissait pas !

Une tête de bique, se dit Vera. Un visage allongé, des yeux ternes, et une tête de bique.

D'un coup elle dénoua son linge et l'expédia sur le rebord de la baignoire. Autant aller jusqu'au bout. Elle regarda ses seins dans le miroir. Ils étaient tristes. Leurs aréoles étaient trop basses. Trop étalées. Des seins qui avaient rendu les armes. Elle fit deux balconnets de ses paumes et les souleva. Evidemment, ils avaient meilleure allure. Mais, lorsqu'elle retira ses mains, sa poitrine s'effondra et lui apparut encore plus laide.

Elle se mit de profil. L'image que lui retourna le miroir la gifla. Ses seins retombaient sur le thorax. Elle observa ses tétons. Ils étaient plats. Informes.

Aux débuts de leur amitié, Elena la poussait à un jeu qu'elle avait baptisé “le jeu des tétons rapides”.

Il consistait à faire durcir aussi vite que possible les tétons de l'autre. Vera se laissait faire mais, lorsque venait son tour, elle rechignait. Le jeu la gênait.

A l'évocation du souvenir, elle chercha à retrouver les gestes d'Elena. Mais comment s'aider de la bouche ? Elle s'humecta les doigts de salive, prit ses tétons entre le pouce et l'index et les serra durant quelques secondes. Ils durcirent un peu. Elle se mit alors à les masser, dans l'attente qu'un durcissement plus marqué tire sur la peau et donne du galbe à sa poitrine. Mais il ne se passa rien, et après quelques instants les mamelons redevinrent lisses.

Elle baissa les yeux. Malgré sa perte de poids, elle avait fait du ventre. Elle posa la main à hauteur de la taille et la secoua lentement. C'était tragique. Son ventre avait perdu toute consistance. Elle observa ses fesses sur le miroir fixé à la porte. Elles étaient molles. A nouveau de face, elle constata que sa culotte de cheval s'était étendue plus bas sur la cuisse.

Un homme qui serait son aîné de dix ans aurait les mots qui rassurent. A ses yeux, elle serait une femme jeune. Mais un adolescent ? Il la comparerait à sa mère.

62

Vendredi 23 octobre 1959.

Au café de dix heures, Berthier alerta la directrice sur un mauvais résultat de Lenny en physique.

— Ça ne lui ressemble pas. Je lui ai fait la remarque, il m'a répondu qu'il avait passé sa nuit à s'imprégner de la pièce.

Il ajouta, en regardant Vera :

— Mlle Perret choisissait des textes plus faciles…

— C'est son année de matu, il est très chargé, fit Mme Alderson.

Puis elle s'adressa à Vera :

— Pour la pièce, vous pourriez l'aider ?

Vera ne répondit pas.

Au sortir du café, Irène Kowalski lui proposa de passer chez elle en fin d'après-midi. Vera trouva un prétexte et déclina. Elle voulait s'acheter de la lingerie. S'arrêter chez Irène l'obligerait à lui montrer ses achats. Irène l'aurait prise pour une fofolle.

63

Samedi 24 octobre 1959.

Vera n'arrivait pas à détacher son regard de la photo.

Les nuances de gris étaient telles que le lac semblait vert, tendu, nerveux. Les dents du Midi, tranchantes, magnifiques. Le faisceau de lumière blanchissait le lac, côté Saint-Gingolf… Tout était beau et féroce. Vivant.

Un quart d'heure plus tôt, au retour de l'Institut, elle avait trouvé une grande enveloppe jaune qu'on avait glissée sous sa porte. Dessus, quelques mots avaient été griffonnés au crayon :

Votre photo. Elle n'entrait pas dans la boîte aux lettres.

B.

Elle retourna le cliché et resta quelques secondes les yeux fixés sur la date. 12 février 1959. Elle se souvint qu'au moment où Brunet lui avait tendu la photo, elle n'avait pas osé s'en saisir. Cette manie qu'avait Brunet de s'accrocher à des dates, des jours, des lieux ! Comme s'il devait se convaincre sans cesse que sa vie était réelle, faite d'événements qui la marquaient, la ponctuaient. Qui prouvaient que lui, Brunet, existait bel et bien.

C'était cette obsession qui l'avait perturbée.

Au fond, elle était comme Brunet. Sans force. Dans l'attente.

64

Samedi 24 octobre 1959.

La perspective de se retrouver face à Solcà avait fait passer une nuit blanche à Gülgül. Comment pourrait-il soutenir une discussion avec un savant ? Lui venait des cuisines. Il en portait encore les odeurs. Si seulement il avait pu demander conseil à l'un ou l'autre de ses Baba… Sabri Baba… Moussa Bey… Ahmet Baba… Chacun des trois lui aurait dit : “Sois droit.” Et c'était ce qu'il allait faire. Où qu'ils soient, ses pères ne pourraient pas dire : “Moustafa, il ment.” Non non non non non. Il serait droit.

— Je suis professeur de sport et de danse, fit Gülgül. Je n'ai pas l'habitude de parler à des gens savants.

— Vous êtes là depuis les débuts, répondit Solcà. Vous avez vu l'Institut se développer, s'affirmer. Ce que vous me direz m'intéresse plus que vous ne le pensez.

— Oui, mais les sports américains…

— Votre arrivée à l'Institut, c'était en 1934, je crois…

Gülgül raconta la tournée de l'équipe turque en Europe, sa rencontre avec Georges Alderson, la proposition que ce dernier lui avait faite de s'installer en Suisse.

— Pour la langue, ça n'a pas dû être facile, fit Solcà, les yeux sur ceux de Gülgül. Le français, vous le parliez déjà un peu ?

Gülgül déglutit.

— Au moment de la chute du sultan, j'ai été placé dans une maison, comme homme à tout faire. L'une des pensionnaires était française.

— J'étais au courant, fit Solcà.

Il hocha la tête :

— Votre réponse à la deuxième question m'intéresse beaucoup. Que feriez-vous de mieux, si vous deviez rester ?

Gülgül dodelina deux fois de la tête et haussa les épaules :

— Vous voyez, les sports, il ne faut pas seulement les connaître. Il faut les aimer. Par exemple, j'aime beaucoup la yole. Là, c'est important d'être fort et bien rythmé. On tire sur les bras, hop hop hop, on tourne la rame, on fait avancer le siège à roulettes, on remet la main de la rame à la verticale, on la plonge, on tire à nouveau, 1-2-3-4, 1-2-3-4, comme ça (il scanda les chiffres en marquant le 4). Le football, c'est le meilleur sport. Il faut courir, danser avec la balle, dribbler et en même temps bien regarder partout, à gauche, à droite, devant, derrière, vraiment partout, vous voyez, comme si on avait le terrain en entier sous les yeux, et là on construit le jeu, tout en dribblant, et quand on dribble bien, vraiment, c'est extraordinaire. Le tennis, j'entraîne, mais pas bien bien. J'ai appris à jouer quand j'avais vingt-cinq ans, je n'ai pas l'élégance…

— Je vois, fit Solcà en esquissant un sourire.

— Mais les sports américains, s'emballa soudain Gülgül, baseball, basket-ball, football américain, là, je ne sais rien !

Il dodelina de la tête et poursuivit :

— Franchement franchement, si je devais rester, je chercherais un professeur de sport plus qualifié.

— Vous voudriez démissionner ? demanda Solcà, en souriant plus nettement.

— Non... mais, pour les sports américains, je ne sais pas... Et puis les sports... Il faut les aimer...

— Je comprends, coupa Solcà. C'est honnête comme position. J'en ai pris bonne note.

Gülgül baissa les yeux.

Il doit se dire que c'est cuit, pensa Solcà. Il reprit :

— Et si vous ne restez pas ?

— Vous savez, il y a vingt-cinq ans que je suis dans les matchs, les championnats, les stades, à crier avec les élèves de l'Institut : "Al-der-son ! Al-der-son !" Que voulez-vous que je fasse ? Que j'aille à Paudex ou Champittet et que je me mette à crier : "Pau-dex, Pau-dex !" Je suis turc, moi. Pardon, vraiment vraiment, pardon de dire ça, mais un Turc doit être droit. C'est ça un Turc. Pas quelqu'un qui tourne comme ça comme ça comme ça (de sa main il eut un geste qui mimait le mouvement du serpent). Moi, je veux rester fidèle à ce que m'a dit mon père. Il m'a dit : Sois droit. *Dôrou.* C'est comme ça qu'on dit. Vous voyez ? Je ne peux pas enseigner les sports dans un autre collège.

— Mais si vous devez gagner votre vie ?

— J'ai beaucoup pensé, monsieur. Vraiment beaucoup beaucoup. Si je ne reste pas je vais me rapprocher de mon père.

— Je ne comprends pas...

— Mon père était chef pâtissier de Vahdettin, notre dernier sultan. On ne peut pas tricher avec la pâtisserie. Tout se voit. Il faut utiliser du bon miel, et même beaucoup de bon miel, vraiment, des noisettes choisies, des amandes de grande taille, grillées à la perfection, effilées comme il faut, tout ça est très important. Je fais très très bien la pâtisserie. C'est un travail magnifique. Je pourrais ouvrir un salon de pâtisserie orientale.

— Un quoi ?

Solcà le regardait, ébahi. Il se serait attendu à bien des choses, mais pas à un professeur de sport qui voulait ouvrir un salon de pâtisserie orientale…

— Ça vous fait rire, n'est-ce pas ? Je sais. Ça ne fait pas sérieux.

Il dodelina de la tête et ajouta :

— Mais c'est ce que je vais faire.

65

Samedi 24 octobre 1959.

Vera fut certaine de s'être trompée. Le 5, place Saint-François était un immeuble bien trop somptueux pour loger un cercle de culture physique. La longue galerie qui menait aux ascenseurs était bordée de vitrines luxueuses. Celle d'un traiteur, avec ses étalages de produits choisis, dégageait une atmosphère de fête et lui rappela Cova, sur la via Monte-Napoleone, à Milan. Vera sourit. Son père revenait souvent de Milan avec des paquets de chez Cova, sans doute pour se faire pardonner sa double vie. *"Meno male..."*, disait alors sa mère en défaisant les colis, l'air grognon. Au moins ça...

Près des ascenseurs, elle repéra une plaque de laiton : *Rodolphe Conrad – Culture physique – Haltérophilie – Gymnastique corrective – 5e étage.*

"Le patron est un ami, lui avait dit Gülgül, je lui emprunte la salle les samedis."

— Vous êtes Mme D'Abundo !

L'homme qui l'accueillait ressemblait étonnamment à Gülgül. Il était petit, bedonnant et très râblé. Il ajouta :

— Je suis Rodolphe. Moustafa vous a décrite à la perfection. Ah... Il vous admire !

Au même moment Gülgül accourait de ses petits pas pressés :

— Je vois qu'on est contente contente ! Venez venez !

Il conduisit Vera dans une salle immense dont le plafond, fait de grosses poutres disposées en cathédrale, montait à six ou sept mètres. Les murs étaient couverts d'haltères posés sur des crochets, en alternance avec des espaliers, des diplômes et des photos d'haltérophiles. Au milieu de la pièce, une quinzaine de personnes bavardaient.

— Voici Vera ! annonça Gülgül.

— Ah ! s'exclamèrent plusieurs voix.

— Moi c'est Françoise, fit une blonde très maigre.

Elle portait des lunettes à monture épaisse qui lui donnaient un air sévère.

— Moi c'est Marc !

— Moi c'est Jean-Jacques.

Chacun la salua avec gentillesse.

— Très très très bien, fit Gülgül, très très très bien. Et maintenant notre règlement !

L'air sérieux, il s'adressa à Vera :

— Trois types de danses. La leçon. Là, on apprend. Je dis qui danse avec qui et voilà. Puis danse libre : les messieurs choisissent. Enfin, danse bleue : les dames choisissent. Une danse libre, une danse bleue. Une danse libre, une danse bleue. Vous voyez, c'est simple ! Et très très démocratique.

— Pas comme au pays des sultans ! lança l'un des participants.

— Et du baklava, fit un autre.

L'homme se tourna en direction de Vera :

— Vous êtes au courant ?

Elle n'eut le temps ni de comprendre ni de répondre.

— On va commencer par une samba, dit Gülgül. Vera, vous dansez avec Marc.

— C'est moi, fit en souriant celui qui avait parlé de baklava.

La musique démarra. C'était *Brazil* dans une version grand orchestre. Gülgül mit le volume si fort qu'il n'était plus possible de s'entendre. Le thème, joué par une trompette, éclatait dans toute la pièce.

Après environ une minute, le cavalier de Vera lui lâcha la main droite. Ils s'éloignèrent légèrement l'un de l'autre et cela permit à Vera un geste plus libre lorsqu'elle laissait le pied filer vers l'arrière. La samba était entraînante. Vera esquissait les chassés avec élégance : gauche, droite, gauche, droite.

Brazil
Pam pam pam pam
Pam pam pam pam

Après quelques mesures, Vera laissa son pied glisser plus librement.

Brazil
Tarararam
Tarararam

Elle était prise dans le rythme, elle y participait des bras, des jambes, des seins…

Tariraram
Tarararam

Au fil du morceau, elle accentua de plus en plus le mouvement de l'épaule au moment où elle chassait le pied. Maintenant elle le laissait décoller nettement et se retrouvait en équilibre, épaule en avant, les bras en suspension, les mains tendues vers son cavalier. Elle se sentit harmonieuse.

Brazil,
Brazil...

La musique commença à s'estomper. Gülgül lança :

— Ha ha, la samba, on aime ! Allez, on recommence !

Il replaça l'aiguille du tourne-disque au début de la plage.

— Bravo ! fit Marc.

A la fin du deuxième passage, Vera se mit à rire comme une sotte. Elle était en nage.

— On se repose avec Strauss ! fit Gülgül.

Un Jean-Jacques maigre et âgé se plaça devant elle et l'enlaça.

— *Valse de l'Empereur !* annonça Gülgül.

Le mouvement de valse ne commençait pas immédiatement et ils durent rester figés quelques secondes. Vera attendit avec impatience le moment de pouvoir bouger. Lorsque enfin la musique marqua les trois temps, elle voulut se lancer dans un mouvement ample. Mais son cavalier était rigide et cela l'obligea à valser de façon étriquée. Elle y prit plaisir quand même, esquissant les pas, cherchant à être élégante. A la fin de la valse, Gülgül annonça :

— Danse bleue !

Il la regarda :

— Vous m'invitez ?

— Vous voyez ! lança celui qui avait parlé du pays des sultans. C'est un dictateur, Moustafa ! Il met une danse bleue et il veut qu'on l'invite !

— Mon cher ami, mon très très très cher ami, rétorqua Gülgül tout en enlaçant Vera, l'air faussement fâché, en Turquie les femmes votent depuis trente ans. Et ici, hein ? Et ici ? Elles ont à peine le droit de décider entre la fondue et la raclette ! Allez, on danse !

La musique démarra, envoûtante, très sensuelle.

— Un boléro ! Xavier Cougat, *ex*-tra-*ex*-traordinaire, vraiment… *Tres palabras*, *Trois mots*.

Elle n'avait jamais dansé le boléro. Elle se laissa aller. Gülgül conduisait sans rupture. A nouveau elle sentait chaque partie de son corps. Ventre, seins, fesses, bras, cuisses…

— C'est important d'attaquer *avant* la note, fit Gülgül. On n'est pas à l'école, n'est-ce pas ? On est dans la vie… Dans la vie, on attaque la vie, n'est-ce pas ? On saute sur la vie. Allez, on attaque juste un peu avant la note…

Il eut une mimique et rapprocha le pouce et l'index. Il y avait dans ses traits quelque chose qui rappelait la supplication.

— D'accord, *djanoum* ?

— C'est quoi, *djanoum* ?

— Mon âme. *Anima mia*, en italien, juste ?

— Oui, juste, mais… Comment ça, mon âme ?

— Mais oui, ma chère Vera, mon âme. En turc, on utilise tout le temps des mots doux. Nous les Turcs, nous sommes les plus gentils du monde. Je vous assure ! Vraiment je vous assure !

Le boléro touchait à sa fin. Gülgül lança à la cantonade : “Mambo !”

Vera reconnut la voix de Perry Como qui chantait *Papa Loves Mambo*. Avec Enrico, ils mettaient le disque à la maison. Elle chassa cette pensée et se retrouva enlacée par Rodolphe. Aux premières notes il la lâcha des deux mains et fit :

— Mambo libre !

De sa voix douce, Perry Como susurrait :

Papa loves mambo
Mama loves mambo

A nouveau son corps bougeait, elle le sentait vivant, harmonieux, gracieux.

Elle observa Rodolphe et chercha à faire comme lui, en symétrie. Main gauche posée sur le ventre et bras droit tenu vers le haut comme si elle attendait qu'il lui prenne la main, elle se déhanchait tant qu'elle pouvait.

La chanson s'écoulait sans obstacle, lisse et douce.

He goes slow
She goes fast

Chassé du pied, mouvement de l'épaule, chassé du pied. Elle était dans le rythme, heureuse, harmonieuse.

He goes left
She goes right

A la fin de chaque refrain, tous criaient "Ouh !" et marquaient le mouvement sur la note. Vera se déhancha plus nettement.

— *Mamma mia !* fit Rodolphe.

Elle avait envie de fredonner, de rire, d'aller embrasser Gülgül.

— Un tango pour Vera, lança Gülgül.

Elle reconnut la voix de Carlo Buti. *Chitarra romana*. Elles le dansaient avec Elena. Carlo Buti les faisait rire avec ses niaiseries :

Suona suona mia chitarra,
Lascia piangere il mio cuore

Joue, joue, ma guitare,
Laisse pleurer mon cœur

— Moi, c'est Edouard.

Un monsieur aux cheveux gris et à lunettes en écaille, haut de taille, s'inclina devant Vera.

Elle n'avait plus écouté cette chanson depuis la via Bertoloni. Elle eut les larmes aux yeux.

Elle avait envie qu'on la caresse. Qu'une main passe sur tout son corps. Une main grande et fine, osseuse, et même deux mains qui la caresseraient en prenant le temps. En s'attardant sur ses seins et sur ses hanches. Elle les avait sentis bouger et maintenant elle aurait souhaité qu'on les lui caresse, et le dos, les reins, les fesses, les cuisses, très doucement. Enrico ne l'avait jamais caressée en pensant à elle. Au début un peu. Mais son rituel sonnait faux. D'ailleurs ça n'avait pas duré. Il était devenu pressé. Il prenait des airs ridicules, faisait l'amour en vitesse, puis se mettait sur le dos et soupirait, comme s'il venait d'accomplir un exploit.

Elena ne la caressait pas avec tendresse. Elle avait été sa compagne de jeux. Pas son amante. Elles n'avaient jamais échangé de mots d'amour. C'était : "Tourne-toi. Non, pas comme ça. Mets ta langue. Maintenant mets ta main. Fais ceci, fais cela. Attends que ça vienne…" Et ainsi de suite.

Elle aurait aimé que ces mains s'attardent sur elle sans brusquerie. Qu'elles lui disent : J'aime ton corps. J'aime glisser sur toi. Sur ta peau douce et sur ton ventre un peu mou. J'aime te caresser lentement et partout.

*

L'heure et demie passa, fluide et douce.

— Un cha-cha-cha pour terminer, lança Gülgül, *La Ultima Noche.*

Elle était épuisée et dansa le cha-cha-cha avec nonchalance, en esquissant à peine les pas.

La ultima noche
Que pasé contigo

La dernière nuit que
J'ai passée avec toi

A nouveau elle se sentit gracieuse. Edouard lui demanda ce qu'elle faisait à Lausanne, et Vera lui raconta avec entrain l'Institut, les cours, la pièce de Noël.

A la fin du morceau, plusieurs voix se mirent à scander :

— Une autre ! Une autre !

— Fini-fini ! répondit Gülgül.

Vera vit que Rodolphe se dirigeait vers la salle, chargé d'un grand plateau :

— Ce n'est pas terminé ! La danse, oui, pas le plus important !

— Ah ! voilà ! fit Gülgül.

Rodolphe posa le plateau sur la table du tourne-disque. Il était recouvert de gâteaux par dizaines. C'étaient de petites pièces, certaines rondes, d'autres en forme de cigare, d'autres encore en losanges. Debout autour de la table, chacun se servait.

— *Bouyroune*, Vera, comme on dit à Istanbul, servez-vous.

Il avait dit *Iss-tann-boule* en donnant à la dernière syllabe une consonance gutturale. Il montra d'un geste l'assortiment des pâtisseries orientales :

— Vous connaissez ? Vous connaissez ?

— A Rome, ma mère avait une amie grecque, fit Vera, heureuse de piquer Gülgül.

— Grecque ?! Grecque ?! Je ne dis rien ! Nous, nous sommes gentils, même quand on ne nous aime pas…

— Ne l'écoutez pas, fit Rodolphe, c'est un nostalgique de l'Empire ottoman (il rit, Gülgül aussi).

Au même moment, Marc se rapprocha d'Edouard et lui entoura les épaules de son bras.

— Je ne suis *pas-du-tout* nostalgique, *pas-du-tout*, fit Gülgül. Nous étions un grand empire. Magnifique. Et vous savez ce qui nous a coulés ? Je dis bien *coulés*. Nous étions *trop* gentils. *Trop* tolérants. Partout nous gagnions la guerre et nous laissions les gens en paix. L'Empire ottoman, c'était l'empire de la gentillesse.

— Moustafa, vous oubliez que je suis prof d'histoire, lança en riant une rousse aux cheveux frisés.

Elle et Françoise, la blonde aux grosses lunettes, se tenaient par la main.

— Qu'est-ce que j'ai dit ? Qu'est-ce que j'ai dit ? Tout le monde est contre moi ! Bon. Vous voyez, Vera, je suis trop gentil ! Nous les Turcs, nous sommes gentils. Regardez ! Les meilleurs gâteaux du monde, c'est la Turquie.

— Ça, c'est vrai, lança Edouard, il n'y a qu'à voir le tour de taille de Rodolphe.

— Ça va, intervint Gülgül en dodelinant de la tête, on a compris. Venez venez, Vera.

Elle s'approcha et Gülgül pointa l'une des petites pièces du doigt. Elle était de forme arrondie et trouée en son milieu, comme une petite bouée de sauvetage.

— Nombril de femme, fit Gülgül, *hanoum göbeyi.*

Il la regarda, très sérieux.

— Je vous dis comment je fais ? Je vous dis ?

Elle eut d'un coup les larmes aux yeux et fit oui de la tête.

— Facile, lança Gülgül. Semoule cuite au four. Après, bien bien bien imbiber de sirop au miel. Mais bien bien, d'accord ? Ça (il lui montra un très petit gâteau de forme rectangulaire), baklava. Vous connaissez ? Bien sûr ! Mais pas comme ça ! Allez ! Goûtez !

Vera saisit un baklava du bout des doigts et le mit tout entier en bouche. A l'instant même elle sentit le miel couler sous sa langue. Les brisures de noisettes s'accolaient à son palais, le feuilleté se fendait et s'éparpillait, la pâte d'amandes sortait d'entre les couches, et les saveurs de cannelle et de clou de girofle se mêlaient au goût de la noisette.

— Les meilleurs gâteaux du monde, fit Gülgül, c'est nous.

A la station de Saint-François, elle était trop impatiente pour attendre le tram et décida de marcher jusqu'à Georgette. Pendant qu'elle descendait l'avenue du Théâtre, la mélodie de *Tres palabras*, le boléro, tournicotait dans sa tête.

Elle avait envie de danser.

66

Samedi 24 octobre 1959.

— *C'est-pour-toi !*

Mme Brunet avait martelé ces mots avec du triomphe dans la voix.

— Regarde ! Mais regarde !

Elle tendit à son fils *La Gazette littéraire*, le supplément du samedi de *La Gazette de Lausanne.*

— Lis ça ! Je te dis que *c'est-pour-toi* ! Là, regarde !

Au bas de la dernière page, un encadré intitulé *Vos plus belles photos du lac en automne* annonçait un concours. Les trois premiers verraient leur photo publiée dans l'édition du samedi 12 décembre prochain. Les dix-sept suivants seraient cités dans la publication. Les photos, noir et blanc, devaient parvenir à la rédaction (à l'attention personnelle de M. Frank Jotterand, le directeur de *La Gazette littéraire*) avant le samedi 14 novembre prochain, *le cachet de la poste faisant foi.*

— Alors ! s'exclama Mme Brunet, qu'en dis-tu ?

Brunet eut un geste de dérision :

— Des photographes amateurs, il y en a chaque dix mètres le long du lac.

— Mais bien sûr ! Monsieur pense toujours que c'est fichu d'avance. Monsieur est déjà mort de peur à l'idée de se battre un peu, mais alors à peine…

Non mais tu te rends compte ? Si ton père était là… Enfin…

Brunet ne répondit pas. Sa mère attendit quelques instants et poursuivit :

— Regarde-moi et dis-moi que tu vas envoyer une photo. S'il te plaît. Regarde-moi !

Brunet était à terre :

— Je ne fais pas des photos pour me mettre en avant, tu le sais bien.

— On ne sait jamais ce qui peut se passer ! fit Mme Brunet. Si demain l'Institut ferme, et que tu gagnes le concours ? Juste au bon moment ? Tu te rends compte ? Mais-tu-te-rends-compte ! Tu fais des photos ma-gni-fiques ! Tout le monde le dit !

— Il ne manquait plus que ça ! répondit Brunet. Que j'exhibe mes photos.

Il était las. Il réfléchit quelques instants puis laissa tomber : "D'accord, j'enverrai une photo" et monta préparer ses tirages du lendemain.

67

Samedi 24 octobre 1959.

— Ça ne s'est pas bien passé ?

En entendant leur père rentrer de sa réunion avec Solcà, les deux fils Berthier, Thierry, l'aîné, et Arnaud, s'étaient précipités au salon. Berthier semblait préoccupé.

— Tu ne dis rien ?

La veille au soir, parlant avec ses fils de l'entrevue avec Solcà, il avait lancé, l'air goguenard : “Ses questions, ça prendra trois minutes. Vous voulez que je dise quoi ? Un, je suis à l'Institut parce que j'ai fondé le RNP, c'était mal, d'accord, mais c'est le passé. Deux, si je reste je suggère d'équiper le labo qui n'en est pas un, et trois, si je pars, devinez quoi, faudra que je me cherche du boulot !” Berthier s'était ensuite mis à imiter l'accent tessinois de Solcà, fait de consonances italiennes mêlées d'intonations germaniques, en imaginant ce qu'il lui répondrait : “*Ma* bravo, monsieur Berthier, *ma* quel esprit synthétique !” Tous trois avaient beaucoup ri.

Maintenant il était défait. L'entretien n'avait effectivement pas duré cinq minutes, mais pas pour les raisons espérées.

— Alors, avait commencé Solcà, votre arrivée à l'Institut ?

La raison de son exil, c'était son appartenance à un mouvement de gauche. Berthier avait brossé un tableau savant de la France d'après-guerre et s'apprêtait à passer à la question suivante lorsque, d'un geste de la main, Solcà l'avait interrompu :

— Monsieur Berthier...

Il avait laissé passer un moment de silence avant de reprendre :

— Mes mandants sont américains, monsieur Berthier. Vous le savez. A leurs yeux, l'absence de franchise sur la faute commise pèse autant que la faute elle-même.

Berthier s'était liquéfié. Incapable d'articuler un mot. Que savait Solcà ? D'où le savait-il ?

— Sinon plus... Votre mouvement était celui de Marcel Déat. Le RNP. Un parti qui prônait la collaboration... Indignité nationale et quatre mois à Grasse, avait ajouté Solcà. Pourquoi le cacher ? Il en avait de bonnes...

Depuis treize ans l'horreur de la détention ravageait la mémoire de Berthier. Et Solcà aurait voulu qu'il aille le crier sur les toits ? Il était tombé sur la tête. En tout cas, son appartenance au RNP ne portait pas préjudice aux élèves. Tout le monde ne pouvait pas dire autant de son passé. Est-ce que Solcà s'était intéressé à la vie de Brunet ? C'est chez lui qu'il devait aller jouer les fouille-merdes. Brunet, tout ce qu'il méritait, c'était qu'on le vire. A un pédophile dans un internat pour garçons, on fichait la paix. Mais on lui demandait, à lui, Berthier, pourquoi il avait caché que, dix-huit ans plus tôt, il avait participé à la création d'un parti dont le seul propos était d'aider son pays à se sortir du merdier dans lequel l'avait plongé la guerre.

A la question de Solcà, Berthier s'était levé et avait quitté la salle de conférence sans un mot. Solcà était resté assis, imperturbable.

Il regarda ses fils et haussa les épaules :

— Les choses ne se sont pas mal passées. On a un peu discuté. Je lui ai fait sentir que, pour moi, les Américains, leurs méthodes, leur mentalité, tout ça, ce n'était pas mon monde. Mes valeurs sont ailleurs… Je crois qu'il a bien compris.

— Tu vas quitter l'Institut ? demanda Arnaud.

Il eut un geste des épaules :

— On verra, c'est prématuré. Mais dans l'ensemble…

Puis il dit à ses fils qu'il voulait se reposer, alla s'étendre sur son lit et éclata en sanglots.

68

Samedi 24 octobre 1959.

Pendant qu'elle attendait le tram place des Halles, Vera vit passer plusieurs internes en tenue de football. Il y avait match. Elle eut d'un coup peur de croiser Lenny et partit vite à pied en direction de Lausanne.

De bout en bout, sa promenade fut un calvaire. Elle allait acheter des sous-vêtements. Pour séduire un garçon de dix-huit ans… Des sous-vêtements affriolants dans lesquels son corps aurait l'air encore plus usé.

Et pourquoi ? Parce que la paume de ce garçon s'était attardée sur son dos et lui avait frôlé le sein. Depuis trois jours elle ne cessait de penser à cette esquisse de caresse. C'était pathétique.

Lorsqu'elle arriva à Ouchy, elle était épuisée, incapable de chercher le petit métro dont on lui avait parlé. Elle héla un taxi et donna l'adresse de Bonard, le grand magasin du centre-ville. Au moment où le taxi la déposa place Saint-François, elle fut sur le point de demander au chauffeur de la conduire à Lutry. Mais elle renonça, de peur qu'il la prenne pour une détraquée.

Chez Bonard, elle traîna d'un rayon à l'autre, trop gênée pour demander à voir les culottes ou les soutiens-gorge. Une vendeuse lui proposa son aide. Elle fit non de la tête et continua de rôder, terrorisée par la perspective que la jeune femme comprenne ce qu'elle cherchait : des sous-vêtements capables de rendre présentable un corps vieilli.

Elle quitta le magasin sans rien acheter. Elena lui avait parlé de Lucky, un salon de coiffure situé au haut de la rue Saint-Pierre. Elle remonta la rue de Bourg le regard à terre. Quand elle arriva devant chez Lucky, elle avait oublié qu'elle cherchait un salon de coiffure. En plus, le salon était à l'étage... Elle ne comprit pas ce qu'elle faisait là et décida de rentrer.

Arrivée à Saint-François, ses jambes ne la portaient plus. Elle s'assit dans le petit kiosque et laissa passer deux trams pour Lutry.

— Place des Halles, terminus ! lança le contrôleur en tirant sur le fil qui faisait tinter la clochette.

Durant une seconde ou deux, elle crut rêver. A travers la vitre, elle vit Gülgül qui courait le long du tram. Il peinait et roulait la tête sous l'effort. Il sembla crier quelque chose à sa gauche. Elle remarqua un attroupement. Maintenant Gülgül faisait de grands signes des bras en direction d'une voiture. C'était la Taunus bleu ciel de Mme Alderson. Vera se tourna à nouveau vers l'attroupement et vit, l'espace d'un instant, Lenny claudiquer sur une jambe, un pied déchaussé. Une seconde plus tard il sortit de son champ de vision. Elle quitta son siège, attendit que le tram s'arrêtât place des Halles et rebroussa chemin en marchant aussi vite qu'elle pouvait. Lorsqu'elle arriva près du stade, l'attroupement s'était dissipé et le match avait repris.

— Oui, oui, fit Gülgül dès qu'il la vit, on mène, deux à zéro ! Mais pour Lenny la saison est cuite... A ta gauche, *A-fon-so* ! A ta *gauche* !

Il se tourna en direction de Vera, l'air excédé :

— Il joue comme tous les Brésiliens ! Personnel du début à la fin ! C'est *in*-croyable. Là on avait une occasion ! Enfin... Oui, Lenny... Cheville foulée... Il s'est fait soquer par Kranz, le Brésilien de Paudex. Mme Alderson l'emmène à l'infirmerie... Rien de grave...

Il lui tourna ensuite le dos et se mit à courir en criant quelque chose.

Elle crut qu'elle n'arriverait pas à marcher jusque chez elle. Arrivée au haut des escaliers, elle était en nage et sentait mauvais. Elle chercha ses clefs dans son sac, farfouilla, le vida sur le palier. Rien.

Elle s'assit à même le sol et resta ainsi figée durant cinq ou dix minutes. Puis elle rassembla ce qui lui restait de force, se leva et ôta sa veste. Son trousseau tomba sur le palier. A bout de nerfs, elle se mit à pleurer, debout sur son palier, durant une minute ou deux. Après quoi elle entra chez elle et s'étendit sur le lit sans ôter ses chaussures.

Au moins, la foulure de Lenny lui éviterait de se perdre dans le ridicule. Mercredi prochain, Gülgül montrerait les pas du tango ou du mambo ou de n'importe quoi, et Lenny serait couché à l'infirmerie. Elle se leva, ôta ses chaussures, se déshabilla et se recoucha.

Elle se sentit plus sereine. Après quelques instants, la ritournelle d'une valse anglaise lui vint en mémoire. C'était une chanson à la mode dans les années quarante, *Non ti scordar di me*, un air qu'avec Elena elles écoutaient, fredonnaient et dansaient tout à la fois. Elles s'amusaient à reprendre en chœur le *di me* en s'enlaçant avec une tendresse exagérée.

Lenny avait des cuisses fortes. Rien à voir avec les jambes de Lorenzo. Qu'est-ce qu'elles étaient fines ! De vraies jambes de héron. Au fond, Lorenzo était un héron tout entier. Elégant, nonchalant. Un vrai héron.

De l'index, elle caressa son pouce droit, à la recherche de la sensation que lui avait procurée le geste de Lenny. En vain.

Elle eut soudain très envie de passer sa main sur la peau de Lenny. De lui caresser les bras, les épaules. De lui embrasser la poitrine. Sûrement que sa poitrine était lisse et plate.

Elle resta accrochée à ces pensées. L'après-midi du lendemain, Lenny serait seul à l'étage. Les petits iraient au cinéma. Les séances commençaient à deux heures trente. A deux heures, ils seraient partis. Tante Gisèle et Mme Alderson prenaient congé les dimanches jusqu'à l'heure du souper.

Elle pourrait aller à l'Institut en tenant le texte de la pièce sous le bras. Si elle croisait quelqu'un, elle dirait : Mme Alderson m'a demandé de faire travailler Lenny, cette foulure, elle tombe à pic, vous ne trouvez pas ?

Et s'il y avait un autre malade à l'infirmerie ? Cette éventualité l'apaisa. Ils auraient une discussion sur la pièce. Ils feraient peut-être la lecture d'un court passage, après quoi elle s'en irait.

Mais personne d'autre n'était malade. Quelqu'un en aurait parlé au café. Bien sûr, l'un des petits pourrait avoir gardé le lit... Mais l'infirmerie était à leur étage... Sans doute qu'on les laissait dans leur chambre lorsqu'ils étaient malades, histoire de ne pas compliquer la vie à tante Gisèle... Dans ce cas elle serait seule avec Lenny à l'infirmerie, mais pas à l'étage... Le petit malade pourrait à tout moment entrer. Sans même frapper...

Jusqu'à l'âge de sept ou huit ans, Lorenzo avait cette habitude. Elle ne l'entendait ni approcher ni ouvrir la porte, d'un coup il était dans leur chambre. Il s'approchait du lit, toujours de son côté, et posait la main sur ce qu'il trouvait d'elle, un bras, une hanche, un sein. Il la secouait, elle le hissait près d'elle et le gardait toujours au bord du lit. Il s'accrochait à elle de peur de tomber, et Vera en profitait pour le serrer et le caresser autant qu'elle pouvait.

Ses pensées retournèrent à Lenny, et la perspective de passer la soirée à penser à lui lui sembla au-dessus de ses forces. Elle appela Irène et l'invita à dîner.

— Oui ! Mais d'abord cinéma ! Et vous restez chez moi jusqu'à demain, d'accord ?

Elle lui proposa d'aller voir une nouveauté, *La Mort aux trousses* :

— L'histoire d'un homme à qui on colle une autre identité, mais alors *com-plè-te-ment* à son insu ! Il paraît que c'est très drôle !

Elle pouffa :

— Enfin ! Ça nous changera les idées… Après, nous irons au Chat Noir.

Au restaurant, on les installa côte à côte sur une petite estrade, face à un mur couvert de photos dédicacées.

Irène était contente :

— Au Chat Noir, après le spectacle, Lausanne s'encanaille… Allez, on commande ! Pour moi, c'est saucisse de Francfort et salade de pommes de terre, une petite tradition ici.

Elle rit d'un air un peu forcé :

— Ça me rappelle l'Allemagne !

Vera laissait son regard glisser d'un portrait à l'autre. Irène la relança :

— Vous ne dites rien ? Le film était rigolo, non ? Et Cary Grant ? Cette fausse identité qu'on lui colle sur le dos ? Vous êtes d'accord qu'au début, il est fat ! Elégant et tout et tout, mais quel égoïste ! Avec sa secrétaire ! Avec sa mère ! Avec tout le monde ! Parce qu'il est beau…

Vera lui sourit :

— Ça oui… Il a de belles mains…

— C'est vrai qu'au fil de l'histoire, il devient sympathique… Vous ne pensez pas que, nous aussi, on va s'améliorer un jour ? embellir ? Je dis ça pour moi, vous, vous êtes jolie comme un cœur… Et vous haussez les épaules ! Voulez-vous bien vous taire ! Vous êtes *ra-vis-sante* ! Qu'est-ce que je devrais dire ?

Elle se mit à rire, puis reprit :

— Il y a quelques mois, j'étais venue dîner ici. J'étais seule ce soir-là… Bref ! J'avais vu ce film où Cary Grant jouait… Vous savez… Avec Ingrid Bergman… Ah là là, quelle mémoire…

— *Indiscret* ?

— Bravo ! Elle joue le rôle d'une actrice à succès, lui est un personnage important, une sorte de diplomate... Et il y avait une scène *i-nou-bli-able*, Cary Grant en smoking qui dansait comme les Ecossais. Et quel séducteur ! Vous l'avez vu ?

Elle rit tant qu'elle dut se sécher les yeux.

— On aurait dit qu'il volait... Ah là là, pouvoir danser comme ça, vous vous rendez compte... A propos ! Vous ne m'avez pas dit comment s'était passé le cours de danse, ça vous a plu ?

Elle sourit :

— Vous ne voulez pas me dire ?

Vera se força à sourire :

— C'était sympathique.

Irène la regarda quelques secondes en silence, puis dit, d'une voix absente :

— Il n'y a que le corps, Vera. Le reste...

A qui est-ce que Lenny pensait en se masturbant ? Sans doute à la jeune fille blonde du cours de danse. En tout cas pas à elle. A dix-huit ans, si l'on veut se masturber, on ne pense pas à une femme de quarante ans. Ou si on le fait, on débande.

69

Dimanche 25 octobre 1959.

"Celle-ci ! se dit Brunet. Sans hésiter."

Le mercredi, il avait photographié depuis le point Deux. Direction plein sud. La brume masquait la côte française et l'eau semblait s'étendre à l'infini. Sur les six prises, la quatrième était sa préférée. Il l'avait faite en plaçant la ligne d'horizon légèrement de biais. "Au tirage, il y aura un effet d'irréel", avait pensé Brunet à ce moment-là. Il avait eu raison.

Il l'avait développée en exposant à vingt-cinq secondes et en retenant légèrement les nuages, puis avait ajouté cinq secondes pour la partie haute. Le résultat était d'un détail incroyable. Un lac sans fin dont la vue déclenchait le vertige.

L'été, lorsque les atmosphères d'orage créaient des contrastes forts, ses photos étaient violentes, mais plus faciles. Alors que là… Une des plus belles photos qu'il ait faites.

Il repensa au concours. Ce tirage aurait été parfait. Tout était dit en finesse.

Il suspendit sa photo à une pince à linge et l'observa. Le lac s'était dévoilé, mais à lui seul. Envoyer une telle photo, ce serait le trahir.

70

Dimanche 25 octobre 1959.

— Tu le vois quand, Solcà ? demanda Mme Alderson à sa sœur, le visage plongé dans son coussin.

— Je ne le vois pas, fit Gisèle tout en continuant son massage.

Mme Alderson se redressa légèrement :

— Ah bon ?

— Il a téléphoné hier pour annuler.

— Je me demande ce qu'il a derrière la tête, celui-là, fit Mme Alderson.

Gisèle hésita à répondre. L'annulation de son rendez-vous l'avait tellement déçue qu'elle n'avait rien retenu des explications de Solcà.

Finalement, elle ne dit rien et reprit ses mouvements de va-et-vient sur les petites cuisses.

71

Dimanche 25 octobre 1959.

Au petit-déjeuner, Irène proposa d'aller à Genève :

— Il y a un petit italien boulevard Carl-Vogt, juste à côté de chez ma couturière grecque. Ça vous plaira, vous verrez !

Vera déclina. Elle devait passer son dimanche à préparer la pièce.

— Et Lenny ? Il ne vous donne pas trop de fil à retordre ?

Vera tarda à répondre. Puis d'un coup elle parla trop vite, termina son café d'un trait, posa sa tasse brusquement, fit "Allez, j'y vais", et se leva.

Irène insista pour la conduire. Jusqu'aux abords de Lutry, elles n'échangèrent pas un mot.

— Cette histoire de pièce vous travaille, fit Irène. Ne vous en faites pas. Si vous croyez que chaque année c'est un chef-d'œuvre…

Chez elle, Vera n'arriva pas à se calmer. Elle mit la radio, l'éteignit, se coucha, se leva… Finalement elle décida de sortir et marcha d'un pas rapide jusqu'à Paudex, le bourg voisin. Lorsqu'elle fut de retour, il n'était pas encore une heure.

Elle s'étendit sur le canapé du salon et tenta de se raisonner. Bien sûr que le geste était involontaire. Il fallait être bien prétentieuse pour penser autrement.

Mais son agitation ne fit qu'augmenter. A trois heures moins vingt, le cœur fou, elle quitta la Grand'Rue, entra à l'Institut par les vestiaires, monta aux étages sans croiser personne, et se retrouva à la porte de l'infirmerie, incrédule devant ce qu'elle était en train de faire.

Elle frappa.

Lenny était seul dans la pièce. Lorsqu'elle lui tendit la main, il se dressa sur son lit et avança la tête. Vera crut qu'il souhaitait l'embrasser sur la joue mais, au moment où elle approcha son visage, il effectua une légère rotation et sa bouche effleura la commissure de ses lèvres. Un vertige la secoua. Elle s'agrippa à la main de Lenny. Celui-ci répéta son geste sur l'autre joue puis s'étendit à nouveau sur son lit.

Vera s'assit sur le lit jumeau. Ils déglutirent l'un et l'autre en même temps et restèrent sans rien dire, lui les yeux sur son drap, elle en mille morceaux, le regard au sol. Le manuscrit de la pièce était sur le lit.

— J'essaie d'apprendre mon texte.

— C'est une pièce magnifique.

Elle avait parlé après s'être éclairci la gorge, le souffle court, en s'y reprenant à deux fois.

Il eut un petit geste des sourcils.

— Mon père sait y faire.

— Les fils sont sévères… A propos, vous avez écrit à votre mère ?

Il la regarda sans comprendre. Elle ajouta :

— Pour votre cheville.

— Ma mère a trois filles. Je ne vais pas la déranger pour ça.

— Elle voudrait sûrement savoir…

— Vous savez quel âge ont mes demi-sœurs ?
Elle fit non de la tête.

— Neuf, cinq et deux ans. Des chevilles foulées, elle doit en avoir son compte.

Elle observa ses lèvres. Elles étaient charnues. Plus que celles de Lorenzo. Bien plus. Lui aussi avait une très belle bouche. Plus fine. Moins marquée.

Elle ferma les yeux un court instant puis demanda s'il avait reçu des visites.

— Hier, Afonso.

— Et Charles ?

— Les week-ends, il rentre chez lui.

Est-ce que sa cheville le faisait souffrir ? "Ça va." Il ajouta : "Je ne dois pas poser le pied pendant une semaine."

Il y eut un long silence.

— Plus de cours de danse ?

Il ne répondit pas.

— Vous reprendrez vite.

Il s'assit sur son lit :

— Je dois aller à la toilette.

Il écarta le drap. Malgré elle ses yeux balayèrent du regard le pyjama de Lenny, à la recherche d'une trace de sperme. Elle n'en vit pas.

Elle proposa de l'aider.

— J'y arrive seul.

Lorsqu'il fut debout, elle remarqua qu'il avait une érection. Elle se leva et lui passa le bras autour du dos. Il prit appui sur ses épaules et avança en sautillant sur son pied valide. Les toilettes de l'étage se trouvaient à une dizaine de mètres, au bout d'un couloir étroit qui séparait deux rangées de chambres. Ils le parcoururent en silence, collés l'un à l'autre. Elle tremblait.

Devant la porte des toilettes, Lenny se tourna vers elle et la regarda fixement, la main droite posée sur son épaule. Elle prit son visage entre ses paumes, embrassa sa lèvre inférieure, la garda en bouche quelques secondes, la mordilla, puis embrassa sa lèvre supérieure. Elle était douce, très pulpeuse. Lenny lui donna toute sa langue, d'un coup. Puis il remonta son pull-over, glissa la main dans l'échancrure de son soutien-gorge et lui caressa le sein, d'abord avec hésitation, puis le prit en main tout entier et l'enserra si fort qu'elle eut mal. Elle se dit que comme ça, au moins, il n'en devinerait pas la forme.

Surtout, elle ne devait pas penser à Lorenzo.

Elle saisit son sexe à travers l'échancrure du pyjama et le masturba, d'abord lentement, puis de plus en plus vite. Lorsqu'elle le sentit se contracter sous sa main, elle continua de le secouer, plus vite et plus fort. Lenny avait maintenant le souffle court, il poussait son ventre contre sa main et continuait de lui serrer le sein.

Lorsqu'elle sentit son relâchement, elle resta de longues secondes collée à lui, sans bouger, sans oser le regarder. Puis elle retira sa main, qui était gluante.

Après quoi elle se détacha de lui et partit très vite.

72

Dimanche 25 octobre 1959.

Mon cher Schneebel,

Tu peux l'imaginer, ta lettre m'a causé une émotion profonde. L'invitation de notre cher Schirlbauer, à laquelle tu t'associes par des mots trop indulgents à mon égard, la perspective de me retrouver plongé à nouveau dans le monde merveilleux de Hölderlin, celle de retourner à Vienne, ma Vienne, après une si longue absence (vingt-deux ans...), tout cela m'émeut infiniment.

A vrai dire, je pensais ne jamais retourner à Vienne. J'avais décidé que certains souvenirs ne devaient pas être remués. Le mieux était que leur poussière reste là où elle avait touché le sol. Mais voilà, ta lettre est venue...

Depuis le 25 mai 1937 (un mardi, si tu t'en souviens, le jour de mon séminaire sur Da ich ein Knabe war, *le même jour où Schwaab avait défendu sa thèse) je n'ai plus lu une ligne de Hölderlin. Je voulais te le dire.*

Vois-tu, si je viens (j'ai décidé d'accepter ton invitation, sous la condition que tu liras ci-dessous), si je viens donc, je serai très certainement secoué par des émotions de toutes sortes.

Il y a le risque que la tristesse me submerge en plein colloque. Et je ne veux pas gâcher la fête de Schirlbauer.

As-tu pensé à cela ?

Si, à la lumière de ce que je viens d'écrire, tu maintiens ton invitation, très vite je te communiquerai le titre de ma présentation.

Dans l'attente de tes nouvelles, je reste

Ton bien dévoué

N.

73

Lundi 26 octobre 1959.

Pour la première fois, elle arriva en retard au café.

— Nous nous demandions si vous n'étiez pas souffrante, fit Mme Alderson, le regard à l'affût.

— Vous voyez bien qu'elle est en pleine forme ! lança Berthier.

Les questions embarrassantes allaient tomber. Samedi, vous étiez en ville ? Et la danse ? Qu'avez-vous fait dimanche ? Comment marchent les répétitions ?

Elle se trahirait à ses premiers mots.

Elle eut envie de quitter l'Institut sur-le-champ.

Berthier ouvrit les feux :

— Quelles nouvelles de Lenny ? Je traite les miroirs sphériques cette semaine, c'est un sujet difficile, s'il manque le cours…

— Je l'ai eu de neuf à dix, fit Nadelmann. Il pose son pied bandé sur une chaise, ça a l'air d'aller.

— Et pour la pièce, demanda Mme Alderson en regardant Vera, vous arriverez à répéter ?

Vera se lança dans une avalanche de détails : la pièce était ardue, les rapports entre les personnages complexes, malgré cela elle espérait que le garçon pourrait poursuivre le travail d'approfondissement…

Mme Alderson l'interrompit d'un ton ferme :

— Il ne faut pas que Lenny néglige ses études.

Vera ferma les yeux un instant puis sauta dans le vide :

— Je pourrais travailler un ou deux après-midi avec lui…

— C'est une bonne idée, fit la directrice. Mais il faut que la proposition vienne de vous. C'est un garçon impossible.

74

Lundi 26 octobre 1959.

— Bonjour, madame.
— Bonjour à tous.
Lenny était à moitié couché sur sa chaise, son pied bandé posé sur un tabouret.
— Comment va le blessé ?
— Ça va, madame.
Il avait répondu le regard tourné vers le plafond.

Elle consacra la première heure de cours au sujet spécial. Giuliani avait choisi de présenter *A Silvia*, l'un des plus beaux poèmes de Leopardi. Il en fit une lecture sensible, et Vera lui demanda où il avait appris à lire si bien.
— Ma mère aimait lire à haute voix.
Elle n'eut pas le courage de demander : Pourquoi l'imparfait ?
— Et le choix de ce poème ?
— Les deux vers du milieu, madame.

Lingua mortale non dice
Quel ch'io sentiva in seno.

Aucune langue mortelle ne peut dire
Ce que je ressentais à l'intérieur de moi.

Elle enchaîna avec brusquerie :

— Et vous, Sassan ?

— J'ai choisi le passage où Malaparte parle des naines, madame. Au premier chapitre.

— Sassan se spécialise en naines italiennes, fit Giuliani.

— Malaparte parle des Voulencors ? lança Charles Hugues. Ça alors !

— Arrêtez de déconner, sans blague, fit Sassan d'un ton las. Elle se tire.

— Comment ça, elle se tire ? demanda Giuliani.

Vera n'eut pas la force d'exiger le silence.

— Elle se tire. Elle se casse. Elle va se marier à Zurich.

— Elle a trouvé un bon parti ? fit Hugues.

Vera osa un faible "S'il vous plaît ! On lit !".

Dans un italien guttural auquel son accent iranien donnait d'étranges intonations, Sassan lut un extrait de *La Peau* qui parlait d'accouplements cocasses :

Parfois nous voyions quelques-unes de ces naines gravir les marches du Pendino en traînant par un pan de leur pantalon de gigantesques soldats américains, blancs ou noirs, aux yeux attendris, et les pousser dans leurs tanières.

La lecture terminée, Sassan fit du passage choisi une analyse piquante.

— Je vous félicite...

Elle se tourna vers Lenny.

— Et vous ?

Il répondit avec mauvaise grâce :

— Chapitre cinq, madame. Quand Zeno hésite. Des trois filles Malfenti, Ada est sa préférée. Mais il finit par épouser Augusta, celle qui lui plaît le moins.

— Allez-y.

Je me suis arrêté un instant dans l'escalier, stupéfié par ce geste que je n'avais absolument pas prémédité.

Il a de la chance de pouvoir être cruel, pensa Vera.

— Quelle analyse faites-vous de ce passage ?

— Augusta s'estime heureuse d'avoir été retenue malgré tout...

— Elle est reconnaissante à Zeno ?

— Oui, madame.

C'était sans appel.

A la sonnerie, Charles, Sassan et Marco se levèrent.

Elle se retrouva seule avec Lenny.

— Ce matin... Et même vendredi, déjà... Plusieurs professeurs se sont montrés inquiets... La pièce...

Il hocha la tête sans la regarder, les yeux fixés sur sa cheville bandée :

— On me l'a dit.

— La directrice suggère que nous travaillions votre texte, en plus des répétitions...

Il resta impassible. Elle plongea :

— Samedi, si vous voulez...

Il fit oui de la tête, le regard absent.

— Les samedis après-midi, j'attends un appel de Rome. Je ne sais jamais quand vient la communication, avec l'Italie, c'est toujours compliqué... On peut se voir à l'Institut vers les quatre, cinq heures... Cela ne nous laissera pas beaucoup de temps...

— Je peux venir chez vous.

Elle déglutit, souffla :

— Vers deux heures et demie.

Elle était devenue folle.

Après le cours, elle alla chez la directrice et raconta un mensonge :

— L'estomac…

— Rentrez vite, lui glissa Mme Alderson.

75

Samedi 31 octobre 1959.

— Entrez.

Elle avait soufflé le mot.

Il s'assit sur le bord du lit, tête baissée.

Elle s'approcha de lui, prit sa tête entre les mains et la pressa contre son ventre. Le visage enfoui en elle, Lenny agrippa ses seins et les serra.

Puis il se leva et se déshabilla jusqu'au slip.

Vera ouvrit le lit. Il s'y glissa, se couvrit et lui tourna le dos.

Des épaules d'homme et une nuque de petit garçon.

Elle se déshabilla. Pour le soutien-gorge, elle hésita une seconde, puis l'enleva.

Dès qu'elle fut au lit, il se tourna vers elle, agrippa ses seins, chercha sa bouche et l'embrassa avec voracité, donnant à nouveau toute sa langue, d'un coup. Elle posa les mains sur les siennes et les pressa contre sa poitrine.

Elle eut un vertige et ferma les yeux. Enfin elle le tenait dans ses bras. Elle pouvait l'enlacer. Le couvrir de baisers. Lui parler.

Elle lui caressa la tête. Il avait les cheveux drus. Ceux de Lorenzo étaient fins. Quand elle les lui lavait, elle lui disait : “Mais il a des cheveux d'ange, ce M. Lorenzetto-zetto-zetto.” Il la regardait en souriant, l'air un peu niais.

Elle embrassa Lenny là où la narine retrouve la joue. Cela lui parut incroyable qu'il ne la gronde pas en disant d'un air faussement fâché : “Mais arrête, s'il te plaît...”

Dans la seconde qui suivit, elle se leva :

— Viens. Habille-toi.

Ils se vêtirent très vite, sans se regarder. Elle monta à l'étage et Lenny la suivit docilement. Ils s'assirent côte à côte sur le canapé.

— Tu as faim ?

Il acquiesça. Elle se leva, fit :

— Tu aimes le fromage fondu sur du pain ?

Dès qu'elle l'eut servi, il avala les quatre tranches qu'elle avait préparées, se leva et partit sans la regarder.

76

Dimanche 1er novembre 1959.

Il sonna vers neuf heures et demie. Il semblait terrorisé.

— Tu veux manger ?

Il fit oui de la tête.

— Comme hier ?

Il la regarda sans répondre.

Ils montèrent. Elle prépara à nouveau quatre croûtes, les mit à griller et s'assit face à lui. A nouveau, il les mangea à grande vitesse.

— En semaine, je peux venir, mais plus tard. Vers dix heures et demie.

Elle le regardait, muette. Il ajouta :

— Je sors de l'Institut par la fenêtre, celle de la salle de piano, au sous-sol. Je la laisse ouverte.

Il esquissa un sourire et fit, avec un geste du menton :

— Aucun risque.

Un petit vantard.

Lorenzo prenait une voix aussi basse que possible lorsqu'il voulait lui faire la leçon : "Mais tu te rends compte que tu es d'un autre siècle ? Tu t'en rends compte, au moins ?"

— Ça va, dix heures et demie ? répéta Lenny.

Elle ferma les yeux en signe d'assentiment.

Il se leva. Elle l'embrassa sur les commissures des lèvres, doucement, à gauche, puis à droite. Comme la veille, elle fut surprise qu'il se laissât faire.

Elle dit :

— Comme à Hollywood.

Il se détacha avec brusquerie. Elle ferma les yeux, secoua légèrement la tête et fit : "Rien."

Il lança : "A demain", et quitta l'appartement.

77

Dimanche 1er novembre 1959.

Cela faisait quinze jours que McAlistair dormait mal. Il se réveillait vers quatre heures du matin, les yeux grands ouverts, tendu, sans aucune perspective de retrouver le sommeil.

Il en avait encore pour trois semaines à attendre son rendez-vous avec Solcà. Pourquoi est-ce qu'il s'angoissait tant ? Il avait des atouts, et même beaucoup ! Les Américains seraient contents d'avoir l'un des leurs à l'Institut. (Du reste, personne n'en parlait, mais comment est-ce qu'ils allaient l'appeler ? Sûrement plus l'Institut Alderson. Peut-être ABS *on Lake Geneva*, cela sonnait bien. Lui, en tout cas, saurait le prononcer.) Bien sûr qu'ils allaient le garder. C'était un professeur estimé. Compétent. Des diplômés de Yale en Europe, ça ne courait pas les rues. Evidemment, il y avait les deux ans passés dans l'Arkansas, à casser des cailloux... Mais c'était le fait de son appartenance religieuse ! Un exemple de fidélité à des principes. Peut-être même que ce Solcà allait se montrer admiratif. Plus compréhensif que ces Américains accrochés à leur triptyque ridicule : drapeau, maternité, et tarte aux pommes. Pour ceux-là, le shintoïsme devait être une maladie ou un phénomène météorologique.

La bonne nouvelle, c'était que Gülgül et Berthier ne semblaient pas enchantés de leur entrevue. "Je ne me vois pas bosser pour l'Oncle Sam", avait lancé Berthier au café, le lundi qui avait suivi sa réunion avec Solcà. Il avait dit ces mots avec son sourire tordu de fasciste. Pour Gülgül, à voir la tête qu'il faisait, les choses avaient dû se passer plutôt mal. Cela ne l'étonnait pas. Gülgül n'avait rien à faire dans une école américaine. Il puait l'ail, c'était un homosexuel et il n'y connaissait rien en sports. A part le football. Mais personne en Amérique ne jouait au football. Et là-bas, les dirigeants d'école n'aimaient pas les homosexuels.

Tout cela allait dans le bon sens. Déjà que Dora Perret n'allait pas rester, si Berthier et Gülgül n'étaient pas retenus, Brunet sans doute non plus (encore un homo...), il faudrait bien qu'ils en gardent un ou deux...

Il se retourna dans son lit et essaya de trouver le sommeil.

78

Jeudi 5 novembre 1959.

Au dîner, Vera vit que la directrice interrogeait Lenny sur son travail. Impossible d'entendre ce qu'il lui répondait, mais les propos de Mme Alderson lui parvenaient clairement.

— Pour la pièce, tout va bien ?

D'un coup la directrice cessa de sourire, regarda Lenny avec intensité, fit : "C'est parfait", et changea d'interlocuteur.

Après quoi Vera eut le sentiment que Mme Alderson voulait éviter son regard et n'osa plus lever les yeux de son assiette.

A la fin du repas, elle quitta la salle à manger en vitesse.

79

Samedi 7 novembre 1959.

— Pardonnez-moi, fit Solcà. Il faut que je me dépêche. Aller en train de Lausanne à Lugano, c'est un de ces périples…

— C'est moi qui m'excuse, répondit Nadelmann, j'ai trop parlé.

Solcà jeta un coup d'œil à sa montre, posée à plat sur la table de conférence. Il lui restait dix-sept minutes pour attraper son train. De l'étude à la gare, en forçant un peu le pas, il en avait pour sept minutes.

Il regarda Nadelmann. Lorsque Solcà lui avait demandé : "L'Amérique, c'était parce que vous étiez juif ?" il avait répondu : "Je ne sais pas." Après un silence, il avait ajouté : "Ce n'est pas la peur qui m'a poussé à fuir l'Autriche. C'est le constat que je n'avais pas en moi la force nécessaire. Je ne suis pas un homme courageux." Il avait ensuite raconté par le menu la journée du 25 mai 1937. Solcà l'avait écouté sans l'interrompre. Après quoi il lui avait proposé : "On passe à la suite, d'accord ?"

— J'enseigne l'allemand et le latin, avait repris Nadelmann. Deux branches que les élèves considèrent comme ennuyeuses. Je me donne à ces enseignements sans réserve. J'essaie d'illustrer les cours de langue par des exemples littéraires et les classes de littérature par des citations ou des références historiques liées à la vie des auteurs. J'interroge jusqu'à ce que le dialogue prenne. Même si pour cela il faut passer par l'anecdote. Je ne vois pas ce que je pourrais améliorer.

Lorsque Solcà l'avait prié d'aborder la troisième question, Nadelmann s'était à nouveau dévoilé. L'invitation de Schneebel lui ouvrait des horizons. A Vienne, il aurait l'occasion de renouer des contacts, de retrouver sa ville :

— Après je ne sais pas.

— Je comprends, avait conclu Solcà.

Ils quittèrent l'étude ensemble. Sur l'avenue, ils se serrèrent la main en silence et Solcà partit à grands pas vers la gare.

80

Dimanche 8 novembre 1959.

Lenny n'arriva que vers onze heures et demie. Il s'était fâché avec Sassan.

Vera lui demanda ce que Sassan comptait faire lorsqu'il quitterait l'Institut, en mars.

— S'occuper des affaires de son père. Il a des villages. C'est courant chez les Iraniens, avoir des villages.

Puis il sursauta :

— Vous ne me demandez pas ce que je ferai après ? Vous demandez pour Sassan et pas pour moi !

Elle esquissa un geste, hésita, finalement lui caressa les cheveux.

Il la regarda quelques instants, l'air figé. Puis il reprit :

— J'ai décidé de faire physique. A l'Ecole polytechnique.

Vera sourit :

— C'est vrai que tu es bon en tout…

— A peu près, oui.

Elle eut un petit rire.

— Vous vous moquez !

— Je suis contente.

Elle lui caressa à nouveau les cheveux :

— Et pourquoi la physique ?

— C'est ce qu'il y a de plus dur.

Il lui demanda quelque chose à manger. Elle rit :

— J'ai du pain et du fromage !

81

Lundi 9 novembre 1959.

Au retour du dîner, Vera ouvrit l'armoire et en retira la lettre et les trois cartes postales de Lorenzo.

La lettre était la seule qu'elle ait jamais reçue de lui. Il l'avait écrite au surlendemain de son arrivée à Villars :

Les cours de français, ça va bien.

Avec les autres, garçons, filles, ça peut aller. Mais la nourriture de la pension va me détruire la santé.

La lettre était arrivée au courrier du samedi. Le soir même, Enrico téléphonait à la directrice, Mlle Meyer. Le lundi, au déjeuner, ils avaient eu du vol-au-vent. Lorenzo n'avait pas voulu manger la farce, de l'émincé de veau à la crème.

"La viande était un peu nerveuse, c'est vrai, avait dit Mlle Meyer. Il y a quelques années, on aurait parlé d'un festin. Aujourd'hui, les enfants sont gâtés..."

En attendant que Lorenzo vienne au téléphone, Vera regardait Enrico, les yeux brouillés. Dès qu'elle entendit la voix de Lorenzo grésiller, elle comprit qu'il était content. Enrico l'interrogea longuement sur ses activités sportives. A deux reprises l'opératrice les interrompit pour demander s'ils étaient toujours en communication. "Mais bien sûr, s'était énervé Enrico, vous ne voyez pas que nous parlons ?" Lorsqu'il tendit l'appareil à Vera, Lorenzo avait eu son compte :

— J'ai tout dit à papa...

— Tu vas bien ?

A la tension de sa voix, Lorenzo avait compris qu'elle était déçue de le voir filer si vite :

— On est en plein match de ballon prisonnier, la maîtresse française, une grande maigre, tu dois voir comment elle attrape la balle...

Puis il avait lancé : *"Ciao, mamma !"*

Elle glissa la lettre sous son pull-over et la maintint contre son ventre, à même la peau.

Elle prit en main les cartes postales. Elles avaient été envoyées lors d'excursions avec le pensionnat. A la troisième ils avaient beaucoup ri, car elle portait exactement le même texte que les deux précédentes, "Salutations de...", suivi du nom de la station visitée (Zermatt, Montana, et la Jungfrau).

Au cours des deux ou trois semaines suivantes, avec Enrico, ils plaçaient l'expression à chaque occasion. S'ils se croisaient dans la cuisine, ils se lançaient "Salutations de la cuisine", s'esclaffaient, et cette complicité leur rendait l'absence de Lorenzo légère.

Pourquoi lui avait-il menti à propos des deux quarante-cinq tours ? Un Nat King Cole et un Bill Haley. Nat King Cole chantait en espagnol avec un accent délicieux. Mais les titres... Ah si, un : *Mujer*. Bill Haley, c'était *Rock Around the Clock*, *See You Later Alligator*, *Dim Dim the Lights*, et... Il lui en manquait un.

Il avait commencé par prétendre avoir gagné les disques à un match de flipper. Quelques jours plus tard, il perdait un pull-over. Vera se souvint du tricot, un manches-courtes en V, rouge vif. Elle l'avait acheté chez Piattelli, à la via Condotti.

Elle scruta sa mémoire pour retrouver le titre de la quatrième chanson de Bill Halley et n'y arriva pas. Elle chercha alors à se souvenir comment ils s'étaient réconciliés. Là encore ce fut sans succès, et ces absences de mémoire la plongèrent dans la tristesse.

82

Lundi 9 novembre 1959.

Au café, la conversation tournait autour du père de Hosrow et de Sassan qui s'était installé pour un mois à l'hôtel d'Angleterre, sur le quai d'Ouchy.

— Les garçons ont passé la soirée de samedi avec lui, fit M. Nadelmann.

— Le père prend une chambre à un lit et les garçons dorment à même le sol, ajouta Irène.

Elle était à la fois fébrile et rayonnante. Elle glissa à Vera : "Je dois vous parler !"

Puis elle se tourna vers McAlistair :

— C'est bien ça, non ? Il les fait dormir par terre ?

— Les garçons dorment recouverts d'un drap. C'est peut-être comme ça qu'il faut élever un enfant (il éclata de rire).

La sonnerie annonça la reprise des cours. Irène s'approcha de Vera :

— J'ai des choses à vous raconter ! Venez cet après-midi, j'insiste !

Les deux heures de cours se passèrent sans encombre. Sassan raconta sa soirée de samedi avec son père.

— Il travaille pour vous, madame.

Il regardait Vera, l'air moqueur.

— C’est-à-dire… ?

— Il me fait vivre comme les héros de Malaparte pendant la guerre.

Ils éclatèrent tous de rire.

83

Lundi 9 novembre 1959.

— Entrez vite, glissa Irène, je termine.

Elle était debout à l'entrée de son appartement, en conversation téléphonique intense, le regard aigu :

— Vous pouvez m'appeler toute la journée, même tard si vous avez des nouvelles… Au 23-21-03… Vous l'aviez déjà ?

Vera s'installa près de la cheminée. Irène avait dressé la petite table basse. Gâteaux et canapés étaient disposés sur un service qu'elle voyait pour la première fois, une porcelaine décorée à la feuille d'or.

Irène la rejoignit, le regard lumineux :

— J'ai sorti le grand service ! Au téléphone, c'était M. Rossier, l'antiquaire, celui qui est si gentil. Je vais récupérer ma petite commode ! J'ai beaucoup gagné !

Vera se leva, elles s'embrassèrent. Après quoi Irène fixa Vera, les yeux brillants :

— J'ai remboursé Mme Alderson !

— Racontez !

— Une soirée *ma-gique* ! Les samedis à Divonne, avec le monde qu'il y a, la nervosité, on grille ses mises à une vitesse… Alors je me suis fixé une limite. Cent francs. Pas un sou de plus. Et j'ai décidé de jouer les couleurs. Vous voyez ?

Vera éclata de rire :

— Je ne sais même pas ce qu'est une couleur !

— C'est simple… Vous misez cinq francs sur le rouge. Si vous gagnez, vous empochez dix francs. Si vous perdez, vous jouez à nouveau. Mais cette fois vous doublez votre mise. Dix francs. Si vous gagnez, vous touchez vingt francs. Comme vous avez joué quinze francs au total, vous avez gagné votre première mise : vingt moins quinze égale cinq. Si vous perdez, vous continuez et doublez encore votre mise : vingt. Là, si vous gagnez, vous touchez quarante. Comme vous avez misé cinq, puis dix, puis vingt, total trente-cinq, votre gain est à nouveau de cinq. La mise de départ. Puis vous recommencez. Vous remisez cinq, et ainsi de suite. Alors, samedi, je commence par jouer le rouge. Je mise cinq francs, puis dix, puis vingt. Je perds trois fois de suite. Je mise quarante et je gagne. Je recommence. Cinq, dix, vingt. Je gagne. Là j'ai en tout gagné dix francs. Je continue. Cinq. Le rouge. Puis trois fois de suite le noir. J'en suis à trente francs au total. Ma cagnotte pour la soirée est à cent trente. Je décide de miser par dix francs. Je gagne sept fois de suite. Quatre fois noir, deux fois rouge et une fois noir.

— Vous gagnez et vous changez de couleur ?

— La roulette, c'est le hasard, Vera. Et le hasard n'a pas de mémoire. A chaque coup, il reprend ses droits. Vous croyez qu'il fait des moyennes, pour être équitable ? qu'il se dit : “Tiens, à celle-là, je lui ai pris son mari, je ne vais quand même pas lui prendre sa jambe” ? Pffft ! Noir ou rouge, on est entre ses mains ! Bref, en une demi-heure, je gagne cent cinquante francs. Les trente du début, puis cent vingt par les mises à dix francs. Avec ce que j'étais prête à perdre, mes cent francs du début, ma caisse se montait à deux cent cinquante francs. Et là, Vera, j'ai l'intuition. Pourquoi ? Comment ? Je ne sais pas. Je suis sûre, vous entendez, sûre qu'au prochain coup, le 5 va sortir. Je jette un coup d'œil au croupier. Il me fait un petit geste de la tête. Et je sais qu'il va envoyer la bille dans la case 5. Pourquoi le 5 ? Mystère. Puis je me dis : Il faut être prudente. Miser les deux cent cinquante francs sur le 5, si le 5 sort, cela m'aurait rapporté neuf mille francs... Dix mois de salaire... Mais dans le cas contraire, je perdais tout. Alors j'ai joué la prudence. J'ai misé 5 et chevaux.

— Et quoi ?

— Et chevaux. Cinquante francs sur le 5 en plein, puis quatre fois cinquante francs à cheval sur chacun des quatre numéros voisins sur le tapis. Les quatre cases qui, sur le tapis, entourent le 5, c'est-à-dire le 2, le 4, le 6 et le 8. A cheval, cela veut dire moitié-moitié. Quatre fois, le croupier place le jeton sur la ligne qui sépare le numéro 5 de ses voisins. Si la bille tombe sur le 4, je touche la moitié de ce que j'aurais touché si j'avais mis les cinquante francs sur le 4 et sur lui tout seul. Mais, si la bille tombe sur le 5, alors je récupère trente-six fois ma mise pour le 5, et dix-huit fois chacune des mises à cheval...

— Et ?

— Et le 5 sort, Vera ! Il sort ! Donc : trente-six fois cinquante, plus quatre fois les chevaux. Au total : cinq mille quatre cents francs, en comptant ma mise. Et voilà comment je reprends ma commode !

Elle s'essuya les yeux :

— J'ai remboursé ce que je devais à Mme Alderson, j'ai réglé ma couturière et j'ai de quoi pour le mois.

Elle laissa traîner son regard sur sa tasse de thé. Puis d'un coup ses yeux pétillèrent :

— Et vous ? Samedi ?

Désormais, Vera allait aux cours de Saint-François. Son visage s'assombrit d'un coup.

— Vous êtes triste…

Irène la regarda longuement et ajouta :

— Vous avez honte, n'est-ce pas ?

Les yeux baissés, Vera ne répondit pas.

— C'est ça, la consolation, fit Irène.

Elle laissa passer un silence et ajouta :

— C'est quand on est prêt à être blessé à nouveau. La voilure s'est déchirée, on l'a descendue, on l'a recousue et on l'a hissée. On reprend la mer.

Elle ajouta d'une voix à peine audible :

— Il a quelque chose de monstrueux, ce mot de consolation. Un beau jour, le passé se fait plus petit. Et on a honte de mieux vivre.

Elle avait raison. Vera ne pensait plus à Lorenzo de la même manière. Avant, elle voulait sans cesse lui dire qu'il lui manquait, qu'elle l'aimait, ou lui conter tel ou tel événement toujours lié à lui (une course dans un magasin, une discussion). Il lui arrivait désormais de penser à Lorenzo avec l'envie de lui raconter de menus faits qui ne concernaient qu'elle, et qui, en plus, étaient dénués de tristesse. Lorenzo s'éloignait d'elle, ou plutôt elle s'éloignait de lui. Sa douleur prenait des allures fluides. Les instants agréables qu'elle vivait au quotidien n'étaient rien d'autre qu'une suite d'abandons qui la rendaient honteuse.

— Qu'est-ce que mon fils pense de moi ?

— Il préférerait vous voir triste ?

Vera ne répondit pas.

Est-ce qu'elle comptait retourner chez Gülgül le samedi suivant ?

— Je ne sais pas.

Irène chercha son regard :

— Vous savez ce que c'est, un joueur ? Quelqu'un qui s'en remet au chaos. Chaque fois que je regarde autour d'une table de roulette, que j'observe les visages, les expressions, je vois des gens qui ont abandonné. Ils sont amorphes, tremblotants, pathétiques… Pour eux, cette bille qui saute de case en case, c'est le pourboire qu'ils attendent de la vie. Ils font la manche.

Elle s'arrêta, secoua la tête, puis ajouta :

— La danse, c'est tout le contraire. On se prend soi-même par le bras…

Elle s'arrêta à nouveau, regarda Vera et fit :

— Je commence à radoter.

84

Mercredi 11 novembre 1959.

— Tu as faim ?

Il répondit oui d'un geste de la tête.

— Je te fais des croûtes ?

Il acquiesça à nouveau et lança :

— J'ai repris l'entraînement.

Le prochain match était contre le lycée Jaccard, dans dix jours. L'Institut allait gagner, Lenny en était sûr :

— Les joueurs de Jaccard tirent la langue après cinq minutes.

Vera prépara quatre croûtes au fromage et les mit au four. Après quoi elle demanda à Lenny si sa cheville lui avait fait mal. Pendant qu'il lui décrivait de façon détaillée les différentes phases de l'entraînement, elle le regardait par intermittence, en jetant des coups d'œil sur le fromage dont elle surveillait la cuisson. De temps à autre elle le relançait d'un "Ah bon ?" ou "Comment tu as fait ?", et il repartait dans ses explications.

Il rentra par le quai Doret.

Il se sentait bien en compagnie de Vera. Il aimait lui parler. C'était même la seule personne avec laquelle il parlait vraiment.

Malgré tout, il avait laissé passer l'occasion.

Avec les filles, il n'avait jamais été plus loin qu'embrasser ou caresser un sein, en général la main coincée dans le soutien-gorge. Mais au-dessous de la ceinture, rien de sérieux. Des frottements qui se terminaient par une éjaculation poisseuse. Sinon, deux ou trois fois chaque jour, aux toilettes ou dans le lit, il se faisait jouir, avec en main de quoi absorber le sperme avant qu'il ne gicle partout, quelques coupons de papier-toilette, un mouchoir (où les traces pouvaient passer pour celles d'un rhume) ou encore une chaussette, sa façon préférée, pour la douceur du contact et parce qu'il pouvait se laisser aller au plaisir jusqu'au bout, sans avoir à surveiller le jet.

85

Jeudi 12 novembre 1959.

A table, Vera avait à nouveau Nelson, Franklin, Hosrow, Politis et Afonso Nascimento.

— Vous ne venez plus au cours de danse ? demanda Nelson à Vera.

— J'ai la pièce...

— Vous essaierez de revenir ?

— Promis.

— Merci, madame.

Après déjeuner, elle croisa Gülgül dans le hall. Dès qu'il l'aperçut, il se mit à dodeliner de la tête :

— Samedi on vous attend, on vous attend ! Vous dansez avec plaisir ! Vous me laissez dire ça ? A-vec-plai-sir ! Maintenant vous attaquez avant la note ! C'est ça qui est important ! Vous êtes d'accord ? A-vant-la-note !

Il sourit, dodelina de la tête et fit :

— J'aurai une nouvelle danse, vous verrez ! For-mi-dable ! Le twist !

— J'espère que je pourrai, fit Vera.

— Bravo, fit Gülgül, vraiment !

Il eut un geste du poing, comme s'il voulait encourager un sportif.

L'après-midi, elle décida de sortir. Elle fit la promenade jusqu'à Ouchy, d'où elle prit la Ficelle qui grimpait au centre-ville. La veille, chez Bonard, elle avait essayé plusieurs pull-overs. Un bleu roi lui allait à ravir, un ras-du-cou en laine très fine. La vendeuse l'avait complimentée et Vera avait rapporté le pull-over de la cabine d'essayage à la caisse. Pour finir, elle avait renoncé à l'acheter.

Elle flâna une demi-heure rue de Bourg mais n'osa pas retourner chez Bonard.

Dans le tram du retour, elle aperçut Berthier à l'arrière de la voiture. Il était accompagné de deux garçons, ses fils sans doute, quinze ou seize ans pour l'un, vingt peut-être pour l'autre.

Ils se tenaient debout sur le passage, face à leur père qui s'était assis sur la banquette accolée à la paroi. Ils étaient tous les deux impatients de raconter. Chacun laissait parler l'autre dans l'attente de l'interrompre et Berthier hochait la tête, souriait, approuvait. Lorsqu'il disait quelques mots, ce devait être qu'il posait une question, car tout de suite l'un ou l'autre des garçons reprenait la parole et se lançait dans un discours volubile.

Ils descendirent à Paudex.

*

Le soir, Lenny arriva bien après onze heures :

— Une composition à rendre demain. Elle m'a pris plus de temps que prévu, mais je crois qu'elle est vraiment bien. Je l'ai avec moi, je vous la lis tout à l'heure ?

86

Samedi 14 novembre 1959.

— Tu diras que tu as créé l'Institut avec Georges Alderson ! fit Mme Brunet à son fils. Tu ne te gêneras pas, j'espère ! Dis-le que tu ne te gêneras pas.

— Mais non, bien sûr, fit Brunet.

Ils se levèrent de table. Au moment où Brunet était en train de mettre son manteau, sa mère lui lança :

— Et s'il te parle de Gilbert, tu lui dis bien que tu as le droit d'avoir des amis ! Non mais quand même…

— Mais oui, fit Brunet d'un ton las. Tu me l'as déjà dit.

Il embrassa sa mère et quitta la maison.

87

Samedi 14 novembre 1959.

La sonnerie du téléphone sortit Vera de son demi-sommeil. L'opératrice annonça un appel de Rome. C'était Enrico. Ils ne s'étaient pas parlé depuis deux semaines.

Lorsque Vera pensait à lui, c'était toujours avec mépris. Elle l'imaginait submergé de *"caro avvocato"*, cumulant les déjeuners au Tre Scalini, serrant la main de gens importants qui le saluaient avec émerveillement. Il avait sans doute pris une maîtresse, une de ces femmes qui savent tourner le compliment et bercer un homme d'illusions. "Je n'ai connu ça avec personne…", devait lui dire la fille. Vera la voyait ajouter, l'air troublée : "Il y a de la magie entre nous… Quelque chose d'inexplicable, qui vient de très profond…"

Qu'il fasse ce qu'il veut de sa vie, se disait alors Vera.

Au téléphone, il avait la voix impatiente. Est-ce qu'elle envisageait de venir avant Noël ?

Vera aligna les excuses. Elle n'arrivait pas à tout mener de front. La mise en scène de la pièce lui prenait plus de temps que prévu, le travail sur le texte était immense, elle devait apprendre des pages entières par cœur alors qu'elle n'en avait pas encore retenu une seule ligne, sans parler de la préparation des sujets spéciaux…

Il ne la laissa pas même terminer, fit : "Je comprends", puis après un instant d'hésitation ajouta :

— Tout va bien ?

— Rassure-toi.

Il était sûrement content qu'elle reste à Lutry. Il pouvait organiser sa vie sans qu'elle vienne gâcher ses plaisirs d'homme en vue.

88

Lundi 16 novembre 1959.

— Tu as le temps d'y aller avant l'école.

Lorsque Mme Brunet parlait à son fils de son enseignement, elle usait de l'expression "aller à l'école" comme s'il était un élève.

Brunet ne répondit pas. Il avait hésité à mettre la grande enveloppe jaune dans son cartable. Finalement, il avait préféré la tenir à la main. Cela lui évitait que sa mère ne l'oblige à ouvrir son cartable pour s'assurer qu'il ne lui racontait pas un "bobard".

L'avant-veille, en lisant *La Gazette littéraire*, elle avait sursauté. Un encadré rappelait :

Concours
Le lac en automne,
lundi 16 novembre,
dernier jour pour l'envoi des photos,
le cachet de la poste faisant foi

— Je pa-rie que tu allais oublier ! avait-elle lancé à son fils.

Le lendemain, Brunet avait cherché dans ses négatifs une prise insignifiante. Son choix s'était porté sur la photo qu'il avait faite à Ouchy le samedi de septembre, lorsque le lac lui était apparu complaisant et sans caractère. Il avait quand même procédé au tirage avec soin, en 18 x 24, sur papier baryté. Après tout…, s'était-il dit.

— Tu auras le prix, lança Mme Brunet, j'en ai le pressentiment.

Il sortit sans répondre. Cette histoire de concours lui donnait la nausée. Au fond, c'était déshonorant.

Il remonta le Vieux-Bourg jusqu'à la route cantonale puis, au lieu de la traverser pour se rendre au bureau de poste, il prit à droite, contourna le village par le haut et emprunta le sentier qui menait à Lutry-Plage.

Arrivé au bord de l'eau, il déposa son cartable, sortit la photo de l'enveloppe et la déchira en petits morceaux qu'il lança dans le lac. Il fit ensuite une boule de l'enveloppe et de la lettre qu'elle contenait et les jeta à l'eau aussi loin qu'il put.

Après quoi il regarda sa montre, s'assura que le petit détour ne l'avait pas retardé, et prit le chemin de l'Institut.

89

Lundi 16 novembre 1959.

Mon cher Nadelmann,

J'ai bien reçu ta lettre.

Ta franchise m'a beaucoup touché. Peu de personnes sont capables de partager leurs émois aussi ouvertement.

Après avoir pesé le pour et le contre, je crois préférable que tu ne participes pas à notre colloque du 13 décembre prochain. Je pense avant tout à Schirlbauer. Il sera sans doute très ému lui-même. Si de plus il devait partager des émotions aussi fortes que celles dont tu me parles, tu vois où cela pourrait nous mener... Je pense aussi à toi, mon cher Nadelmann. Il vaut mieux que tu ne te mettes pas dans de tels états.

J'espère que tu ne m'en veux pas. Ce n'est pas une volte-face. Je ne fais que répondre à ta requête.

*Pour le reste, ne t'en fais pas. Ta contribution sera remplacée par celle d'un jeune chargé de cours qui parlera de la traduction qu'a faite Hölderlin de l'*Antigone*. Il ne te portera aucun ombrage, sois-en assuré...*

A propos, j'ai dit à Schirlbauer que ta charge de travail ne te permettait pas de t'absenter en fin de trimestre. Je trouverais sympathique que tu lui fasses un petit mot dans ce sens.

Voilà, mon cher Nadelmann.
Tous mes vœux pour une belle fin d'année.
Bien amicalement,

Ton

WALTER.

P.-S. – *Tu me dis que tu ne lis plus Hölderlin. Dommage que tes activités soient prenantes à ce point. Peut-être que cet échange aura eu, au moins, le mérite de t'inciter à retourner au paradis de notre poésie allemande.*

90

Mardi 17 novembre 1959.

A la sortie du café, Vera s'approcha de Berthier :

— Je vous ai vu dans le tram, avant-hier.

— Ah bon ! Vous m'espionnez… Vous feriez une sacrée Mata Hari…

— C'étaient vos fils ?

Berthier fut pris de court.

— Ils sont beaux, ajouta Vera. Et puis vous les écoutiez avec une telle attention… Ils doivent beaucoup vous aimer.

Il la regarda, les yeux brouillés. Puis il lui tourna le dos et s'éloigna.

91

Samedi 21 novembre 1959.

— Vous êtes un homme habile, fit Solcà.

McAlistair avait déroulé son scénario avec maîtrise : Nietzsche, le shintoïsme, la conversion, l'arrêt de la cour martiale... Il avait présenté le tout comme une suite logique dont la dernière étape était son arrivée à l'Institut. Après quoi il avait rappelé que ses élèves obtenaient des résultats brillants aux examens de maturité.

Le commentaire cinglant de Solcà l'avait cueilli à froid.

— C'est quand même bizarre, avait poursuivi Solcà, que personne d'entre vous ne veuille me parler de ce qui pourrait être mieux fait à l'Institut. En général, lorsqu'on appartient à une institution, on a toujours des idées, si ce n'est des griefs. Mais là... Rien !

Il regarda McAlistair en souriant.

Et si c'était un piège ? se demanda McAlistair. S'il se retrouvait seul à émettre une critique ? Cela pouvait faire mauvais genre... Ou était-ce une chance à saisir ? l'occasion de se distinguer ? Son engagement allait peut-être se jouer par élimination entre collègues... Alors il s'avança :

— Sans doute que les sports pourraient être modernisés... Vous voyez... Tout ce qui est fait par M. Gülgül est très bien. Impeccable, même. Mais le basket, là... C'est le seul sport où je dirais : On peut faire un peu mieux. Il faudrait aussi introduire le baseball, le rugby, vous voyez, des sports plus modernes... Ah ! oui, il y a encore le tennis... Là aussi, on pourrait monter le niveau... Sinon, je ne vois pas...

Solcà hocha la tête :

— J'imagine que cela ne vous intéresse pas de rentrer aux Etats-Unis ?

— La Suisse me convient, répondit McAlistair. J'y ai mes attaches. L'Institut est devenu ma famille.

— Vous avez des liens aussi avec le CARG... Vous êtes vice-président, c'est ça ?

McAlistair déglutit :

— C'est exact. J'appartiens au CARG depuis sept ans, en fait depuis qu'il s'est constitué, en 1952, un an après la mort de Guénon.

— Et cette association... Elle vous enrichit, j'imagine ?

McAlistair fit oui de la tête, de façon répétée :

— C'est intéressant, très intéressant...

Solcà sourit :

— C'est aussi très antioccidental, non ?

McAlistair resta muet.

— J'imagine que vous parlez de Guénon à vos élèves, au moins à certains d'entre eux ?

Le regard de McAlistair s'affaiblit :

— Peut-être une fois ou deux, je ne sais plus...

— Et les thèses de Guénon ? Pour tout vous dire, je n'y connais rien. Mais comme j'avais appris votre appartenance au CARG, j'ai été feuilleter quelques-uns de ses textes. Ils m'ont un peu surpris...

Il y eut un bref silence.

— Ce sont des thèses philosophiques, fit McAlistair du bout des lèvres.

— Parfait ! lança Solcà en se levant. Je vous remercie.

— Vous savez, ajouta McAlistair, toujours assis, il s'agit de réflexions philosophiques. René Guénon n'était pas un révolutionnaire.

— Je n'en doute pas une seule seconde, fit Solcà, l'air amusé.

Il contourna la table de conférence, fit : "Merci pour votre temps" et tendit la main à McAlistair.

92

Samedi 21 novembre 1959.

Gülgül avait invité Vera à la brasserie de l'hôtel Central :

— Vous avez aimé le cours, n'est-ce pas ? J'ai vu !

Vera regarda Gülgül avec tendresse :

— La danse, le sport, la pâtisserie, tout ça…

— Je vous raconte ? Tout ? D'accord ?

Il lui décrivit le palais de Dolmabahtché, Vahdettin le sultan, sa maison, ses *hanoum*…

— Ses *hanoum* ? Comment vous dites ça ?

La question le réjouit :

— Haha, vous voyez ! Seulement en turc il y a les *i* sans point ! Notre langue est très extraordinaire, je vous jure ! Vous connaissez le *i* sans point en italien ?

Elle rit.

— Le *i* sans point, c'est une lettre très turque ! C'est le…

Il tira sur les muscles des maxillaires et le son qu'il émit rappela un bruit de répulsion, mélange de *ou* et de *i*.

— Essayez, essayez !

Elle rit à nouveau.

— Notre langue, reprit Gülgül, c'est la langue d'un grand grand empire ! Une langue généreuse !

Quand on veut dire beaucoup, par exemple : je t'aime beaucoup, on ne dit pas : Je t'aime beaucoup, vous voyez ? C'est rien, je t'aime beaucoup. C'est maigre, c'est pauvre. Chez nous on dit : Je t'aime beaucoup beaucoup beaucoup. C'est autre chose, non ?

Elle rit de plus belle et Gülgül fit semblant de se vexer :

— Bon bon bon. Je ne dis plus rien ! Mais vous avez compris, le *i* sans point, c'est la lettre dans *hanoum*, dans Veradjoum, ma petite Vera, *djanoum*, mon âme… Je vous l'ai dit, en turc, on aime la gentillesse ! Où est-ce que j'en étais ?

— Les *hanoum*…

Il hocha la tête, lentement :

— Les femmes. Les épouses, les concubines, les favorites, les courtisanes, les servantes, toutes n'avaient qu'un maître, le sultan.

Il dodelina de la tête, sourit comme pour s'excuser et raconta. Ils n'étaient pas malheureux. Ils étaient là pour rendre la vie agréable à leur sultan. Un sourire de Vahdettin et son père était bouleversé. Quand il préparait ses pâtisseries, il disait : “Mon fils Moustafa, regarde-moi bien. Notre sultan peut envoyer sa flotte jusqu'en Australie, de l'autre côté de la terre. Il peut faire tous les ports, tous, tu entends ? L'un, puis l'autre, puis l'autre… Tous ! Et dans chaque port il peut aller dans tous les cafés : l'un, puis l'autre, puis l'autre… Il ne trouvera pas de meilleur *kadayif* que ceux d'Ahmet Baba.”

Gülgül s'arrêta, le regard perdu.

— La pâtisserie, c'est de là ?

— Oui et non. C'est venu après Dolmabahtché. A une époque où je ne vivais plus avec mon père. Il m'a eu tard. A cinquante ans. Enfin, quand je dis il m'a eu… C'était son deuxième mariage, toute une histoire (il fit un geste répété de la main, pour marquer l'ampleur), il avait eu d'autres enfants que je n'ai pas connus, sa femme était morte…

Il observa un long silence, prit son souffle, hésita, expira, puis pensa à autre chose, car ses traits se détendirent d'un coup.

— J'étais heureux à Dolmabahtché. Et puis, parmi les enfants de domestiques, j'avais une place unique. La lutte turque, vous connaissez ? Vous connaissez ? On a le corps recouvert d'huile.

Le sultan était friand de lutte turque. Gülgül raconta :

— Il fallait être à la fois fort et agile. Je veux dire : très fort et très agile. Et si en plus on était beau, alors on devenait la vedette. Moi, au palais, j'étais une vedette ! Je vous jure, *vallahi billahi*, ça veut dire je vous jure, les mots turcs reviennent quand je suis pris par l'émotion… Enfin… Sabri Bey… Il m'appelait *Demir* Moustafa, Moustafa en fer. J'étais très fort, je vous jure, très très fort, le plus fort de mon âge et même jusqu'à deux, trois ans de plus ! Le jour de mes dix ans, juste ce jour, le 1er mars 1919, j'ai soulevé quarante kilos. Mon anniversaire, on le fêtait par rapport au Bayram, la fête du Sacrifice. En 1909, j'étais né deux jours après. En 1916, l'année de mes sept ans, la fête tombait le 1er mars. Alors on a dit : Le 1er mars, c'est ton anniversaire. Voilà. Je me perds, Veradjoum. Ce jour-là, Sabri m'a embrassé. C'était très important, les haltères. La barre, on l'utilisait aussi pour la résistance des bras. On se soulevait jusqu'à ce que le menton soit au-dessus de la barre. Il fallait tenir dix secondes. Sabri comptait plus ou moins vite, c'était sa façon d'être gentil ou de nous faire souffrir. Des fois il riait, des fois il était fâché. Après on lâchait la barre, on attendait quelques secondes et on recommençait.

Vingt-cinq fois… Tous les jours il nous faisait travailler deux heures, certains jours plus que deux heures.

— Vous étiez nombreux ?

— Bien sûr que non. Je vous l'ai dit, il fallait être très fort et très agile. Une année cinq ou six, une année huit. Jamais beaucoup. Nous étions les *setchmé*, vous comprenez ?

Il se redressa sur sa chaise, dodelina de la tête et regarda Vera intensément :

— Les choisis.

Chaque fin d'après-midi, les choisis luttaient entre eux. Certains jours les combats avaient lieu dans la salle des sous-sols, d'autres devant les invités du sultan, au premier étage dans l'un ou l'autre de ses salons, où Sabri installait un grand drap de lin à même les tapis. Les combats se déroulaient selon l'humeur des invités : les garçons luttaient cinq minutes, dix minutes, deux heures… Les invités disaient : Fais ceci, fais cela, bravo. Le spectacle les mettait en appétit. Ils appelaient Sabri d'un regard, chuchotaient quelques mots, et le garçon qui avait été choisi suivait Sabri au hammam. Lorsqu'il lui faisait passer le seuil de la chambre où attendait l'invité, Sabri disait : “Tu seras *mükemmel.*”

Elle le regarda, incrédule :

— Et ça voulait dire ?

— Parfait.

— A sept ans ?

— Huit.

Il hésita, ajouta :

— Et demi. Nous nous moquions les uns des autres ! (Il sourit.) Par exemple, nous disions : “Mmm ! Aujourd'hui Hassan sent le parfum…” Et nous nous mettions à rire…

Vera le regardait, l'air effarée. Il dodelina de la tête :

— Tout ça vous choque, bien sûr... Mais nous étions fiers ! Nous étions *setchmé*, vous comprenez ? Choisis ! Souvent je me dis : Les internes de l'Institut, ils sont éduqués, ils sont riches, ils sont ceci, ils sont cela. Mais on les a mis de côté ! Et qui les a mis de côté ? Qui ? Leurs parents ! Pas la vie. Pas la guerre. Pas la misère. Nous, c'était la vie qui nous avait mis de côté. Nous étions des enfants de domestiques. Nous n'avions pas le moindre espoir de quitter les sous-sols. Et d'un coup nous étions choisis. Etre choisi pour être abusé, bien sûr, ce n'est pas très beau. Mais c'est moins honteux que d'être mis de côté par ses parents. Je vous jure, *vallahi billahi* !

Il s'arrêta, le regard fixé sur la nappe de papier. Vera n'osa rien dire. Après un long silence, il reprit d'une voix plus basse :

— Sabri nous disait : "Le sultan est content", et pour nous, la vie, c'était ça. Avoir la chance de faire plaisir au sultan. Ces garçons, à l'Institut, à qui est-ce qu'ils peuvent faire plaisir ? A leurs parents, en se faisant oublier ? Aux professeurs, en travaillant bien ? A moi, en marquant des buts ? D'accord. Mais sinon ? Qui est près d'eux ? Leurs camarades. Regardez-les entre eux. Ils ne sont pas toujours amis. Ils se battent, ils s'insultent... Ils ont été mis de côté. Voilà. Nous, nous étions *setchmé* !

Il sourit et eut un geste du menton qui disait la fierté du petit garçon. Vera resta muette.

— Un jour, reprit Gülgül, Sabri me prend à part et me dit : "Après le repas de midi, tu iras chez Moussa Bey."

Il lui raconta la calligraphie, les roseaux, les encres, sa mère enceinte de Moussa Bey, son père déjà vieux, honoré de pouvoir faire plaisir à son sultan, les leçons de calligraphie… D'un coup il bascula dans le rire :

— Je vous montre ? D'accord ?

Elle fit oui de la tête, trois fois, très vite. Gülgül sortit un stylo de sa poche, poussa son assiette, et sur la nappe de papier blanc dessina lentement, longuement, des arabesques d'une grande élégance. C'était un enchevêtrement subtil de courbes mêlées de traits et de points. Le dessin lui prit une longue minute. Après quoi il leva les yeux sur elle, le regard fier :

— Ça veut dire "Au nom de Dieu, le Clément, le Miséricordieux".

Elle regarda le dessin, médusée :

— C'est un travail d'artiste !

"On ferme dans cinq minutes !" lança le haut-parleur de la brasserie.

Gülgül devait raconter.

— C'est ça la calligraphie ! On écrit avec tout le corps ! Tous les muscles ! Même les orteils sont tendus, je vous jure ! Au début, on va très lentement. Et puis, d'un coup, le trait trouve son chemin, il part, il part, il ondule, il danse… Mais attention, pas n'importe comment. Tout est étudié ! Et un peu secret… Le premier jour, Moussa Bey me donne un roseau qu'il venait de tremper dans un petit bol d'encre. Il me dit : "Trace un trait, deux traits, ce que tu veux, vas-y." Je n'arrive pas à laisser une trace propre sur la feuille. Il dit : "Tu sais pourquoi tu n'arrives pas ? Parce que tu ne connais pas le roseau. Quand tu le connaîtras, tu l'aimeras. Et quand tu l'aimeras, il fera pour toi tout ce que tu voudras." Pendant des semaines et des semaines, j'ai taillé des roseaux. Puis un jour Moussa Bey me dit : "Maintenant, ta main peut apprendre à danser avec le roseau." J'ai appris à tracer un trait. Après à copier des éléments simples. Après à fabriquer les encres. Après, après, après... J'ai été chez Moussa Bey tous les jours. J'ai appris le Thoulti, la manière turque de calligraphier, la plus belle, je vous assure !

"On ferme dans une minute", fit le haut-parleur.

Ils se levèrent et descendirent l'avenue Benjamin-Constant jusqu'à Saint-François. Il n'y avait plus de tram. Vera trouva un taxi devant le Tabaris, un night-club. Gülgül lui tint la main longuement, sans rien dire.

Elle l'embrassa sur la joue. Il avait toujours sa main dans la sienne :

— La prochaine fois, je vous invite à dîner chez moi. Vous voulez ? Vous voulez ?

93

Dimanche 22 novembre 1959.

Mon cher Schneebel,

Ta décision de retirer l'invitation que tu m'as faite est certainement bonne. Comme tu me le suggères, j'enverrai un mot de bons vœux à Schirlbauer.

Avec mon meilleur souvenir,

N.

P.-S. – A propos de bon souvenir : ce n'est pas ma charge de travail qui m'empêche de lire Hölderlin et de "retourner au paradis de notre poésie allemande", comme tu le dis si bien. Le motif pour lequel je n'ai plus lu une seule ligne de Hölderlin tient à une phrase que j'ai écoutée sans avoir le courage d'y répondre, il y a de cela vingt-deux ans. Un mot qui m'a anéanti, le 25 mai 1937, au moment où je pénétrais dans la Mensa *du premier étage. C'était peu après la remise du doctorat à Schwaab. Avant que je n'aie le temps d'arriver au niveau de la petite alcôve pour passer ma commande au comptoir, une voix familière avait lancé : "Je ne vois pas comment tous ces juifs peuvent aimer Hölderlin. A moins que Hölderlin n'ait écrit des poèmes en yiddish, quelqu'un est au courant ?" Mot pour mot, mon cher Schneebel. La tablée d'où venait la voix s'était esclaffée.*

Cette voix était la tienne. Ces mots, je les ai encore dans l'oreille. Ce n'est pas par excès de travail que je ne lis plus Hölderlin. C'est par terreur d'être à nouveau chassé de chez lui comme un chien. Parce que c'est ça que tu as fait. Tu m'as chassé comme un chien. D'ailleurs, c'est ce que tu fais une fois encore. La guerre a pris fin, mais tu es resté fasciste.

94

Dimanche 22 novembre 1959.

Vera ne pensait plus à son fils de la même manière. Lorsqu'elle se mettait au lit (le moment des retrouvailles), le souvenir de Lorenzo lui était moins cruel et cette perte de douleur la plongeait dans une honte sans fond. Elle abandonnait Lorenzo. Elle le lâchait. Elle n'était rien d'autre qu'une mère indigne qui n'avait pas mérité un fils aussi merveilleux. Alors elle partait à la chasse au chagrin. Elle le traquait comme un accusé cherche la preuve de son innocence.

Ce dimanche soir, ses pensées la renvoyèrent à la chambre de Lorenzo. Après sa mort, c'était là qu'elle allait le retrouver. Là plus qu'au cimetière.

Elle se souvint qu'au retour de l'enterrement, elle avait déplacé quelques-unes de ses affaires restées sur sa table de travail. Cela lui avait permis d'accommoder ses bras et de poser la tête. Elle était restée ainsi jusqu'au petit matin dans un état de semi-éveil, à respirer la chambre. Elle aurait voulu la faire entrer en elle, l'absorber, transformer tout ce qu'elle contenait en quelque chose d'elle-même. Le lendemain soir, elle avait placé le cahier d'italien de Lorenzo au milieu de la table, l'avait entouré de ses bras, puis avait posé la tête dessus, la joue sur le cahier ouvert. Elle était restée ainsi longtemps, peut-être une heure. Après quoi elle avait lu la dernière composition qu'avait faite Lorenzo. Le sujet était : "Sports de compétition : avantages et inconvénients". Il y avait plusieurs fautes de syntaxe et Vera était en train de les corriger lorsque Enrico était entré dans la chambre en ouvrant la porte d'un geste brusque.

Le lendemain matin, Vera avait demandé à Mme Romagnoli, la concierge, de faire poser un loquet par son mari.

— Un loquet ? s'était exclamée Mme Romagnoli.

— Je n'arrive pas à être tranquille avec mon fils, avait répondu Vera.

La concierge s'était mise à pleurer, et Vera l'avait regardée sans comprendre. Qu'est-ce qui pouvait bien mettre Mme Romagnoli dans un tel état ? Il ne s'agissait que de poser un simple loquet.

En fin de journée le loquet était posé.

— C'est du solide, lui avait dit Arnaldo, le mari de la concierge.

Le soir même, après avoir regardé Enrico manger à la hâte, elle était retournée dans la chambre et avait pris soin de pousser le loquet, après quoi elle avait ouvert la boîte de crayons de couleur. Tous portaient des traces de dents, mais quatre d'entre eux étaient plus marqués que d'autres : le rouge vif, le bleu clair, le vert foncé et le noir. Sur ceux-là, les marques se croisaient. Il y en avait sur la partie haute du crayon, puis d'autres dans le sens de la longueur, sur quatre ou cinq centimètres. Vera savait comment elles avaient été faites. Lorenzo avait l'habitude de mâchouiller le bout de ses crayons, ou alors il les tenait en bouche, comme les pirates tiennent leur poignard au moment de l'assaut.

Dans la boîte, les crayons étaient disposés en désordre. Vera avait commencé tout à gauche et sucé la partie haute de chaque crayon aussi fort que possible, en le faisant tourner et en aspirant autant qu'elle le pouvait le suc qu'avait laissé Lorenzo, à la recherche d'un goût, d'une odeur, d'une sensation. Elle avait ensuite pris tous les crayons entre les dents, l'un après l'autre, et les avait mordus dans le sens de la longueur en donnant de petits coups secs, jusqu'à ce qu'elle sente le bois se défaire. Après quoi elle avait imprégné de sa salive les copeaux qui s'étaient détachés et les avait avalés.

Elle était ensuite restée assise à la table, la tête posée sur la boîte de crayons, à sécréter autant de salive qu'elle pouvait, avant de l'étendre dans le palais pour retrouver le goût des copeaux.

Plus tard, elle s'était étendue sur le lit après s'être couverte de tous les habits de Lorenzo qui se trouvaient dans l'armoire. Elle les avait humés, caressés, embrassés jusqu'au moment où Enrico avait voulu entrer dans la pièce. Arrêté par le loquet, il n'avait d'abord pas compris ce qui se passait, puis s'était énervé : “Vera ! Vera ! Réponds !” Bien sûr, elle avait fini par ouvrir.

Vera fouilla ces scènes plusieurs fois durant la nuit, cherchant à revivre l'émotion qu'elles avaient suscitée. Elle passa de celle du loquet à celle des crayons, puis à la composition, puis à celle où Enrico avait ouvert la porte de façon intempestive, puis à nouveau à la scène des crayons.

Mais ce fut peine perdue. L'immense douleur s'était adoucie.

95

Lundi 23 novembre 1959.

Au café, Irène était absente.

— Mme Kowalski est malade ? demanda M. McAlistair à la cantonade.

Personne ne répondit. La conversation glissa.

— Vous avez concert, ce soir ? demanda Mme Alderson à Dora Perret.

— Il y a Ansermet, répondit celle-ci.

— Ah ! s'exclamèrent Brunet et Nadelmann à l'unisson.

Vera eut une mimique d'incompréhension. Dora Perret lui glissa :

— Certains lundis, l'Orchestre de la Suisse romande vient jouer à Lausanne. Je m'occupe d'une association de mélomanes. Ce soir, nous y allons à vingt-cinq. Si ça vous tente de venir une fois…

Au moment où la sonnerie du quart retentit, Mme Alderson glissa à Vera :

— Irène a dû se rendre d'urgence chez son régisseur. Elle risque l'éviction.

— Je croyais qu'elle avait mis ses affaires en ordre ?

— Elle vous racontera.

En classe, Giuliani donnait du *Dernier chant de Sapho* une lecture si heurtée que Vera l'interrompit après une vingtaine de vers :

— Allez, à moi.

C'était la première fois depuis longtemps qu'elle lisait Leopardi à haute voix. Sa musique et sa délicatesse firent remonter un souvenir de la via Bartoloni. Avec Elena, elles se tenaient à moitié nues dans les bras l'une de l'autre et en lisaient des strophes entières :

Ahi di cotesta
Infinita beltà
Parte nessuna
Alla misera Saffo
I numi e l'empia
Sorte non fenno.

Hélas, de cette infinie beauté
Les dieux et le destin
Ne donnèrent à Sapho
Aucune partie.

Elle s'arrêta après une dizaine de vers, trop émue pour continuer, et fit un signe de tête à Giuliani qui reprit la lecture et fut aussi mauvais qu'au début.

A la sonnerie de midi, elle quitta la classe en vitesse. Un quart d'heure plus tard, alors qu'elle arrivait à l'arrêt des trams place des Halles, elle tomba sur Giuliani. Elle s'adressa à lui en italien. Qu'est-ce qui le troublait tant ?

Il baissa les yeux :

— Mon père est de passage à Lausanne.

— Il aura sûrement plaisir à te voir !

— Depuis trois ans, il vit avec une cousine de ma mère. Elle est avec lui.

Vera hocha la tête. Il reprit :

— J'ai été casé ici lorsque mes parents se sont séparés. Maintenant, je dois assister au spectacle de la dinde qui demande à mon père (il imita une voix aigrelette) : "Chéri, tu n'as pas fini ta viande… Chéri, tu n'as pas fini ta salade…" Et lui qui répond : "Oui, mon trésor" mille fois par jour…

— Il reste ton père…

— C'est tout le problème, répondit Giuliani.

96

Lundi 23 novembre 1959.

— Ah, c'est vous ? C'est gentil d'être venue.

Irène regarda Vera comme si elle la reconnaissait à peine :

— J'ai tellement honte.

Elle se dirigea vers le salon, tête basse.

— La fois d'avant, tout avait si bien marché…

— Vous me l'aviez dit…

— J'ai pu rembourser Mme Alderson. Heureusement… Je vous avais caché mes six mois de loyer en retard… Je m'étais engagée à les régler avant fin octobre. Le régisseur m'avait dit : "Jusque-là, j'arrive à faire patienter le propriétaire, après ce sera impossible." Et j'avais l'argent !

— Et alors ?

— Je l'ai perdu. Jusqu'au dernier franc.

Elle s'arrêta, secoua la tête en signe d'incompréhension :

— Le samedi précédent, vous vous souvenez ? j'avais été frappée par l'intuition, pour le 5. Ce samedi, j'étais certaine que le hasard serait avec moi. Je me sentais forte. Alors je prends les deux mille francs que je devais à mon régisseur et je vais à Divonne.

Vera laissa échapper un "Ah là là".

— Vous avez raison. C'est ça, la marque du joueur. La prétention ajoutée à la bêtise. Il pense pouvoir séduire le hasard. Et comme le hasard déteste qu'on lui mette la main dessus, il se venge. Et il sait faire souffrir… Il commence par me faire gagner. Je joue les douzaines, vous savez, de 1 à 12, ou de 13 à 24, ou de 25 à 36. Si vous gagnez, vous retrouvez trois fois votre mise. Donc je joue et joue et joue… Par mises de cent francs. Et il se passe quelque chose d'incroyable. Pendant une vingtaine de minutes, quoi que je fasse, je gagne. Je mise sur l'une des trois douzaines, je gagne. Je change de douzaine, je gagne. Je change encore, même résultat. Je fais mes comptes. Quatre mille neuf cents francs. Je me dis : Le hasard est avec toi, ma cocotte, tu le tiens. Pas le moment de le quitter. Alors je mise tout ce que j'ai, par cent francs, en plein et chevaux, comme lorsque j'avais misé sur le 5. A chaque tour de roulette, cinq cents francs sur le tapis. Je commence avec le 5 et les chiffres voisins, 2, 4, 6, 8. Aucun chiffre ne sort. Je décide de miser trois lignes plus bas, 14 et chevaux, 11, 13, 15 et 17. Rien. Je recommence trois lignes plus bas, 23 et chevaux. Rien encore. Je me dis : Ce n'est pas possible, il va bien sortir quelque chose. Eh bien, après huit mises en plein, au total huit fois cinq égale quarante, quarante cases couvertes, Vera… Rien. Pas un gain. Quatre mille francs évaporés. J'avais envie de vomir. En un quart d'heure et huit coups, la guillotine. Le hasard devait être en train de se tordre de rire. Le croupier me fait : "Pas de chance, madame." A la table, on ne prononce pas les noms, mais on connaît les habitués. Le croupier sait que je ne suis pas riche. Son regard était éloquent. Enfin… Il me restait neuf jetons de cent francs, je me dis : Si je les mets sur une couleur et que je gagne, je serai à deux cents francs de mon arriéré de loyer, je réglerai mon problème. J'hésite à jouer une douzaine, c'est plus risqué que la couleur, une chance sur trois environ au lieu d'une chance sur deux… Alors je pose les neuf jetons sur le rouge. Et c'est le noir qui sort. Le hasard m'avait coupé la tête et ça ne lui suffisait pas. Il voulait en plus me faire un pied de nez. "Vraiment pas de chance", me glisse le croupier. Et je déguerpis comme une voleuse. Pas même un jeton à échanger à la caisse. Heureusement, j'avais assez d'essence pour le trajet du retour.

Vera chercha son regard :

— Et maintenant ?

Irène avait les yeux à terre :

— Ce matin, j'étais chez le régisseur, puis chez M. Rossier, l'antiquaire, pour qu'il me reprenne la commode.

— En consignation ?

Elle eut un geste d'impuissance.

— Non. Je suis pressée. Il va téléphoner à quelques bons clients.

Elle leva les yeux :

— Hier soir, je suis retournée à Divonne. Je me suis fait radier.

— Qu'est-ce à dire ?

— C'est fini. Pour toujours. La roulette, les "Faites vos jeux", tout ça, basta, terminé… Quarante cases sur huit coups, et pas une seule qui sort ! Franchement…

Elle esquissa un sourire de dépit et lui caressa la joue de l'index :

— Allez, filez.

97

Mardi 24 novembre 1959.

Vera aperçut Gülgül de loin, qui faisait les cent pas. Il semblait agité.

— Ça me ferait grand grand plaisir, vraiment, je voudrais vous inviter à dîner.

Vera lui sourit. Elle acceptait, bien sûr.

— Formidable ! Formidable ! Un repas style Istanbul (il dit à son habitude *Iss-tann-boule*, en gonflant la bouche sur la dernière syllabe). Je vous raconterai mes années après Dolmabahtché. D'accord ? Vous êtes d'accord ?

98

Mercredi 25 novembre 1959.

Au café du matin, Dora Perret et Nadelmann tenaient messe basse.

— On en reparle, glissa Nadelmann à Dora Perret dès qu'il aperçut Vera.

Au même instant Mme Alderson arriva, en discussion animée avec McAlistair. L'Institut venait de gagner un cadre d'argent en anglais chez les seniors. Le cadre d'or avait été attribué à l'équipe du Rosey. La directrice était contrariée.

— Avec Lenny, je *pensey* qu'on *alley gagney*, dit McAlistair.

— Je le sens fatigué, fit Mme Alderson. Puis elle se tourna vers Nadelmann : Comment il va en allemand ?

Sans attendre de réponse elle s'adressa à Vera :

— Et chez vous ?

— Très bien, répondit Vera, très bien.

Au moment où retentit la cloche, Nadelmann s'approcha de Vera :

— Je ne voulais pas être impoli, tout à l'heure. Vous permettez que je vous explique ? Après déjeuner, si vous avez un instant…

Ils allèrent s'asseoir dans la petite classe où Vera donnait ses cours. Nadelmann s'excusa. Avec Dora, il discutait d'une lettre de Kafka qu'il venait de traduire. Il aurait aimé pouvoir lui en parler le matin même, mais devant les autres il n'avait pas osé :

— Je lisais cette phrase, l'autre jour, chez un auteur israélien. Appelfeld. Il est de langue maternelle allemande mais n'écrit plus qu'en hébreu. Avec l'allemand, c'est cassé. Un peu le contraire de moi… Bref… Il disait : "Une blessure écoute toujours plus finement qu'une oreille."

— Et ?

Il lui sourit :

— A l'Institut, on vous sait blessée, alors on partage. Et nos souvenirs nous paraissent plus légers.

99

Jeudi 26 novembre 1959.

Cette fois-ci, Berthier n'allait pas se fâcher. Encore moins mettre le sujet sur le tapis. Pour ses collègues, celui qui était mort était un grand acteur. Pour lui, c'était le fils d'un homme qui avait subi l'indignité nationale.

— Son dernier film, c'était quoi ? demanda Dora.

— Un Buñuel, je crois, répondit Nadelmann.

Du procès de Marcel Philip, Berthier se souvenait comme s'il avait eu lieu la veille. C'était un collabo, le Marcel Philip. Un affairiste qui s'en était mis plein les poches. En plus, le PPF de Doriat, ce n'était pas le RNP. Il n'avait de populaire que le nom. Avant ça, il avait été aux Croix-de-Feu, Marcel Philip ! Pas moins. Fasciste jusqu'au bout des ongles. Mais son fils, qui pourtant était un homme célèbre, ne l'avait pas renié. Il s'était battu pour lui. Il avait été le voir cent fois à Barcelone.

— C'était le cancer ? demanda Dora.

— Le cœur, fit Mme Alderson. Comme pour Georges. D'un coup.

— Dans le Classique Larousse, il y a sa photo, ajouta Dora.

— N'est-ce pas qu'elle est belle ? s'exclama Mme Alderson. Il a l'air lumineux !

— J'aurais dit : tendre, non ? Presque perdu.

Marcel Philip avait dû sentir que son fils l'aimait vraiment. Malgré l'indignité nationale, la condamnation à mort, la fuite à l'étranger...

Et si ses propres fils avaient été adultes au moment de sa condamnation ? se demanda Berthier. Qu'auraient-ils fait ? Jusqu'où l'auraient-ils défendu ?

— Est-ce que quelqu'un l'a vu dans le Cid ? demanda Mme Alderson.

Personne ne répondit.

Berthier l'avait vu. Cela faisait sept ou huit ans. A Avignon. Mais il avait été incapable de se laisser aller à la pièce. Devant lui, ce n'était pas Rodrigue qui lavait l'affront subi par don Diègue. C'était un homme qui se battait pour l'honneur de son père, son vrai père, qui avait subi l'humiliation. Où l'acteur avait-il pu trouver une telle émotion, une telle force, sinon dans son propre drame ?

Vera l'interpella :

— Vous n'aimiez pas Gérard Philipe ?

Il sursauta :

— Je l'admirais.

Il avait dû dire cela d'une façon brusque car Vera le regarda sans comprendre. Il ajouta :

— Je l'admirais beaucoup.

— Tout le monde l'admirait ! lança Dora Perret. Celle-là... Sans cesse à vouloir faire la leçon.

Au fond, ce qu'il attendait de ses fils, ce n'était pas tant qu'ils l'aiment. C'était qu'ils l'estiment. Qu'ils soient fiers de lui. Il aurait voulu se convaincre que, s'ils avaient pu choisir entre tous les hommes de la terre, ce serait lui qu'ils auraient pris pour père. Lui et aucun autre.

100

Vendredi 27 novembre 1959.

Dora Perret se dirigeait vers la poste lorsqu'elle croisa Vera. Elle tenait en main une liasse d'enveloppes.

— Des rappels de cotisation ! Ce qu'il ne faut pas faire pour qu'une association fonctionne !

Sur l'enveloppe du haut de la pile, Vera lut : "Les Amis de la grande musique", et dessous, en italique : "La conscience de l'instant." Dora Perret devina sa réaction :

— Pour vous aussi c'est du chinois ? Ça ne m'étonne pas ! Nous avons un trésorier qui est prof de philo, alors avec lui c'est toujours l'instant par-ci, l'instant par-là... Je le lui ai dit cent fois : "Ce n'est pas avec ce genre de slogan que vous allez nous ramener des membres !" Mais bon, faire trésorier, c'est ingrat... Il faut sans cesse relancer les gens, envoyer des bulletins de versement, téléphoner... La galère ! Moi, je tape les rappels. Après quoi, à lui de se débrouiller. Alors sa conscience de l'instant, si ça lui fait plaisir... Dites, pour changer de sujet... Vous me pardonnez si je suis indiscrète... Vous allez aux cours de danse, à Saint-François, n'est-ce pas ?

Vera fit oui de la tête, un oui pressé. L'idée de raconter à Dora ses boléros avec Gülgül lui sembla saugrenue.

— Vous avez mille fois raison, poursuivit Dora d'un air grave. L'autre jour, je vous ai suggéré de venir à l'un de nos concerts. Dès que nous nous sommes quittées, je me suis dit : Tu n'es qu'une vieille idiote.

— Votre invitation m'avait touchée, fit Vera.

Dora Perret avait le regard au loin :

— La grande musique… Elle vous renvoie tout à la figure. Moi, il suffit que j'aille écouter un concert pour que ma vie se déroule comme un film. Ce que j'ai fait… ce que je n'ai pas fait… Autant le dire, la deuxième liste est plus longue que la première.

— Ce n'est pas comme ça pour chacun ?

— Disons : beaucoup beaucoup plus longue.

Dora et sa sœur étaient "les filles du Dr Perret". Médecin de Paudex. Maire de sa commune. Un grand Vaudois. Il avait fallu faire honneur. Ne rien oser. Ne jamais se laisser aller. Etre toujours d'une humeur présentable mais surtout pas joyeuse. Une humeur imprégnée de sobriété, qui disait : "Je partage la souffrance d'autrui."

Les deux sœurs étaient restées célibataires.

— Je suis sûre que vous avez eu une vie très belle, fit Vera, que vous avez beaucoup apporté à tant et tant d'élèves.

— Je me suis conservée intacte. Je suis devenue une vieille petite poupée. Enfin… Moi, vous savez à quoi je compare la grande musique ? A la haute montagne. Disons que vous êtes au sommet du Gornergrat ou de la Jungfrau, à propos, vous y avez été ? C'est magnifique, vous savez !

Vera fit non de la tête, très vite. Elle voulait que Dora continue de parler. Qu'elle ne lui laisse pas le temps de dire : Moi non, mais Lorenzo oui. Du reste j'ai trois cartes postales de lui. Trois en tout et pour tout, vous voyez, et, sur les trois, il y en a deux qu'il m'a envoyées précisément de là, une du Gornergrat et l'autre de la Jungfrau. Vous parlez d'une coïncidence…

— Alors, reprit Dora, lorsque vous êtes au sommet de ces montagnes et qu'il y a devant vous un panorama inouï, de deux choses l'une. Ou bien vous avez un point d'appui, une barrière, une paroi de verre, quelque chose à quoi vous tenir, et là vous pouvez laisser libre cours à votre émerveillement. Les souvenirs reviennent, des émotions vous traversent, vous vous dites : Mon Dieu, comme tout ça est beau, comme j'ai de la chance, comme la vie est merveilleuse. Ou bien vous n'avez rien à quoi vous accrocher, si vous êtes dans un de ces jours où l'on se dit : Il n'y a pas d'issue, les choses ne s'arrangeront jamais, vous voyez ce que je veux dire…

Si je vois…, se dit Vera.

— Alors, poursuivit Dora, le même panorama ne produit pas du tout les mêmes effets. D'un coup, la vue devient vertigineuse ! In-sup-por-table ! On a peur de tomber dans le vide… Et on se dit qu'on n'a rien à faire sur terre. Qu'on ferait mieux de passer à autre chose… Voilà ce que c'est, la conscience de l'instant.

Elle s'arrêta, regarda Vera et lui lança :

— C'est plutôt moi qui devrais aller danser la samba ! Allez, je file poster mes rappels.

101

Vendredi 27 novembre 1959.

Vera voulait retrouver la douleur. Elle abandonnait son fils. Elle le trahissait. Il fallait qu'elle expie.

Dès qu'elle se fut mise au lit, elle partit à la recherche de la tristesse qui avait suivi l'enterrement. Une question l'avait alors hantée : que deviendrait Lorenzo ? Est-ce que son corps avait commencé à se décomposer ? Pas le premier jour, s'était dit Vera. Mais alors à partir de quand ? En combien de temps ? Une semaine ? Un mois ? Six mois ? Quand est-ce que Lorenzo ne se transformerait plus ? Elle souhaitait le savoir en paix. Ses pensées revenaient sans cesse sur ses jambes. Au bout du compte, se disait alors Vera, ses jambes ressembleront pour toujours à celles d'un héron. Mais comment savoir quand arrivera ce moment ? A qui le demander ? Elle aurait pu interroger l'un des fossoyeurs de Verano. Il devait bien y en avoir un qui avait vu des tombes ouvertes. Encore faudrait-il qu'il accepte de me répondre, avait pensé Vera. Elle s'était alors demandé si la présence d'Enrico ne lui permettrait pas d'obtenir plus facilement les renseignements souhaités. Lui savait s'adresser aux petites gens. Il les impressionnait. Il savait aussi les faire parler, c'était son métier. Mais il aurait fallu qu'elle s'ouvre à lui… Déjà elle l'entendait se déchaîner : Tu es morbide ! Il faut te faire soigner ! Et ainsi de suite. Peut-être même qu'il voudrait la faire enfermer, ça lui ressemblerait bien. Au mieux, il dirait : Je m'en occupe. Mais elle tenait à être présente au moment où il aurait interrogé le préposé. Sûrement que la réponse de ce dernier serait floue et qu'Enrico s'en contenterait, il dirait : "Parfait, parfait, mille mercis, tenez, voici pour vous", et le fossoyeur n'aurait pas traîné. Non. Elle ne faisait pas confiance à Enrico pour aller au fond de ces choses-là. Il fallait qu'elle soit là, à insister, à questionner, à revenir sur telle ou telle affirmation du fossoyeur. Il aurait fallu qu'ils se rendent au cimetière ensemble, et même plusieurs fois, jusqu'à ce qu'ils trouvent quelqu'un de compétent en matière d'ouverture de tombes. Et qui soit prêt à leur répondre… Mais la simple idée de se retrouver à Verano en compagnie d'Enrico lui était insupportable. Il fallait qu'elle se débrouille seule.

Une dizaine de jours plus tard, la peur au ventre, Vera se rendit au cimetière, décidée à interroger l'un des fossoyeurs. Entre le moment où elle passa le portail d'entrée et celui où elle atteignit le grand carré, elle en avait déjà repéré deux, le plus âgé près de la place Verano, à proximité du portail, et un autre, beaucoup plus jeune, vers le grand carré. Elle se décida pour le plus âgé et rebroussa chemin. Lorsqu'elle se retrouva à l'entrée, l'homme avait disparu. Elle le chercha dans les allées qui s'entrecroisaient, puis derrière l'un ou l'autre caveau, sans succès. Elle s'apprêtait à retourner en direction du grand carré à la recherche du plus jeune lorsqu'elle aperçut l'homme à travers les grilles du portail. Il bavardait avec deux fleuristes de la place. Elle n'osa pas l'interpeller et attendit, debout derrière l'une des colonnes de pierre qui marquaient l'entrée. Lorsque l'homme revint, il tenait en main un petit bouquet de roses jaunes. Dès que Vera s'approcha de lui, il se figea, comme s'il se mettait à disposition :

— Je vous en prie, madame, dites-moi.

Il était grand de taille et mince. Malgré sa tenue de travail et sa barbe mal soignée il avait une certaine distinction. A l'évidence, il n'était pas un immigré du Sud, car l'accent avec lequel il s'était exprimé était romain. Vera le regardait, incapable de prononcer un mot. L'homme la dévisagea avec insistance :

— Ce n'était pas vous, l'autre semaine ? Votre fils ?

Elle baissa les yeux.

— Nous en avions parlé beaucoup, entre nous, continua l'homme. Pourtant on peut dire qu'on a l'habitude. Mais là, pour votre fils… En somme, nous, on est là pour ça, n'est-ce pas ? Ce n'était pas à moi de creuser, c'était à Carlo, le plus jeune de nous quatre, celui qui est aussi de service aujourd'hui. Je lui avais donné un coup de main vers le grand carré. C'est plein de nonnes dans le coin. Enfin… La terre est très caillouteuse, alors, comme je n'avais rien de particulier à faire, je lui ai donné un coup de main.

Elle ne le regardait plus. A quoi bon tout ça ? Où est-ce qu'elle allait ?

Elle s'apprêtait à prendre congé lorsque le fossoyeur se lança dans un discours sans fin :

— Les fleuristes de la place, il y en a qui sont correctes, mais il y en a d'autres qui exagèrent. Je les connais toutes, forcément… Si vous voulez, je change les fleurs chaque semaine. Vous prenez un bouquet comme celui-ci (il montra les roses), aujourd'hui c'est mille deux cents, peut-être la semaine prochaine mille, ou alors mille quatre, allez savoir… C'est à vous de décider. Les œillets c'est nettement moins, les tulipes c'est moins aussi, en plus certaines espèces sont avantageuses, mais elles durent moins, et je dois changer l'eau chaque trois, quatre jours. Encore une fois, tout est possible, c'est à vous à me dire.

— Je ne veux pas de fleurs, fit Vera.

L'homme la regarda, l'air indifférent :

— Il suffit que vous me disiez. Je vous arrange la chose.

— Qu'est-ce qui va se passer, maintenant ? demanda Vera.

Un air d'incompréhension passa dans le regard de l'homme. Son travail consistait à enterrer des morts. Son univers était celui de l'uniformité éternelle, dans lequel il n'y avait pas de "Et maintenant ?" Il resta silencieux de longues secondes, sourcils froncés, le regard sur Vera, avant de lui demander :

— Pardonnez-moi, madame, vous voulez dire… ?

— Dedans, ajouta Vera.

Elle tremblait.

L'homme comprit. Il hocha la tête, réfléchit durant une dizaine de secondes, puis fit :

— Ça m'est arrivé de devoir ouvrir. En général, c'est des histoires qui ont à faire avec la police, vous voyez, ça se passe assez vite après la mise en terre. Mais il arrive que ce soit plus tard. Une fois, c'était…

Il s'arrêta, confus, devint tout rouge :

— Pardon. Je ne réfléchis pas. Je parle avec vous comme avec un collègue. C'est pour ça que je répète à mes enfants : Il faut de l'éducation. Il faut savoir parler. Pardon encore. Je recommence : il y a deux possibilités. Ou bien le cercueil est placé en pleine terre, ou bien il est dans un caveau.

— La différence ? demanda Vera. Qu'est-ce que c'est, la différence ? Au point de vue temps ?

Maintenant elle avait moins peur.

— En gros, du simple au double. Douze mois pour une dessiccation totale en pleine terre, mais je dis bien : en gros, hein ? Après ça dépend de beaucoup de choses : le bois choisi, la terre, et puis bien sûr la personne. Tout compte. Tenez, par exemple, le bois, il y a des modèles en chêne, des modèles en sapin, d'autres en acajou… Et puis il y a l'épaisseur. Certains cercueils en chêne font trente-quatre, trente-six millimètres, vous voyez ? Autre chose qu'un modèle en sapin qui ferait vingt, vingt-deux. En plus le chêne est beaucoup plus dur. Alors si en plus il est plus épais… Pour votre fils, c'était un modèle "Cardinal", c'est comme ça qu'on les appelle, du chêne magnifique, massif. Là c'est sûr que c'est plus long. Et puis il y a la terre. Je voulais dire, vers le grand carré, elle est très rocailleuse par endroits, alors c'est un peu plus long. En gros, douze à dix-huit mois, disons dix si c'est du sapin mis dans une terre molle. Si ça se passe dans un caveau, comptez au moins vingt-quatre. De nouveau, ça dépend… Et puis…

— Merci, lui avait dit Vera, merci infiniment.

Elle avait ouvert son sac.

— N'y pensez même pas, avait dit l'homme. Qu'il repose en paix, voilà tout.

102

Samedi 28 novembre 1959.

— C'était un génie, Kowalski, fit Solcà.

Irène frissonna :

— Vous savez qui était Karl ?

— Il y en a eu cinq ou six depuis le début du siècle. Je dirais : Einstein, de Broglie et Bohr en physique, Weil et Kowalski en mathématiques.

— Mon mari a travaillé avec Weil. Ils se sont connus à l'Institut Henri-Poincaré.

D'un coup, elle avait les larmes aux yeux.

— Je sais bien, fit Solcà. J'étais à l'Ecole polytechnique de Zurich lorsque Kowalski a participé à un colloque sur les transformations conformes. Il venait de publier un article avec Weil dans le *Journal of Mathematics*, la revue reine. Son papier avait fait du bruit. Je me rappelle encore le titre, en français ça aurait donné : "Une solution stochastique à certains problèmes de transformations conformes*". L'article proposait une méthode de simulation par utilisation de nombres choisis au hasard, un processus que Neumann allait par la suite baptiser "méthode de Monte-Carlo". Kowalski avait présenté plusieurs cas de transformations qui aboutissaient

* Le titre anglais de l'article était : "A Stochastic Solution to Certain Problems of Conformal Mapping", *J. math.*, 1932, os-3., p. 291-298.

à de grandes déchirures et qu'il arrivait à résoudre par simulation. Ça vous rappelle quelque chose ?

— La méthode de Monte-Carlo... Karl avait lancé l'expression à Peenemünde.

Solcà écarta les mains, paumes ouvertes, comme pour dire : "Que pouvons-nous y faire ?"

— Vous lui avez parlé ? demanda Irène.

— Nous avons même eu un long échange. A l'époque, je m'occupais de théorie des nombres. Si j'étais allé au colloque, c'était pour la partie Weil, si j'ose dire, plutôt que pour les transformations conformes. Weil avait la capacité d'imaginer des ponts entre pratiquement tous les domaines des mathématiques. C'était un vrai génie, vous voyez. On dit pour les constructions : C'est du génie civil. Weil c'était exactement ça, mais en mathématiques, à partir de la théorie des nombres. D'ailleurs, les Bourbaki, vous savez (Irène sourit et fit oui de la tête), ces hurluberlus qui ont récrit les mathématiques, c'était Weil. Sans lui... Enfin... Kowalski, c'était autre chose. Un poète. Un homme d'une délicatesse, d'une distinction... Quand il s'était mis à nous parler de ses problèmes de déchirures, on aurait dit qu'elles avaient une consistance humaine, qu'elles étaient faites de peau et de chair. Ses surfaces géométriques se fendaient et on ressentait leur déchirement. Avec Kowalski, la géométrie prenait une incarnation sensuelle, c'était inouï. Ces deux hommes, Weil et lui, se sont rencontrés au sommet de l'Olympe. S'il n'y avait pas eu la guerre, Kowalski serait aujourd'hui une star... Enfin... Depuis l'année passée, Weil est à Princeton, là où il mérite d'être. Vous le saviez ?

Irène fit oui de la tête, s'essuya les yeux, et demanda :

— J'y vais ? Question numéro un ? Comme à la récitation ?

Solcà la regarda, l'air sérieux :

— Ce que vous avez à me dire n'est pas facile.

— Vous êtes au courant ? Pour les loyers, les avances sur salaire, tout ça ?

— Allons-y, fit Solcà, je vous écoute.

103

Samedi 28 novembre 1959.

— Une spécialité d'aubergines ! annonça Gülgül. *Imam bayildi.* Vous savez ce que ça veut dire ? Vous savez ?

Assise à la petite table que Gülgül avait dressée dans son salon, Vera fit non de la tête et ferma les yeux.

Quand Lorenzo avait trois ou quatre ans, il n'arrivait pas à prononcer le mot "aubergine". Il disait *milanzane* au lieu de *melanzane.* Avec Enrico, ils se moquaient de lui : Tu veux des *Romanzane* ? Ou tu préfères des *Napolizane* ? des *Caprizane* ? Lorenzo ne comprenait pas le jeu de mots et cela donnait à Vera l'occasion de le rassurer en le couvrant de caresses et de baisers.

Gülgül s'aperçut qu'un souvenir la traversait et raconta son histoire d'aubergine sans y croire.

— L'imam, notre prêtre… Il s'est évanoui ! *Bayildi !* Tant le plat d'aubergines lui a plu.

Il leva son verre, Vera fit de même, lui sourit, et entama l'entrée.

— Quand vous les avez frites des deux côtés, vous les évidez, mais pas trop ! Et la chair, vous la mélangez à…

Elle murmura : “C’est délicieux”, continua de manger durant quelques instants, puis posa ses couverts et se cacha la tête entre les mains.

— J’ai préparé ce repas pour que vous soyez joyeuse, Veradjoum. Vous voulez pleurer dans ma maison ?

Elle fit non de la tête, et s’essuya les yeux à sa serviette :

— Pardon. C’est fini.

Elle lui sourit.

— Ah ! voilà comme j’aime vous voir, reprit Gülgül. Je vous raconte l’histoire de Nasreddin Hodja au banquet ? Vous savez qui est Nasreddin Hodja ? Il lui arrive des histoires, on se moque de lui… Mais chacun l’écoute ! Nasreddin Hodja, c’est quelqu’un, *yâni*, pardon je dis *yâni*, je m’embrouille, *yâni* veut dire “c’est-à-dire”, et nous on le dit tout le temps, *yâni* j’ai voulu dire ceci, *yâni* j’ai voulu dire cela, alors un jour Nasreddin Hodja veut participer à un grand banquet mais il n’est pas invité. On lui dit : Tu n’es pas invité ! Et on le chasse. Alors Nasreddi Hodja revient vêtu d’un manteau de fourrure…

Gülgül poursuivait son récit et elle était avec Lorenzo, quand il avait quelques mois et qu’elle lui racontait tout ce qui lui passait par la tête. Elle le saoulait de ses histoires et, pendant qu’elle lui parlait, elle le collait contre sa peau, le couvrait de tout ce qu’elle pouvait d’elle, ses mains, ses bras, sa bouche, ses cheveux… Elle inventait des histoires où des personnages donnaient des baisers par dizaines. Elle disait : “Alors il a commencé à l’embrasser comme ça, en comptant les baisers, un (et elle l'embrassait sur la tête), deux (sur le front), trois (sur le nez)", et elle continuait aussi longtemps qu'il se laissait faire.

Elle n'arrivait plus à donner le change :

— Je voudrais rentrer.

— Restez. S'il vous plaît.

Gülgül éteignit les lumières du salon et se dirigea vers une sorte d'établi dont il leva le couvercle. Il sortit un soixante-dix-huit tours de sa pochette, le posa sur l'électrophone que cachait le meuble et lança la platine. Une musique d'Orient emplit la pièce, d'un coup. Elle était enlevée, riche de sons et d'accords très rythmés. A contre-jour dans la pénombre du salon, Gülgül leva les bras et se figea. Après quelques secondes, son corps se mit à onduler au rythme de la musique, d'abord lentement, puis de plus en plus vite. Epaules, bras, hanches, jambes, chaque partie de lui se mettait graduellement en mouvement. Au fil de la musique, il tournoyait, cambrait les hanches, les décalait du tronc, les faisait vibrer par saccades, les remettait à même hauteur, ondulait à nouveau, déplaçait la tête vers la gauche puis la droite, par saccades syncopées. Soudain il arrêta net, en même temps que la musique. Après quelques secondes, elle reprit, très lentement, presque gémissante, et à nouveau son corps partit en vibrations. Il ondulait, se pliait, tournoyait.

D'un coup il cessa de danser, se précipita vers l'électrophone, arrêta le disque et revint s'asseoir, les traits défaits :

— Moi, j'étais danseur du ventre pour vieux messieurs. Maintenant, je suis maître de sport dans un institut chic en Suisse. J'ai recommencé ma vie.

Certains jours, je me dis : Vraiment, dans la vie, tout peut recommencer.

— Que faire des souvenirs ? demanda Vera.

— Vous pensez à eux, et en même temps vous ne pensez pas à eux.

— En même temps ?

— En même temps, Vera. C'est ça, la vie. Savoir qu'on ne peut pas oublier. Et faire comme si on avait oublié.

Il s'arrêta, la regarda dans les yeux et ajouta :

— Vous avez trouvé Lenny.

Les traits de Vera s'affaissèrent. Elle quitta lentement sa chaise, fit : "Je dois rentrer maintenant", alla chercher son manteau, embrassa Gülgül qui restait muet, et partit.

104

Samedi 28 novembre 1959.

— J'aurai la direction du groupe au téléphone d'ici samedi, fit Solcà. A partir de là, nous pourrons parler de tout.

Durant une seconde ou deux, Mme Alderson hésita. Elle aurait voulu demander : "Sur le principe, c'est plutôt oui ou plutôt non ?" Au début de la conversation, Solcà lui avait dit : "Certaines de nos réflexions vont peut-être vous surprendre." Mais lesquelles, mon brave Solcà ? On joue aux devinettes ?

Finalement, elle le salua et raccrocha. Sur le principe, cela devait être positif. Mais avec des conditions. Le prix. Sans doute qu'ils l'avaient revu à la baisse. Ce serait de bonne guerre. De toute façon, il y avait de la marge. Ou alors une condition sur les professeurs ? Peut-être qu'ils ne voulaient en garder aucun. Ce devait être plutôt ça. Parce que le prix, qu'ils le négocient, quoi de plus normal… Il n'aurait pas parlé de surprise. A moins qu'ils ne lui offrent un montant vraiment dérisoire…

Ou alors… Mais bien sûr ! Ils voulaient qu'elle reste ! Au moins un certain temps, histoire d'assurer une transition en douceur. Quoi de plus logique ? Elle dirait oui. Et même tout de suite. Et Gisèle ?

Les Américains avaient certainement un système de gestion interne standardisé pour tous leurs campus. Economat, politique d'achats et du personnel de maison, suivi des frais, plan comptable… Que ferait Gisèle au milieu de tout ça ?

Elle insisterait pour que les Américains lui trouvent quelque chose. Même s'il s'agissait d'une fonction plus modeste. Responsable de la lingerie, par exemple. Elle ferait ça très bien.

L'idée de reprendre une librairie entre Lausanne et Montreux était à mettre au garde-manger. Au moins un certain temps.

Au fond, les choses ne s'annonçaient pas si mal.

105

Samedi 28 novembre 1959.

Assis sur son canapé, les yeux au sol, Gülgül avait envie de vomir. Se vomir lui-même. D'ailleurs ce qu'il était, c'était ça. Du vomi. Cette pauvre femme. Elle avait perdu un fils. Son seul fils. On lui avait arraché son ventre. Son foie. En turc, on dit à quelqu'un qu'on aime *djiyerim*. Mon foie. Pourquoi ? Parce que, quand on aime, on fait partie de l'autre. Est-ce qu'on peut vivre sans son foie ? A cette femme on avait pris le fils ! Et lui, Gülgül, se met à lui donner des conseils ! A lui dire : "Ah, vous savez, les souvenirs, tout ça... Il faut les oublier... *Filan, falan**..." Quelle honte ! Quelle *honte* ! *Vallahi billahi*, pour qui il s'était pris ? *Nâmoussouz erif !* C'est ça qu'il était ! Un garçon sans honneur. Sans dignité. Un *pezevenk* ! Un maquereau. Même pas un *pezevenk*. Rien. Tout juste bon à donner des leçons. A dire : "Ah, moi... Mon père... Il m'a dit d'être droit... Chez nous les Turcs..." Et toutes ces fadaises. Il ne valait pas mieux que cet imbécile de McAlistair qui jouait au philosophe. Ou que Berthier, un fasciste qui se prenait pour un réfugié politique. Ou Irène, la veuve du grand savant nazi ! Et Nadelmann ! Lui aussi, avec son Kafka et ses

* "Etc.", en turc.

histoires de traductions stupides. Et Brunet ! Il a sa maman, il a sa maison, il a sa photo, il a tout, et il veut qu'on le plaigne. De mauvais acteurs dans des rôles ridicules. *Grotesques !* Ils pouvaient jouer tant qu'ils voulaient, ils avaient l'Institut ! Il les protégeait ! Et lui ? *Même chose !* Mais alors même chose exactement ! Est-ce qu'il avait jamais souffert ? Il avait vécu comme un pacha. Comme un pacha. Il avait joué à la vedette. Il avait eu trois pères. Qui a la chance d'avoir trois pères ? Tout ce qu'il savait faire, c'était jouer au brave.

Toute sa vie, il avait été heureux. A la chute de l'Empire, est-ce qu'il n'avait pas eu beaucoup de chance ? Dolmabahtché s'était vidé en un jour. Vahdettin s'était enfui avec trois, quatre femmes et quelques serviteurs, et son père l'avait confié à Sabri qui lui avait dit : "Moustafadjoum, je vais t'offrir la vie la plus douce à laquelle un garçon peut rêver." Il avait ajouté : *Tchabouk*, vite, le sultan vient de s'enfuir. Ils quittent Dolmabahtché, courent à Ortaköy, Sabri le tient par la main, comme s'il était un petit garçon, comme s'il était son fils. Jamais il ne l'avait tenu par la main auparavant. Ils passent vite vite le pont de Galata, arrivent à Sültanahmet, montent la colline, courent courent comme des fous ! Finalement ils arrivent devant une maison en bois, magnifique, très grande, collée aux remparts de Topkapi, un autre palais. C'était la maison que tenait Ayché. Là il allait habiter neuf ans. Ils arrivent, Ayché Hanoum descend les escaliers, très très angoissée, Sabri Bey lui dit vite : "Promets-moi. D'abord, tu traites Moustafa comme mon fils. Avec douceur. Pour lui tu seras Ayché Teyzé. Tante Ayché. Ensuite, pour la lutte, c'est le garçon le plus doué que j'ai vu. Je vais passer chez Ömer, le patron d'un hammam de Sültanahmet, il organise des combats. Moustafa ira chez lui tous les matins. A part ça, fais-le travailler dur. Et que tes filles lui apprennent tout ce qu'elles peuvent. Il est fort et c'est un bon garçon." Il se retourne vers lui, Sabri Bey le géant, et il se met à pleurer, et lui aussi se met à pleurer, et Sabri le serre dans ses bras, il le serre il le serre, il l'embrasse il l'embrasse, et il part. Quelques jours après, Ömer Bey, le patron du hammam, vient le prendre. Il se met d'accord avec Ayché. Le matin, de neuf heures à midi, entraînement et matchs. Il avait des clients qui venaient pour ça. Et chez Ayché, avant onze heures, midi, il n'y avait pas de mouvement. Il n'avait pas honte lorsqu'il finissait la matinée dans une alcôve du hammam avec un ministre, un bijoutier du bazar, ou un commerçant de Péra. Bien sûr que non. Il faisait la cocotte. Passait d'une pièce à l'autre du hammam en se dandinant comme une poule, content d'être admiré. De recevoir une pièce d'or ici, deux pièces d'or là… Güzel Moustafa, on l'appelait. Le beau Moustafa. C'était ça que la vie lui avait réservé. Faire la vedette. A une heure il était de retour chez Ayché. Les femmes se réveillaient, on l'envoyait à gauche à droite, porter un mot à un client, accompagner Ayché si elle devait faire des courses, tout ça… Le soir, à partir de cinq, six heures, il s'occupait du service : thé, café, liqueurs, confiseries. Il servait au salon ou dans les chambres. Les femmes de chez Ayché, elles l'avaient aimé comme on aime son sang. Sâré, une danseuse qui venait d'Ankara, comprit au premier coup d'œil combien il était coordonné. Gracieux malgré sa force. Très souple. Elle s'amusait à le déguiser. Elle l'habillait et le maquillait en femme. Il adorait ! Surtout elle lui apprit la danse du ventre. Certains clients préféraient le voir danser, lui plutôt que Sâré ! Et après la danse, de nouveau c'était lui qu'ils préféraient. De ça aussi il était très fier. Des hommes qui dansaient déguisés en femme, il y en avait des centaines à Istanbul, dans les hammams, dans les maisons, partout. Mais lequel d'entre eux dansait aussi bien que lui ? Qui avait autant de succès ? Personne ! Lorsque Zübeyde, la cuisinière, avait appris que son père avait été pâtissier du sultan, elle lui avait dit : "Ton père avait le plus beau métier du monde. Je t'apprendrai à faire une pâtisserie digne de lui. Où qu'il soit, il sera fier de toi." Encore une chance. Tout le temps de la chance. Lili venait de Lille, c'est pour ça qu'ils l'appelaient Lili. Son vrai nom, c'était Geneviève, trop compliqué pour des Turcs. Elle lui avait appris le français, un mot par-ci un mot par-là. Encore une chance. Il avait quinze, seize ans lorsque Sâré retourna à Ankara. Il avait arrêté la danse parce qu'il était devenu trop fort d'épaules. Pas parce qu'il n'avait plus envie. Et la lutte, s'il avait eu du succès, c'était parce qu'il avait été *setchmé*. Sinon, il n'aurait pas eu la chance d'être un lutteur. D'aller à Ortaköy, de l'autre côté du pont, là où ils faisaient la gréco-romaine. La vraie lutte dans un vrai club. Encore une chance. En 1926 il avait gagné les championnats d'Istanbul. Poids mouche. Moins de cinquante-six kilos et terriblement fort. En 1928, 1929, 1930, il était champion de Turquie, et en 1932, à Los Angeles, quatrième aux Jeux olympiques. Après Los Angeles, l'équipe turque avait fait une tournée en Europe. Georges Alderson était venu voir un match exhibition à Genève, à la salle de Plainpalais. Entre deux combats, il vient en coulisses, ils font connaissance. Encore une chance !

Toujours, partout, on l'avait aimé.

Après tout ça, il jouait à l'homme formidable qui sourit à la vie malgré ce qu'elle lui a fait, qui donne des leçons de courage et tout et tout… Une honte. Une supercherie. C'est ça qu'il était.

Le soir où Vera était venue au cours de danse à l'Institut, il avait mis le disque de *Tea for Two* et le bonheur l'avait effleurée. Elle s'était mise à bouger, à battre la mesure du pied. Puis elle avait dansé avec Lenny, qui avait glissé son pouce du haut en bas de son dos. Elle avait quitté la Grande Salle si vite, on aurait dit un animal traqué.

Elle avait eu une petite chance. La vie l'avait invitée à un petit tour de valse. Et il voulait lui faire la leçon ! Sur les souvenirs ! Quelle honte… Quelle honte ! Vera avait eu la petite chance de croiser un garçon comme Lenny. Très seul, très triste. Et il avait voulu lui dire quoi penser…

Il avait envie de vomir.

106

Dimanche 29 novembre 1959.

Assis sur le canapé du salon, Lenny était penché devant un plat de raisins dont il détachait les grains à une vitesse stupéfiante. Il les mettait en bouche au rythme d'un ou deux par seconde et les avalait alors qu'ils étaient à peine mâchés.

A sa troisième grappe, il arrêta le va-et-vient de sa main, déglutit et regarda Vera :

— Vous n'avez jamais pensé avoir des enfants ?

Lenny prit sans doute le silence de Vera pour de l'inattention car il continua de défaire sa troisième grappe à toute vitesse. Après avoir arraché une longue série de grains, il s'arrêta et lança :

— Hein ?

Elle le regarda longuement, puis lui répondit :

— Si.

— Comment ça, si ?

Elle eut un geste des deux mains, qui montraient les paumes. Un geste qui disait : C'est comme ça.

— Vous y avez pensé ?

— Je l'ai fait, Lenny.

Il la regarda, l'air soupçonneux :

— Comment ça, je l'ai fait ?

— J'ai eu un enfant. Un fils. Il est mort d'un accident.

— Un fils ?

— Un fils qui s'appelait Lorenzo. Il est mort. Il avait douze ans.

— Je ne comprends pas.

— C'est comme ça, Lenny. J'avais un fils. Je ne l'ai plus.

Il la regarda, l'air hagard :

— Vous avez *perdu* un fils ?

Il la regarda. Elle hocha la tête.

Il ne savait que faire.

Finalement, il garda les yeux sur son assiette et resta ainsi figé deux ou trois minutes.

Vera répéta, pour l'aider :

— C'est comme ça, Lenny.

Il ouvrit la bouche, hésita, dit : "Je dois rentrer", se leva, dit encore : "Pardon", et partit.

Vera rangea les raisins dans le réfrigérateur, nettoya le plat et alla se coucher.

107

Lundi 30 novembre 1959.

— Ils les ont trouvés !

La voix d'Enrico tremblait :

— Hier, pendant que Trucco interroge un gamin, il remarque qu'il porte des Sébagos. Il le cuisine, le garçon fait semblant de ne pas comprendre, tu vois, il joue au plus malin...

Vera se sentit immensément fatiguée.

— Evidemment, Trucco est sur le qui-vive. Le gamin raconte qu'il a acheté les Sébagos à un marine en permission. Je peux les voir de près ? lui demande Trucco. L'autre est bien obligé de se déchausser. L'inscription de la taille était encore visible à l'intérieur, sur le côté. C'était marqué $7^1/_2$ B. Et là, Trucco se montre génial. Il ôte la pièce qu'il y avait dans chacune des chaussures, entre la languette et le cou-de-pied. Tu vois ce que je veux dire ?

Si elle voyait... C'était elle qui était au magasin avec Lorenzo.

— Chacune des chaussures portait une pièce d'un centime suisse, une petite pièce de couleur cuivre, si j'ai compris...

Tu as tout compris, Enrico. Comme toujours.

— A partir de là, les choses vont très vite. Le voyou donne le nom des deux autres et depuis hier soir ils sont tous à Regina Coeli*.

— Qui ils ?

— Des voyous, je te l'ai dit. Originaires des Pouilles. La racaille de la *zona del Tiziano*. Ils vont le payer cher, sois tranquille. Ce Trucco, c'est un champion.

— Madame D'Abundo ?

C'était deux ans plus tôt. Trucco était à sa porte.

Elle avait eu envie de rire. Qu'est-ce qu'il faisait là, en complet-cravate, l'air hésitant ? Elle avait dû chercher son prénom. Stefano ! C'était ça ! Stefano. Ils avaient été camarades de classe en première année de droit. Après, elle avait bifurqué en lettres.

— Je suis Vera... Vera Rivolta !

Le regard de Trucco s'était fermé.

— Première année de droit ! avait lancé Vera. Tu ne me reconnais pas ?

A l'époque où ils étaient étudiants, il avait déjà l'air d'un enfant qui a un gros chagrin. Les hommes

* La prison de Rome.

gardent longtemps leurs airs de petit garçon, s'était dit Vera. Ils ont de la chance. Tandis que nous… Un enfant et hop ! Changement de catégorie. De sa grossesse, il lui restait bien sept kilos, disons huit…

Debout à sa porte, Trucco ne bougeait toujours pas.

— Stefano ! Je finirai par me vexer, tu sais ?

— Bien sûr… Vera Rivolta… En droit… Et… ?

Le souffle lui avait manqué pour achever sa phrase. Mais qu'est-ce qu'il avait ?

— Je suis passée en lettres, j'y suis toujours ! Département de français.

A nouveau sa respiration était heurtée :

— Tu es… ?

— Chargée de cours. J'ai une famille, alors la carrière…

— Je ne t'ai pas reconnue tout de suite…

— Ça doit faire quinze ou seize ans…

— Et maintenant tu es Vera D'Abundo, c'est ça ? Epouse d'Enrico D'Abundo, l'avocat ?

Il avait dit “épouse”, comme dans l'administration. D'ailleurs, à six heures de l'après-midi, début juin à Rome, il fallait être fonctionnaire pour porter la cravate.

A cet instant, elle avait pensé à Enrico, à sa façon de prendre les gens de haut, et s'était mise à rire :

— Stefano, je parie que tu n'es pas avocat !

Il avait détourné les yeux.

Ce bonhomme veut me cacher quelque chose, s'était dit Vera.

Elle avait remarqué ça avec Lorenzo. Son histoire de pull-over perdu, il aurait pu la lui faire gober tant qu'il voulait s'il l'avait regardée dans les yeux. Il en avait été incapable, précisément parce que c'était un mensonge !

Mais qu'est-ce qu'il lui voulait, ce brave Trucco qui n'osait pas la regarder ?

— Stefano ! Je ne sais pas ce qui t'amène, mais les choses n'ont pas l'air d'aller mal pour toi ! Viens et raconte-moi.

Maintenant c'était elle qui se sentait mal à l'aise. Et s'il était là pour lui demander de l'argent ? Cela expliquerait tout. Mais non… Il ne l'avait pas reconnue… On ne sonne pas à la porte de gens qu'on ne connaît pas pour leur demander de l'argent. Sauf si on porte un pistolet et qu'on vient les dévaliser…

— Allez, Stefano, assieds-toi, quitte cet air triste et dis-moi que tu ne portes pas un pistolet…

Il la regarda, l'air ahuri :

— Tu l'as compris ?

— Mais qu'est-ce que tu me racontes… ?

Elle ne retrouvait pas ses repères. Que lui voulait ce garçon qu'elle n'avait pas revu depuis près de quinze ans ? Il ne savait pas qui elle était avant de sonner à sa porte, et voilà qu'il avouait porter un pistolet…

Trucco s'assit enfin et demanda d'une voix mal assurée :

— Ton mari… D'Abundo… L'avocat… Il n'est pas là ?

— C'est lui que tu viens voir avec un pistolet ? Enfin il aura ce qu'il mérite ! Enrico est à Naples pour la journée, il ne rentre pas avant demain soir.

Il avait marqué le coup, hésité, puis lâché comme un aveu :

— Après les études, je suis devenu fonctionnaire.

Elle avait deviné juste !

— J'ai fait l'Ecole de la magistrature. Je suis commissaire.

Elle avait éclaté de rire :

— Je ne comprends rien à ce que tu me racontes, Stefano ! Commissaire de quoi ? Commissaire de police ?

Il était défait. Et elle, à cette seconde, avait tout pressenti. Tout deviné. Tout compris. Il n'y avait rien pour la retenir. Nulle part où s'accrocher. Il n'y avait que le vide. Elle aurait voulu que tout s'arrête. Que les choses redeviennent ce qu'elles étaient cinq minutes plus tôt. Même trois minutes. Même quelques secondes. Que Stefano lui dise : "Je venais te voir, seize ans après. Tu es toujours une grande et belle femme, un peu plus forte, c'est vrai, mais douce et attirante. Sous ta blouse je devine un ventre un peu rond. Je parie que tu le trouves trop mou, que tu te dis : Je devrais le muscler... Mais pour cela il faut faire des exercices... Et tous les jours, en plus... C'est ennuyeux... Tu n'en as pas la discipline. Mais il est doux et beau tel qu'il est, ton ventre, appétissant, tendre à la caresse..." Et si à cet instant il avait ajouté : "Je voudrais faire l'amour avec toi. Vite, tu vois, juste pour me décharger", elle lui aurait répondu : "Mais alors, tu ne me parles pas, d'accord ? Tu me fais l'amour. Tu me fais ce que tu veux. Et tu pars. Après je m'essuierai l'entrejambe, j'oublierai que tu es venu, et tout sera comme avant. D'accord ?"

— Je suis désolé d'avoir à te le dire, Vera. Ton fils a eu un accident. Il a été agressé par trois voyous cet après-midi dans le Trastevere. Probablement qu'ils l'ont fait pour lui voler ses chaussures, car, quand nous sommes arrivés, il était pieds nus.

Le matin, elle avait dépoussiéré les mocassins de Lorenzo à la brosse. Puis elle les avait lustrés à l'aide d'une chute de velours.

— Je ne te laisserai pas sortir avec des chaussures aussi sales.

— Avec des chaussures qui brillent comme ça, j'aurai l'air d'un benêt.

Elle lui avait rétorqué en riant :

— Mais qui tu es ? Un cow-boy comme dans les films ?

Au moment où il s'apprêtait à partir, elle s'était approchée de lui et l'avait embrassé sur les cheveux.

Elle se disait sans cesse : Et s'il lui arrivait quelque chose ? S'il était renversé par une voiture ? S'il avait un accident ? une maladie grave ? Puis le soir à table elle se disait : Tu es bête. Tu t'es inquiétée pour rien. Elle le regardait, et le bonheur était si fort qu'il lui donnait envie de pleurer. Alors elle choisissait vite un sujet strict, comme l'école ou la santé, et disait n'importe quoi pour faire partir son émotion.

Ils avaient acheté les mocassins à Genève, où ils étaient de passage. Lorenzo allait passer le mois d'août à Villars, dans un home d'enfants. Une idée d'Elena. Elle pensait que cela lui ferait du bien et Vera s'était laissé convaincre.

— Maman ! Des vrais !

Les Sébagos étaient dans la vitrine d'un magasin situé au centre-ville, près de la Pharmacie principale. Comment s'appelait-il déjà ? Un nom germanique…

Elle avait dit à la vendeuse : "Chaussez-le grand, il n'arrête pas de pousser." Elle avait répondu qu'un $7^1/_2$ B, cela lui ferait bien une année. Il les avait voulus bordeaux. "Noirs, ça fait fayot."

Il les avait essayés pieds nus. En le regardant, Vera s'était dit que la cicatrice qu'il portait à la cheville gauche lui donnait un air de petit aventurier. C'était une fine ligne blanche qui partait de la plante et montait à l'extérieur du pied. Elle avait grandi avec lui et faisait bien dix centimètres. Il s'était blessé en dévalant la via dei Colli della Farnesina à l'arrière du vélo de Sandro, le petit voisin. Sa cheville avait été prise dans les rayons de la roue arrière. Il était remonté à la maison en hurlant, effrayé par le sang qui lui rougissait tout le pied. Vera s'était mise à crier : "Mais qu'est-ce que tu veux ? Perdre ton pied ? C'est ça que tu veux ?" Elle l'avait conduit aux urgences de l'hôpital pour enfants, le Bambin' Gesù. Il avait fallu recoudre. Six points de suture.

Pendant qu'il essayait les Sébagos, elle avait glissé l'index sur la cicatrice et il avait repoussé sa main d'un geste brusque. Chaque jour Lorenzo lui échappait un peu plus. Il ne faisait plus que cela : s'échapper. Les poils sur les jambes. Le duvet des lèvres. Une pudeur nouvelle dans la salle de bains. Sa voix qui muait depuis un mois… Maintenant, la pension.

Il lui avait demandé deux pièces de monnaie et avait insisté pour qu'elle lui donne des piécettes suisses. "Pourquoi suisses ?" Il l'avait rabrouée : "C'est autre chose que de mettre des lires..." Elle lui avait donné deux pièces d'un centime et s'était fait la réflexion que leur ton cuivre se mariait bien avec la couleur bordeaux des Sébagos.

— Ils l'ont fait basculer sur le dos et sa tête a heurté le sol, avait ajouté Trucco. Il est mort.

108

Vendredi 4 décembre 1959.

Lenny n'était pas venu à la répétition de mercredi.

La veille il n'était pas venu au cours d'italien. Charles Hugues avait ânonné qu'il était grippé.

Au café, Mme Alderson était mécontente :

— Que se passe-t-il avec Lenny ?

— Il a gardé le lit.

— Je ne l'ai pas vu depuis deux jours.

— Il paraît qu'il est grippé.

A onze heures du matin, il frappa à la porte de chez Vera, entra, resta debout, indécis, le regard fuyant. Il finit par lâcher :

— Je peux monter ?

Il s'installa sur le canapé. Vera s'assit en face de lui.

— Vous pensez à lui souvent ?

— Oui.

— Même quand vous êtes avec moi ?

— Oui.

Il resta silencieux, les yeux baissés. Elle ajouta :

— Je pense aussi à toi quand je pense à lui.

— Vous pensez à moi autant qu'à lui ?
— Je pense à toi tout le temps, Lenny.

Elle lui demanda s'il voulait manger quelque chose.
— Je peux avoir des croûtes au fromage ?
Elle coupa du gruyère en lamelles qu'elle posa sur des tranches de pain beurrées.

Elle mit les tranches au four et s'assit face à Lenny en attendant que le fromage fonde.
Il demanda :
— Personne ne sait ?
— Non.
— Et il ne faut pas qu'ils sachent ?
— Non. S'il te plaît.
Elle posa l'assiette de croûtes au fromage sur la table basse. Elle en avait fait quatre. Il avala la première alors qu'elle était encore brûlante, puis dit :
— J'aime quand le fromage est très coulant.
— Tu les aimes tant que ça ?
Il fit oui de la tête.

Lorsqu'il eut terminé la quatrième, il se leva, dit : "Je dois rentrer" et partit.

109

Samedi 5 décembre 1959.

— Tout s'annonce très bien, fit Solcà à Mme Alderson.

Le constat du groupe ABS sur l'Institut était élogieux. Tous les professeurs étaient retenus sauf Berthier. Pour Irène, ils proposaient un poste au Tessin, mais elle avait la possibilité de rester si elle le souhaitait. McAlistair serait sous surveillance. Il devait le savoir.

Elle demeura impassible. Ainsi l'Institut, c'était presque fini. Il fallait que cela arrive un jour. C'était maintenant, et voilà. A moins qu'ils n'aient encore besoin d'elle…

— Reste un dernier point, avait alors dit Solcà. J'admets qu'il est délicat.

— Je vous écoute, fit Mme Alderson en souriant. Jusque-là, nous sommes en belle harmonie. Je suis sûre que nous resterons dans cet état d'esprit…

L'ABS souhaitait beaucoup ("sans pour autant en faire une condition", précisa Solcà) que Gisèle reste.

Elle était incrédule :

— Vous voulez garder ma sœur ?

La qualité de sa gestion avait impressionné les Américains. Aucune des écoles du groupe ne pouvait tenir la comparaison. “Les Américains sont sensibles au contrôle des coûts, avait ajouté Solcà. La façon dont votre sœur gère le personnel, les achats, la lingerie, tout cela a fait l'objet de l'admiration de mes mandants.” Il ne s'agissait que d'un engagement temporaire, une période d'une année au moins et de trois au plus. Gisèle aurait le rang de sous-directrice. Elle pourrait continuer d'occuper le petit appartement de fonction qu'elles partageaient à l'étage des petits et de la lingerie, “mais seule bien sûr, avait ajouté Solcà. Vous le comprendrez, il n'est pas envisageable que vous-même continuiez à habiter l'Institut après le changement de direction.”

Mais c'était d'elle qu'ils avaient besoin ! Pas de cette cruche de Gisèle ! Ces gens étaient des idiots !

Tout de suite elle sut que sa sœur allait accepter. Qu'elle la trahirait. Qu'elle l'avait déjà fait. Que Solcà l'avait mise dans sa petite poche.

Tout s'écroulait. Comment allait-elle pouvoir faire ses achats ? tenir son ménage ? D'ici à ce que sa sœur la rejoigne, elle serait vieille. Pliée en deux.

Elle se leva, dit : “Permettez que j'en discute avec ma sœur”, et quitta l'étude de maître Monfrini.

Elle ne pouvait pas savoir que Solcà s'était comporté en honnête homme. Et même en négociateur habile. Il avait dit aux Américains : “Engager Gisèle n'est pas une bonne idée. Cela créera des problèmes entre les sœurs.” Ils avaient commencé par suivre son conseil. Mais dix jours plus tard ils revenaient sur leur position. Gisèle leur serait utile, il fallait l'engager, et tant pis pour l'amour-propre de Mme Alderson.

A l'Institut, Gisèle l'attendait au Salon rose :

— Alors ?

Elle avait parlé d'une petite voix. Sur un ton dégagé, Mme Alderson lui fit part de la proposition de Solcà.

— En résumé, ils te veulent un an ou deux, peut-être trois. Avec rang de sous-directrice. Qu'en dis-tu ?

Les yeux au sol, Gisèle ne broncha pas. Mme Alderson eut un frisson.

— Vous vous êtes vus, avec Solcà ? Je croyais qu'il avait annulé ?

Gisèle avait le menton qui tremblait :

— Il a annulé, puis il a reconfirmé.

— Et tu ne m'as rien dit ?

— Il m'avait demandé d'être discrète.

— Un vrai salaud, laissa tomber Mme Alderson.

Gisèle éclata en sanglots. Solcà n'y avait pas été par quatre chemins : "Sur le principe, vous seriez d'accord ?" Elle avait acquiescé tout de suite. Il lui avait parlé du petit appartement. Elle avait encore hoché la tête, sans hésiter.

Mme Alderson regarda sa sœur et eut un haut-le-cœur. Elle se leva. Sa sœur continuait de pleurer en cherchant à se justifier : est-ce que quelqu'un avait, en vingt-cinq ans, pris une seule fois la peine de reconnaître ses compétences ? de lui dire que son travail était important pour la marche de l'Institut ? Une seule fois ?

Ce que faisait Gisèle, c'était lui planter un couteau dans le dos. Rien d'autre.

Elle secoua la tête, lança à sa sœur : “Tu es dégueulasse”, et quitta la pièce.

110

Samedi 12 décembre 1959.

— Qu'est-ce que tu as encore combiné ?

— Mais rien ! fit Brunet.

Il venait de franchir le seuil du salon où sa mère était hors d'elle :

— J'ouvre *La Gazette littéraire* et qu'est-ce que je vois ? *Résultats du concours.* Des photos du lac en veux-tu en voilà. Et de toi, rien ! Et en plus, des photos plates, mais plates !

Debout devant sa mère, Brunet avait baissé les yeux.

— J'appelle la rédaction. On me passe un jeune homme qui semblait bien informé, il va chercher dans les dossiers, et il-ne-trouve-pas-ton-nom ! Tu te rends compte ? Ni nom, ni photos ! Non mais je vous jure…

Aller poster une lettre, c'était trop lui demander. Elle n'attendait pas de réponse. L'affaire était jugée. Son fils était un incapable.

— En plus tu l'avais en main, l'enveloppe. Je m'en souviens ! Tu en as fait quoi ?

— Mais je l'ai postée, maman.

Elle hocha la tête d'un air entendu :

— Tu l'as postée et elle n'est pas parvenue à destination ? Ah là là, on peut dire que tu as la poisse, mon garçon.

111

Samedi 12 décembre 1959.

Gülgül ne cessait de penser au centre de Giuliani.

A quinze minutes de la fin, ils étaient menés trois à deux par le Rosey. “Fonce à droite !” avait hurlé Gülgül à Giuliani. Il y avait un trou grand comme un champ de pommes de terre !

Giuliani va prendre son temps, s’était dit Gülgül, mais il va bien centrer. Le garçon ne pouvait pas courir vite à cause de ses petits orteils, surélevés à chaque pied de façon bizarre. Ils faisaient comme lorsqu’on lève le petit doigt en buvant le thé pour jouer au snob, si ce n’est que c’était aux pieds. Gülgül avait remarqué la malformation à la douche.

Un bon centre, un seul, ça suffit pour mettre un but. Pas besoin de s’énerver et d’envoyer des ballons dans tous les sens ! Il faut être précis. Alors il avait lancé Giuliani. Il avait crié : “Afonso est seul !” Ballon au pied, Giuliani avait parcouru l’aile droite tranquillement. Où étaient les défenseurs du Rosey ? En train de boire un chocolat chaud ? Aux dix-heures, au Rosey, on servait du chocolat chaud aux élèves. Gülgül trouvait cela ridicule. Est-ce comme ça qu'on éduque un garçon ? qu'on en fait un homme ? En lui servant du chocolat chaud ? En tout cas, Giuliani avait fait une passe à Afonso, *vallahi billahi*, des passes pareilles… Sur-le-pied ! Et là, Afonso fait une reprise du gauche… Im-peccable ! Et l'Institut se retrouve à trois partout ! Et dans la minute qui suit, mais vraiment la minute, encore Afonso ! Seul au centre ! Les deux défenseurs du Rosey, sans doute qu'ils s'étaient fait engueuler après le but d'égalisation, ces nigauds… Chacun à une extrémité des ailes !

Afonso, il a le sens du jeu, il n'y a rien à ajouter. Son seul problème, c'est qu'il n'aime pas passer… Cest ça, les Brésiliens, des individualistes… En tout cas, il file droit au but ! Et les deux défenseurs qui se regardent comme des idiots ! Ils ne comprennent rien à ce qui se passe ! Mais rien ! Ils viennent d'encaisser un but il n'y a pas une minute, et Afonso est seul devant leur gardien ! Il le feinte et le pauvre garçon plonge à droite ! Mais ce n'était pas de sa faute ! Il ne pouvait rien faire ! L'erreur était aux deux nigauds de la défense ! Qu'est-ce qu'ils attendaient ? Un bol de chocolat chaud ? Le gardien plonge à droite et Afonso glisse la balle au centre, mais doucement… Il la fait rouler avec classe, ni fort, ni à gauche des buts, ni à droite, tout doucement au centre, comme pour se moquer… Ils sont comme ça les Brésiliens, avec la balle, de vrais artistes. Et quatre à trois !

Ah là là, quelle émotion… Après, encore dix, douze minutes de *catenaccio* à l'italienne, tout le monde à la défense, on ne laisse rien passer, et l'Institut se retrouve en finale ! Première fois depuis cinq ans !

Il était très très fier, vraiment.

En fin d'après-midi, il avait appris que leur adversaire pour la finale serait l'Ecole Nouvelle de Paudex. L'Institut les avait battus un à zéro en début de championnat. Il se souvint du match, c'était celui où Lenny s'était fait tackler par Kranz, le Brésilien de Paudex qui jouait arrière gauche. Un rusé… Il fallait qu'il se méfie de celui-là, Afonso.

Quand même, elle aurait pu lui téléphoner. Arriver en finale, c'était quelque chose. Vraiment. En plus, elle avait vu les Américains.

Mais elle ne l'avait pas appelé, et il éprouva d'un coup un chagrin d'enfant, immense et ridicule.

112

Samedi 12 décembre 1959.

Le petit corps de Mme Alderson était secoué par les sanglots. Ses jambes, sa poitrine, ses bras partaient en mouvements désordonnés, retombaient, repartaient... La directrice en voulait au monde entier. Les gens étaient des ingrats. Tous. Elle avait passé sa vie à s'occuper des autres. Pas un jour en vingt-cinq ans qu'elle n'ait accommodé quelqu'un. A commencer par son mari, à qui elle avait tout passé. Ce qui s'appelle tout. Gülgül, Gisèle, les Voulencors, les professeurs, les élèves, les parents, tous avaient profité d'elle, de sa gentillesse, de son travail, de son habileté... Elle avait passé sa vie à se demander : "Et celui-là, de quoi va-t-il encore se plaindre ? Et celle-là qui tourne autour du pot, que va-t-elle me dire ?" Tout ça pour se retrouver lâchée de tous. Qu'est-ce qu'elle avait été stupide !

Elle avait tout imaginé. Que Solcà lui annonçait : "L'ABS renonce, chère madame, votre Institut se déglingue." Ou que les Américains ne garderaient pas un seul des enseignants. Ou encore qu'ils lui proposeraient une misère... Tout. Mais pas ce couplà. C'était abject. Qu'est-ce qu'ils en avaient à faire, les Américains, des règles que Gisèle s'était fixées pour le repassage ou l'achat de draps ? C'était ridicule. Et sa sœur... Trop bête pour ne pas céder à la flatterie. Et une sacrée salope, en plus... Evidemment, elle finirait bien par se jeter dans ses bras. Elle pleurerait un bon coup mais elle ne reviendrait pas sur sa décision. Solcà l'avait pêchée à la vanité comme on pêche à l'asticot ou à la mouche. Elle allait rester à l'Institut, à se faire appeler "madame la sous-directrice". Irrésistible... Et cela durant trois ans plutôt que deux, elle était prête à le parier.

Elle se souvint qu'elle avait promis d'appeler chaque professeur, après sa réunion avec Solcà. Ceux-là ! Des ingrats, du premier au dernier. Ils n'avaient qu'à attendre le lendemain. Ou même lundi. Ce serait bien assez tôt.

113

Dimanche 13 décembre 1959.

Brunet regarda sa montre. Neuf heures moins vingt. Et pas d'appel de Mme Alderson.

Elle avait promis qu'elle l'appellerait sitôt rentrée de son rendez-vous avec Solcà. Mais la veille à neuf heures du soir, toujours rien. Est-ce qu'elle se rendait compte que pour lui c'était décisif ? Décisif !

"Téléphone-lui, saperlipopette ! lui avait lancé sa mère. Tu as quel âge ?" Brunet s'était décidé à composer le numéro de l'Institut : 2-8-2-4-7-7. Il en était à lentement tourner le dernier chiffre lorsque sa mère avait émis un "Allez dépêche !" Désemparé par la brusquerie, il avait raccroché.

Le matin de ce dimanche, sa mère était allée au culte. Lui avait préféré attendre à la maison. Il n'y avait pas eu d'appel. Au retour du temple, sa mère l'avait regardé d'un air inquiet :

— Alors ?

— Rien.

Elle n'avait pas réagi.

Au déjeuner, elle s'efforça de trouver des sujets de conversation. Comment se débrouillait Mme D'Abundo avec la pièce de Sarnoff ? Est-ce qu'il était content des photos de la semaine ? Où en était Irène avec ses loyers en retard ?

Pendant qu'elle l'interrogeait, Brunet revivait son entrevue avec Solcà. Un quart d'heure, salutations comprises. Les Américains n'allaient pas garder un homosexuel notoire.

Après le repas, il monta choisir les négatifs qu'il allait tirer. Il n'en trouva aucun de bon et décida d'aller prendre quelques clichés à partir du point Deux, le ponton de l'Ecole Nouvelle à Paudex. A sa mère qui regardait l'émission de l'après-midi à la télévision, il lança : "Je vais prendre six clichés et j'arrive." Elle se tourna vers lui et le regarda d'un air interloqué. Prendre des photos le dimanche, c'était en dehors de son règlement.

Arrivé devant le ponton de l'Ecole Nouvelle, Brunet s'avança jusqu'à mi-longueur, déploya son trépied et l'installa avec soin sur les lattes métalliques. Il sortit de sa poche un film à 400 ASA, le chargea, puis cala le Rolleiflex sur la vis d'accueil du trépied. Avant de régler l'appareil, il releva la petite manette du retardateur, la rabaissa, et compta le temps que mettait l'obturateur à s'enclencher. Le grésillement métallique dura dix secondes. Cela lui laissait le temps de se déplacer jusqu'au bout du ponton pour être pris en photo. Il s'attela ensuite au réglage de l'appareil.

L'après-midi était très froid et la lumière, gris-blanc, ne donnait de relief ni au lac, ni à la grève. L'eau était plate, couleur de plomb, et le ciel couvert, sans le moindre nuage. Brunet ne se souvint pas d'avoir jamais ressenti une telle oblitération du lac et de ses quais.

Par des gestes lents, il ouvrit le diaphragme à 2,8. Cela créait une profondeur de champ très faible. Il mit la vitesse d'obturation au millième, imagina son image floue, regarda longuement le lac, puis d'un coup changea tous ses réglages. Il ferma le diaphragme à 22, s'assurant une très grande profondeur de champ, positionna la distance à trois mètres et régla la vitesse au soixantième. Il apparaîtrait sur la photo en toute netteté.

Il se tourna à nouveau vers le lac et l'observa durant quelques instants. Puis il remonta la manette du retardateur et enclencha l'obturateur. Pendant que le ressort égrenait son petit bruit métallique, il courut tout au bout du ponton, tourna la tête vers l'objectif, le fixa, l'air hagard, et sauta à l'eau en se disant que le titre de la photo aurait pu être : "Brunet en a marre, mais marre !"

114

Dimanche 13 décembre 1959.

A table, Nelson et Afonso n'en finissaient pas de raconter leur repas de la veille à l'hôtel de la Paix, où la mère de Nelson les avait invités. Elle était venue de Smyrne pour assister à la fête.

— Elle est venue tôt, fit Nelson. Il y a les achats, les couturières, M. Ganton…

— Monsieur qui ?

— Ganton. Le fourreur. Grand ami de ma mère !

Les garçons s'esclaffèrent.

— Ah ! les fourrures, c'est léger, c'est agréable…, fit Franklin Demetz en prenant un air précieux. Ça tient *si chaud* !

Nelson se mit à rouler les *r* comme le faisait sa mère :

— Non, monsieur Ganton, surrtout pas un manteau, une petite étole, quelque chose de trrès simple, trrès léger, qui prrotège les épaules et le cou, là où je suis frragile… Vous savez, au borrd de la merr, le soirr, il y a toujourrs un petit vent…

— En plus, fit Afonso, hier soir, ta mère s'est beaucoup vexée. Ou plutôt… formalisée !

— C'est vrai qu'elle adore ce mot, reprit Nelson. Formalisée, ça fait chic, vous ne trouvez pas, madame ?

— C'est un mot subtil, fit Vera en souriant.

— Afonso, qui a fait la conversation avec ma mère, n'est pas seulement un grand parleur, c'est aussi un grand lecteur…

— Arrête ! cria Afonso en s'esclaffant.

— Parce que je dois vous dire, madame, mon ami brésilien vient d'un pays moyennement civilisé, et il n'est pas toujours au courant de ce qu'on mange en Europe. Car hier en lisant le menu de l'hôtel…

Les deux garçons furent pris d'un fou rire. Le reste de la tablée les regardait sans comprendre, mais chacun riait déjà. Finalement, Nelson arriva à articuler :

— Bref, madame… Tout à coup… mon ami qui vient d'un pays sauvage… me dit : "Tu as vu, ils ont un plat aux couilles de homard"…

Les cinq garçons hurlèrent si fort que toute la salle à manger se tourna vers eux. Vera réussit à contrôler son envie d'éclater de rire.

— C'était écrit "coulis", madame… Mais peut-être qu'au Brésil… ils ont des homards spéciaux…

— Des homards très virils, fit Demetz.

Vera n'y tint plus et éclata de rire. Entre deux soubresauts, elle s'entendit dire :

— Il faut faire attention aux nuances… Comme en italien… Entre *casìno* et *casinò*…

— *Casìno*, ça veut dire bordel, n'est-ce pas, madame ? fit Afonso.

Vera remarqua Mme Alderson qui la regardait d'un air sévère. Elle rougit et s'efforça de chasser sa gaieté.

115

Dimanche 13 décembre 1959.

Lorsqu'il arrivait, elle ne l'embrassait plus. Elle le serrait dans ses bras et lui caressait les cheveux.

Elle lui prépara quatre tranches, plus grandes que celles de la fois précédente, qu'elle laissa dans le four jusqu'à ce que le gruyère grésille.

— Je voudrais aussi un café.

Entre deux bouchées, il lui demanda :

— Pourquoi vous n'en mangez jamais ?

Elle lui dit que le fromage la faisait grossir.

Il ricana.

Lorenzo l'entendait toujours se plaindre de son poids. Lorsqu'il la voyait manger des pâtes ou un dessert, il disait : "Tu seras punie de ta gourmandise." Sûrement qu'elle commettait des excès devant lui pour le plaisir de l'entendre se préoccuper de son corps.

Tout en avalant ses croûtes au fromage, Lenny commentait son week-end chez les Hugues :

— Charles est une lavette.

Il ajouta :

— Ma mère, c'est une Mme Hugues.

— Une SGV ?

— Une quoi ?

— Ski-golf-voile... Une expression de mon amie Elena.

Il rit, reprit une croûte au fromage et mordit dedans. Elle était encore brûlante et il dut s'arrêter pour s'aérer la bouche. Il souffla deux, trois fois, puis ajouta :

— Ma mère ne viendra pas pour la pièce.

Il haussa les épaules et raconta un échange qu'il avait eu avec Giuliani le matin. Ce dernier s'était moqué de la façon dont Lenny prononçait le mot *coscienza*. Il laissait traîner un soupçon de *n* après le *o*. Giuliani lui avait lancé, en imitant l'accent vaudois chantant : "C'est du suisse italien." Vera n'était pas intervenue, c'était une plaisanterie entre amis, et puis Giuliani avait raison. Mais Lenny en était ressorti vexé.

Deux heures plus tard, il avait fait la leçon à Giuliani en cours d'anglais.

— Même McAlistair n'a pas pu s'empêcher de rire.

Il termina la quatrième croûte, vida sa tasse de café, dit : "Je dois rentrer", ajouta : "Merci", puis descendit l'escalier qui menait à la chambre à coucher.

Arrivé devant la porte d'entrée, il se retourna vers elle :

— Je peux revenir ?

— Bien sûr.

Il regardait le sol, l'air perdu.

Vera répéta :

— Bien sûr.

Il lança : "Merci", ouvrit la porte et partit.

116

Mercredi 16 décembre 1959.

Le pasteur Crettaz parcourut le temple du regard. Les bancs et les stalles étaient presque tous occupés par des garçons en blazer. Le cercueil de Brunet, orienté dans le sens de la nef, reposait sur deux petits chevalets. Au premier rang, sur la travée de gauche, Crettaz repéra Mme Brunet et Mathilde, l'ancienne épouse de son fils, qui était assise à côté d'elle et lui donnait le bras. Mme Alderson, Gisèle et les professeurs avaient pris place sur la travée de droite, serrés sur les deux premiers rangs.

Crettaz vit Mme Alderson jeter un coup d'œil en direction de Mme Brunet, se pencher vers Dora Perret, l'air inquiète, et lui murmurer quelque chose à l'oreille.

Le regard du pasteur s'arrêta sur le cercueil. Brunet, il le connaissait depuis toujours. Depuis avant l'école primaire. Durant toute l'enfance, il l'avait fréquenté. Ou plutôt côtoyé. Brunet ne fréquentait personne. Un jour qu'ils n'avaient pas quinze ans, au football, Brunet s'était retrouvé en possession du ballon à l'orée des seize mètres, un vrai miracle. Crettaz lui avait lancé : "Tu passes, Brunette, oui ou merde ?" Après, tout le monde s'était mis à l'appeler Brunette.

Dans le temple, sûrement qu'ils étaient tous en train de se dire : "J'ai été réglo avec Brunet. Je n'ai rien à me reprocher." Seulement voilà... Il y a des bonjours qui ne disent rien d'autre que : "Tire-toi, coco, tu m'emmerdes." C'étaient ces bonjours qui avaient fait la peau à Brunet. Qui lui avaient répété jour après jour : Avec toi, on fait semblant d'être gentils, mais si tu savais combien tu nous les brises avec tes manières de nana. On est francs du collier, tu vois. Si on joue la comédie de façon malhabile, c'est pour que les choses soient claires. Que tu saches une fois pour toutes que nos bonjours, c'est du bidon. Allez, taille-toi, Brunette ! Dégage !

Il devait être épuisé, Brunet. Exténué de se faire virer par chacun. Alors il avait dégagé. Il était allé dormir dans le lac. Là où il était certain d'être accueilli.

On aurait dû le laisser là, se dit Crettaz. Dans l'eau. Dans son eau. Ce culte, il aurait dû le faire devant le ponton de l'Ecole Nouvelle, entouré des élèves et des professeurs debout sur les cailloux. Brunet leur aurait sorti : "Vous seriez venus hier, avec la bise qu'il y avait, vous auriez vu ça ! Le lac était noir, mais noir ! De l'encre de Chine !"

Crettaz regarda tour à tour les élèves, les professeurs, Mme Alderson, sa sœur, puis Mme Brunet, à qui Mathilde tenait maintenant la main.

Il ferma les yeux une seconde ou deux et se dit que c'était sans doute ça, la condition du pasteur. Donner l'espoir aux gens, même quand on est pris d'un immense dégoût de l'humanité.

Puis il commença son culte.

Les garçons quittaient le temple et restaient agglutinés sur le parvis, le regard hésitant. Vera aperçut Lenny qui entourait de son bras les épaules de

Hosrow. Elle quitta le groupe des professeurs et prit Hosrow dans ses bras. A son geste, Hosrow éclata en sanglots, Vera le serra fort contre elle, puis se détacha et fit de même avec Lenny. Plusieurs garçons s'approchèrent, il se forma une sorte de file d'attente, et Vera enlaça une vingtaine d'élèves, l'un après l'autre, comme pour une distribution de cahiers.

Forza. Dai tesoro. Andrà tutto bene. Vera leur murmurait des mots de consolation, leur caressait les cheveux ou la joue, bouleversée elle aussi, désemparée de se voir exprimer tant de tendresse.

Les professeurs étaient décontenancés. Chacun aurait aimé, à cet instant, prendre l'un des garçons dans ses bras, le consoler, et ainsi se consoler soi-même. Mais aucun n'osa le geste.

Soudain Mme Brunet apparut. Elle était avec Mathilde et les deux femmes se donnaient le bras. Elles s'approchèrent de Mme Alderson :

— Je vous demande de ne pas venir au cimetière, fit Mme Brunet.

Puis elle lui tourna le dos et se dirigea vers le corbillard.

— Qu'est-ce qu'elle a dit ? demanda Gisèle.

— On rentre, laissa tomber sa sœur.

Elle bougonna aux professeurs :

— Chacun est libre d'y aller si ça lui chante.

Après quoi elle prit le bras de Gisèle et quitta le parvis.

Elle était abasourdie. Personne ne l'avait jamais giflée en public. L'avant-veille, lorsqu'elle était allée voir Mme Brunet, celle-ci s'était montrée digne.

Elle avait simplement dit : “Vous auriez pu l’appeler”. Mme Alderson lui avait expliqué qu’elle n’avait appelé personne, tant elle était triste. Maintenant elle se voyait claquer au nez la porte du cimetière. Mme Brunet était horriblement injuste. Qu’est-ce qu’il aurait fait, son fils, s’il n’y avait pas eu l’Institut ? Il n’aurait pas tenu trois semaines dans un autre internat. Pas trois jours. Georges l’avait protégé. Il lui avait montré de la considération, du respect. Et elle aussi. Tant d’années !

Au moins, se consola Mme Alderson, la mort de Brunet aura servi à quelque chose. Le soir du lundi, au Salon rose, lorsqu’elle avait annoncé à sa sœur que Brunet s’était tué, celle-ci avait fait pénitence. Elle s’était mise à genoux en hurlant : “Je ne veux pas me séparer de toi, je ne veux pas me séparer de toi…” Elle lui avait embrassé les mains, les yeux, les cheveux, avait supplié de la garder, de pardonner sa faute, de la prendre dans ses bras, bien qu’elle ait été si méchante et si ingrate.

Malgré tout, Mme Brunet n’avait pas à la traiter de la sorte. D’ailleurs, s’il fallait trouver un responsable à la mort de Brunet, elle ferait bien de balayer devant sa porte.

— Tu n’as rien à te reprocher, dit Gisèle en prenant le bras de sa sœur. Tu as tout fait pour lui.

— Elle a torturé son fils et maintenant elle cherche des coupables.

— On y va ? demanda Dora, dès que Mme Alderson ne fut plus à portée de voix :

— Bien sûr ! dit Irène, on accompagne Brunet.

— *Absolioument*, lança McAlistair.

— Pour après, j'ai préparé quelque chose, fit Gülgül. Une douceur, pour faire partir l'amertume. Vous viendrez ? N'est-ce pas ?

117

Mercredi 16 décembre 1959.

Pendant que les fossoyeurs descendaient le cercueil, Vera avait les yeux fixés sur Mme Brunet. Quelle image avait-elle gardée de son fils ? A quoi ressemblait-il, mort ?

La présence du trépied sur le ponton de l'Ecole Nouvelle avait intrigué les promeneurs. La police était venue très vite, si bien que Brunet n'était resté dans l'eau que deux heures, trois au plus. Pas assez pour être déformé. Ou alors peu. Les traits de son visage avaient peut-être enflé légèrement.

La dernière fois que Vera avait vu Lorenzo, c'était au moment où elle quittait la *camera mortuaria*, une fraction de seconde avant qu'elle ne ferme la porte. Il était de profil.

Une heure plus tôt, dans la Giulietta bleue marquée *Polizia*, Stefano l'avait aidée à s'asseoir. Il avait ensuite pris place à côté d'elle. Puis il avait lancé au policier qui était au volant :

— Bambin' Gesù.

Après qu'ils eurent roulé quelques minutes, elle avait demandé :

— Ses yeux seront fermés ?

— La toilette, c'est l'entreprise qui s'en charge, lui avait répondu Trucco. Je ne sais pas… Tu veux que j'appelle l'hôpital ? Qu'ils…

Il n'avait pas osé dire : “Tu veux qu'ils lui ferment les yeux, si ce n'est pas déjà fait ?”

Quand Lorenzo avait trois, quatre ans, ils avaient un rituel. Elle posait ses lèvres sur ses yeux, toujours à gauche d'abord puis à droite, après quoi elle embrassait les commissures de ses lèvres, à nouveau gauche droite, toujours dans cet ordre, sans autre raison que de respecter le rituel. Elle appuyait fort d'un côté, longuement, puis de l'autre, et lui demandait : “Mais dites-moi, mon beau monsieur Lorenzo, Lorenzino-zino-zino, nous, est-ce que nous nous aimons *comme* les amoureux de Hollywood, *moins* que les amoureux de Hollywood, ou *plus* que les amoureux de Hollywood, hein, qu'en dites-vous, mon beau monsieur Lorenzo ?” Il criait, les yeux brillants : “Plus ! Plus !” et son visage ressemblait alors à un petit fruit tendre et sucré qui a tant pris le soleil qu'il s'est fendu. Un jour il avait crié : “Plus” une fois seulement, sans mettre dans la voix le frémissement d'impatience qui la faisait chevroter, et Vera en avait eu le cœur serré. Elle s'était dit que son bonheur tenait à ça, une nuance dans un petit filet de voix.

Elle lui embrasserait les yeux. Puis les commissures. Après quoi elle poserait les lèvres sur son nez, là où la narine retrouve la joue qui est si douce à cet endroit, un coin fait pour y déposer des baisers minuscules. Cela faisait des années qu'elle ne l'avait pas frôlé de ses lèvres. Lorenzo n'aimait plus.

Elle s'était dit : “Tu vas oublier. Tu vas le quitter sans poser tes lèvres là où les narines retrouvent la joue et après ce sera impossible et tu t'en voudras, idiote.”

Alors dans la voiture de police elle s'était répété dix fois : Rappelle-toi les narines, rappelle-toi les narines…

Et son torse ? Elle le verrait pour la dernière fois, son torse si maigre et si beau. Et ses yeux ? Ses yeux toujours si doux, quoi qu'il fasse…

— On y est dans deux minutes, avait dit Stefano.

Elle devrait penser à tout. Les mains aussi. Elles, c'est sûr qu'elle les verrait. Et le ventre ?

— Il sera nu ?

La voiture s'était arrêtée devant une grande porte de verre dépoli, marquée *Pronto soccorso*.

— Pardonne-moi, il faut passer à l'accueil.

A la réception, le préposé leur avait refusé l'accès à la chambre mortuaire.

— Sans papiers, je n'ai pas le droit de vous laisser entrer.

— Madame a perdu son fils.

— Si la police insiste…

Ils avaient suivi un infirmier le long d'une rampe. Elle donnait sur une coursive métallique qui menait à deux portes. Celle de gauche était marquée *Servizio di anatomia patologica*. La salle des autopsies. Sur celle de droite, une plaque de marbre blanc était vissée à même le bois et, dessus, un chérubin gravé en creux. Sur la partie haute, deux mots avaient été gravés en petites lettres rondes, d'une écriture à l'allure enfantine :

Camera mortuaria

A l'intérieur de la pièce, le corps de Lorenzo reposait sur une civière métallique. Il était recouvert d'un drap blanc.

Elle retira le drap. Lorenzo était habillé. Il avait le visage serein et ne portait aucune trace de violence.

— Tu veux que je reste ? avait demandé Stefano.

— Pars.

Elle s'était dit : Elle a l'air dure et froide, cette civière.

Elle ne devait rien oublier. D'abord la main gauche. De l'index elle avait caressé chacun de ses doigts. Des mains splendides, déjà grandes. Déjà osseuses. Elle avait contourné la civière. Main droite. Elle avait glissé le bout de l'index entre les métacarpes, puis contourné à nouveau la civière. Main gauche.

Des mains qui auraient pu caresser des corps. Donner du plaisir. Faire mille gestes élégants. On aurait dit : "Tu as vu comme Lorenzo a de belles mains ?" Baiser sur la commissure gauche. Long, appuyé. Le visage de Lorenzo était tiède. Elle avait approché la bouche de son oreille et lui avait soufflé : “Comme à Hollywood.” Les narines. Elle ne devait pas oublier les narines. Elle s’était penchée à nouveau et avait posé ses lèvres là où la narine gauche retrouvait la joue, l’endroit le plus doux de son visage. Elle était restée ainsi penchée sur lui de longues secondes, puis s’était relevée, avait contourné la civière et recommencé. Long baiser sur la commissure droite, long baiser là où la narine se fondait dans la joue. Depuis quand est-ce qu’il refusait qu’elle l’embrasse ainsi ? Il avait les pieds nus. Bien sûr qu’il avait les pieds nus. Il portait les Sébagos sans chaussettes. “C’est comme ça que tout le monde les porte.” Elle avait embrassé ses cous-de-pied, qu’il avait forts et très osseux. Et puis elle avait passé l’index sur la cicatrice qu’il portait à la cheville, plusieurs fois, en lents va-et-vient. Elle l’avait ensuite regardé tout entier et l’avait embrassé longuement sur le front.

Sur le seuil de la porte, elle s’était retournée et l’avait regardé pour la dernière fois.

Quel âge avait-il lorsqu’il avait eu la cheville prise dans les rayons de la roue arrière, à la via dei Colli della Farnesina ? Elle ne l’avait jamais embrassé autant que ce jour-là. Qu’est-ce qu’il avait versé comme larmes… Elle avait éprouvé une satisfaction un peu honteuse à le voir pleurer ainsi. Après, c’était des baisers à n’en plus finir.

118

Mercredi 16 décembre 1959.

— Dites donc, elle en a pris plein la tête, Mme Alderson, lança Berthier.

Ils étaient chez Gülgül, assis au salon pendant que celui-ci s'affairait à la cuisine. Berthier était surexcité. La veille au soir, il avait appris qu'il était retenu malgré tout. La mort de Brunet avait changé la donne. Les Américains devaient remplacer Irène, qui était transférée au Tessin, et Dora, qui désirait s'occuper de sa sœur. Nadelmann allait organiser des séminaires dans leur internat des Grisons, ils devraient le décharger des trois premières années d'allemand et du latin. Maintenant qu'il fallait également remplacer Brunet, l'idée de garder Berthier s'était imposée. Son soulagement le rendait intarissable :

— Elle ne méritait pas ça, fit Nadelmann.

Il y eut un silence gêné.

— Un garçon bizarre, quand même, ce Brunet, reprit Berthier. Pourquoi est-ce qu'il ne nous a jamais parlé ? A votre avis ?

Personne ne réagit.

— Alors, qu'est-ce qu'il nous prépare, notre Gülgül ? poursuivit Berthier.

Il s'était adressé à Irène.

Elle haussa les épaules et ne répondit pas. Elle était ailleurs.

L'avenue Juste-Olivier, c'était fini. De toute façon, ce n'était qu'une question de temps. Elle se serait retrouvée à la rue. Au moins, comme ça, elle partait dans la dignité. Mais elle était à nouveau au point zéro. Combien allait-elle récupérer en vendant ses meubles ? Elle se lança dans des calculs et conclut qu'elle aurait de quoi pour sa retraite. Après quoi elle se dit qu'elle avait été trop optimiste, reprit son calcul et arriva à une conclusion inverse. De toute façon, ce n'était pas pour demain. Elle en avait encore pour un bout de temps, à se trimballer de classe en classe. En attendant, elle s'accrochait à une idée folle. Faire changer l'appellation "méthode de Monte-Carlo". La paternité de Karl devait être reconnue. Solcà pourrait l'aider. Il avait les contacts. Si seulement il acceptait d'écrire aux universités, aux revues scientifiques, aux sociétés savantes… Peut-être même à André Weil… La méthode pourrait s'appeler "Monte-Carlo-Kowalski". Ou "méthode de Kowalski", tout simplement. Ce ne serait que justice ! Evidemment, ce n'était pas gagné d'avance. Il lui faudrait de la force, de l'énergie… Elle avait quoi, une chance sur mille ?

Lausanne allait lui manquer. Cela dit, elle s'y ferait. Elle s'était toujours faite, à quitter. Et sans regrets, en plus.

— Comment serez-vous installée au Tessin ? lui demanda Vera.

— Interne, fit Irène.

Elle sourit :

— Je serai moins seule…

Elle pensa à la rue Scribe. Aux Brasilitos. A Karl, debout devant le comptoir de la confiserie, lorsqu'il avait cherché à lui expliquer les transformations conformes…

— Et vous ? demanda-t-elle à Vera. Comment vous le voyez, votre retour ?

Vera savait bien qu'elle serait plus seule à Rome qu'à Lutry. Ses journées avec Enrico, elle les imaginait en tranches bien différentes, selon qu'ils seraient ensemble ou non. Le matin poserait le moins de problèmes, ils prendraient des airs pressés. Mais aux repas du soir, il faudrait qu'elle l'écoute, qu'elle réponde, pose des questions… Quant aux nuits… La perspective de se retrouver nue au lit à son côté lui parut grotesque. Peut-être qu'elle était injuste. Enrico n'était pas un monstre. Malgré ses doigts… Elle repensa à leur première rencontre. “On appelle ça une anoxie chronique.” Il se pouvait qu'il ait changé. Qu'il soit moins fanfaron. Plus apte à écouter, à s'intéresser, à poser de vraies questions, au lieu de faire sans cesse l'avocat. A prendre le temps. Le mieux était qu'elle retourne vivre via Bertoloni. Au moins elle ne se sentirait pas suffoquer. Quoique, avec sa mère… Mais à la via dei Colli della Farnesina, entre les souvenirs de Lorenzo et les manières d'Enrico… Et puis cela lui permettrait de voir venir. Evidemment que sa mère ne serait pas contente. Enrico non plus d'ailleurs. Ils allaient faire front commun, sans l'ombre d'un doute. Tant pis. Qu'ils le fassent.

Lutry, c'était fini. Irène et son babillage, les Nadelmann, Berthier, Dora, les autres, Mme Alderson et sa sœur… Et les garçons ! Hosrow ! Kandioti, qui imitait sa mère avec tant de cruauté ! Et la danse… De sa vie, elle n'avait autant dansé ! Et Gülgül… Et Lenny… Dieu sait ce qu'il ferait plus tard… Mille et une choses, elle en était sûre. Oui, mille et une choses.

Elle était si prise par ses pensées qu'elle omit de répondre à Irène, et celle-ci n'eut pas la force d'insister.

— Vous restez quelques jours après la fête ? lui demanda Nadelmann.

L'ABS lui avait fait une offre intéressante. Il allait retrouver sa langue. Après, il verrait bien.

— Je rentre le lendemain, répondit Vera.

Il hocha la tête. Il était serein.

— Et vous ?

— *Assey* de tristesse ! fit McAlistair. Où *ey Gyoulgyoul* ?

Lui aussi était soulagé. Mais il devrait s'adapter, il le savait. Démissionner du CARG. Reprendre une nourriture normale. Et surtout revoir son discours antiaméricain. Il faudrait qu'il trouve une astuce pour expliquer son revirement. Le danger soviétique, peut-être… C'était une bonne piste, le danger soviétique. Ils avaient repris leurs essais nucléaires. Et d'un. Et puis il y avait la course à l'espace ! Leur *Lunik 3* qui venait de photographier la face cachée de la Lune. Là, les Soviétiques étaient sacrément en avance. L'hégémonie de l'espace… L'avancée dans l'armement nucléaire… De bons arguments qui auraient de quoi inquiéter… Cela pouvait aller loin… Très loin… L'Amérique devenait le rempart de l'Occident contre les régimes totalitaires. La liberté à l'américaine avait ses excès, ses côtés un peu agaçants, mais, comparée à la brutalité du régime stalinien, c'était une rigolade. Non, aujourd'hui, en 1959, l'Amérique se trouvait face à de nouvelles responsabilités. Et les hommes de bonne volonté devaient l'aider à les assumer. Même ceux qui, à certaines heures, s'étaient montrés critiques. Alors que la situation était fort différente ! Les données de base, voilà ce qui avait changé du tout au tout depuis 1945 ! La course à l'espace et la multiplication des armes nucléaires. Et puis il y avait eu Budapest ! Il avait oublié Budapest ! C'était un sacré argument, Budapest.

De quoi justifier la plus parfaite des volte-face.

Gülgül entra au salon, tenant deux assiettes copieusement servies :

— D'abord Dora, puis vous.

Il remit la seconde assiette à Irène.

— Comment appelez-vous cette douceur ? demanda Dora. C'est délicieux !

— *Irmik helvasi*, du halva de semoule. Très facile à préparer. Je vous dis ?

Son père ne donnait jamais ses vraies recettes. Il omettait un détail, changeait un ingrédient…

Gülgül tricha sur le temps de cuisson. Quarante minutes au lieu de trente. Rien de méchant. Une façon d'honorer la mémoire de son père.

— Vous auriez pu ouvrir une confiserie orientale ! fit Berthier.

Gülgül eut une mimique fataliste :

— C'était le métier de mon père.

— Je le savais.

Pour Gülgül, c'était étrange d'entendre Berthier lui parler sans mépris.

— J'étais sûr qu'ils iraient chercher quelqu'un d'autre, ajouta Gülgül.

Sa loyauté avait conquis Solcà. Pour les nouveaux sports, ils allaient engager un étudiant américain.

— Un jour, nous allons nous quitter, fit Gülgül. Après, chacun de nous se dira, en pensant aux autres : "Maintenant, lui aurait dit ceci, lui aurait dit cela..." Parce que, même si nous ne sommes pas très amis, être ensemble, ça nous rend la vie plus douce. C'est comme si on n'était pas seul...

— Génial, dit Berthier, bravo ! Et si vous nous mettiez un peu de musique ?

— Un twist ? C'est une nouvelle danse, je vous jure. Vraiment formidable.

— *Twist*, ça veut dire "tordre", fit McAlistair.

— Ça, c'est bien les Américains, lança Berthier, ils aiment ce qui est tordu !

Il était heureux comme il ne l'avait pas été depuis une éternité.

— Je montre ? fit Gülgül.

— Oui ! lança Vera.

Gülgül mit un quarante-cinq tours et poussa le volume. Une musique entraînante emplit la pièce. C'étaient des sons lourds, très rythmés, tout en percussions. Le chanteur avait une voix de gorge, chaude et lisse, qui créait la gaieté :

Come on, baby,
Let's do the twist

— Allez ! On y va ! lança Vera.

Elle se leva, alla au milieu du salon et se mit à danser toute seule, pivotant des hanches et des épaules au rythme de la musique. Elle ressentit un plaisir immense à danser le twist.

L'espace d'une seconde, elle imagina Lorenzo en train de se tortiller sur ses jambes de héron, l'air gauche.

Take me by my little hand,
And do like this.

— Bravo, fit Gülgül, tout le monde essaie, vous aussi Irène, vraiment.

Twist and twist and twist and twist
Twist and twist and twist and twist

— Au fond, pourquoi pas ? fit Irène. Allez !

Elle se leva en s'aidant de sa canne, la posa sur le fauteuil, s'approcha de Vera et se mit à se tortiller :

— C'est une torture, votre danse !

— Mais non ! fit Gülgül d'une voix forte. On fléchit à peine les genoux, comme ça, on met les bras à angle droit, et l'épaule *gauche* en avant avec la hanche *droite* en avant, comme *ça*, non Dora, on pivote sur la *pointe* des pieds, épaule *droite* et hanche *gauche*, très bien Irène…

Maintenant tous dansaient. Dora et Irène esquissaient à peine les mouvements, tandis que McAlistair et Berthier se déchaînaient.

Twist and twist and twist

— Faites attention à vos bras ! lança Berthier à McAlistair. Vous dansez comme si vous vouliez nous rouer de coups.

Come on, baby
Let's do the twist

— Aïe ! Aïe !

Irène était à terre, les traits tirés de douleur.

— Je vous ai dit de faire attention ! cria Berthier à McAlistair. Vous vous croyez au Far West, ma parole !

Gülgül arrêta la musique. Tous étaient autour d'Irène. Vera et Nadelmann l'aidèrent à se mettre debout. Berthier lui apporta sa canne.

— Vous voulez vous étendre ? proposa Gülgül.

— Oui, insista Vera, venez vous reposer.

Irène préféra rentrer. Vera l'accompagna à la Topolino.

— Au fond, fit Irène au moment d'entrer dans sa voiture, pas un de nous ne sait ce qui l'attend.

Elle s'installa au volant, haussa les épaules et démarra.

119

Mercredi 16 décembre 1959.

Quelle mouche avait donc piqué cette folle de Mme Brunet ?

Affalée dans son fauteuil au Salon rose, Mme Alderson tentait de récupérer des chocs encaissés au cours de la journée.

Un vrai coup de vache, cette attaque de Mme Brunet. En plus devant tous les professeurs… Eux avaient filé au cimetière verser une larme, avant de se retrouver chez Gülgül à s'empiffrer de son *helva* sucré. Dieu sait ce qu'ils s'étaient raconté.

Elle soupira. Le clou de la journée, elle l'avait trouvé à l'Institut, au retour du temple. Pilloud, le policier, l'attendait à l'entrée, une grande enveloppe jaune à la main :

— Je sais que le moment est mal choisi…

Tiens donc…

Elle l'avait fait entrer au Salon rose.

— Brunet s'est pris en photo au moment de se tuer. Mes collègues du laboratoire de Lausanne ont procédé au tirage. Pour tout vous dire, nous ne savons pas quoi faire de la photo. Jetez un coup d'œil, vous comprendrez.

Brunet était au premier plan, les yeux fixés sur l'objectif, le regard hébété, le torse bizarrement tourné en direction du lac. Son expression avait un air de comédie burlesque.

— Demain, nous remettrons l'appareil à Mme Brunet. Mais pour le cliché, c'est délicat… Je vous le laisse, on a le temps…

Après quoi, Pilloud avait quitté l'Institut, ravi de s'être débarrassé du problème.

Mme Alderson examina la photo avec attention. Elle n'en ressentit aucune tristesse. Ce n'était pas professeur qu'il aurait dû être à l'Institut. C'était élève. Avec une mère pareille…

Elle regarda sa montre. Dix heures et demie. Les grands étaient sur le point d'aller au lit.

Elle quitta le Salon rose, descendit aux sous-sols et se rendit à l'office. Arrivée devant les cartons à ordures, elle jeta un bref coup d'œil à la photo de Brunet et la déchira en deux, puis en quatre et en huit. Après quoi elle jeta les morceaux dans l'un des cartons et quitta l'office.

Sur sa gauche, la porte adjacente était celle des toilettes. Elle l'ouvrit et inspecta la pièce. Trois cabines et deux longs urinoirs impeccables de propreté. Elle éteignit la lumière et décida de faire le tour des sous-sols. Elle entra dans chacune des classes, alluma la lumière, jeta un regard circulaire, éteignit, et passa à la suivante. Petite salle d'anglais. Laboratoire. Salle de français. Salle de latin-grec. Salle de mathématiques.

Chacune des pièces évoquait des souvenirs. Beaucoup la ramenaient aux années avec Georges.

Au projet qui les avait portés. Quelle aventure ils avaient vécue ! Incroyable… Vraiment vraiment… Elle sourit. Beaucoup de souvenirs étaient liés à des confrontations. Forcément… Lorsqu'elle se rendait dans une classe, c'était parce qu'il y avait un problème à régler.

Ces affrontements, elle les avait adorés.

Elle poursuivit jusqu'à la Grande Salle. Maintenant, elle sentait le plaisir monter. Dans six jours, pour la fête de l'école, la Grande Salle serait bondée. Même les escaliers seraient noirs de monde. Discours, pièce de théâtre, remise des prix, bal…

Elle pensa à ce qu'elle allait dire :

… *En septembre 1934, mon mari et moi avons pour la première fois accueilli des élèves à l'Institut. Ils étaient au nombre de vingt-deux, et je me souviendrai toujours…*

Les gens l'écouteraient dans le silence.

… *D'emblée mon mari avait arrêté la devise de l'Institut : "Tu deviendras." Il disait toujours : C'est pour ça que les parents nous confient leurs enfants. Pour qu'ils deviennent quelqu'un.*

Des applaudissements éclateraient, forts et longs.

… *L'année 1959 a été faste en résultats, dans nos compétitions sportives autant que dans les joutes intellectuelles. Trois victoires en yole, championnat de tennis chez les juniors… Ah ! cette finale contre le Rosey !*

Elle ferait une pause pour laisser la place aux applaudissements.

… *Trois cadres d'or, dont deux chez les seniors, français et mathématiques, un cadre d'argent en anglais…*

Pause, sourire, applaudissements.

Ces bons résultats, nous les devons au travail de tous ! Au dévouement de nos professeurs que je remercie ici pour leur engagement (sourire qui inviterait aux applaudissements, l'opération serait réussie), *et bien sûr aux efforts de nos élèves* (applaudissements et cris).

Ce serait une fête magnifique.

Avant de monter au rez-de-chaussée, elle eut envie de voir les vestiaires et fit le tour de chacun des îlots qui contenaient les casiers. Elle illumina ensuite le local des douches, où les élèves passaient chaque matin par groupes de sept. Il était d'une propreté parfaite.

Au moment d'éteindre, elle eut un petit choc. Elle n'avait pas félicité Gülgül, pour la finale. Elle s'en voulut beaucoup.

Pendant qu'elle montait au rez-de-chaussée, ses pensées retournèrent à la photo de Brunet. Le vrai problème de Brunet, c'était qu'il était figé. Comme sur la photo. Incapable de s'adapter. Elle se demanda ce qu'avaient pu être les discussions chez Gülgül, au retour du cimetière. Elle l'entendait servir sa rengaine : *La danse, je vous jure, vraiment, c'est comme la vie...* A moins qu'il ne dise l'inverse. De toute façon, ça se terminerait par : *L'important, c'est d'attaquer avant la note, vraiment !*

Elle fit le tour de chaque classe. Là encore, les souvenirs affluèrent. Des confrontations, des heurts, des cris.

Mais, madame, ce n'est pas juste !

Je n'ai rien fait !

J'écrirai à mes parents !

Je refuse !

Elle eut les larmes aux yeux.

Elle s'arrêta au palier du premier étage, là où se trouvaient les dortoirs des moyens et les chambres des grands. Tout était tranquille.

Elle pensa à la finale. Le match aurait lieu à Lutry. Chez eux… Il fallait absolument qu'elle fasse quelque chose… Elle demanderait à tous d'assister. Professeurs comme élèves. L'Institut devait mettre toutes les chances de son côté.

Au fur et à mesure de sa visite, elle sentait poindre l'envie de se mesurer. D'en découdre. Elle revécut soudain une joie d'enfant, lorsqu'elle courait à toute vitesse. Elle s'étonnait toujours que ses petites jambes la portent si vite, et encore plus vite, comme s'il n'y avait aucune entrave à leur mouvement. Dans de tels instants où rien ne lui semblait impossible, elle avait le sentiment qu'elle allait éclater, tant elle était heureuse.

Au moment précis où elle arriva au palier du second étage, elle décida de ne plus vendre.

Elle irait voir M. Moulin à la SBS dès le lendemain. Sur deux exercices et par quelques économies de plus, elle atteindrait l'équilibre. Il faudrait qu'elle fasse un nouveau dépliant de l'Institut. En couleurs. Elle l'enverrait aux consulats, aux ambassades. Sûrement que cela lui procurerait de nouveaux élèves. A Lausanne, elle était connue. Pas à Genève. Les directeurs des grands hôtels pourraient être très utiles. Les étrangers qui venaient prospecter descendaient tous dans des hôtels, et même dans les meilleurs. Elle ne devait pas négliger les concierges. Les banquiers privés aussi conseillaient leurs riches clients sur tout ce qui touchait à la famille. Elle irait voir le père de Hugues.

Le lendemain matin elle dresserait une liste des choses à faire. Comme avec Georges, au tout début ! Ils noircissaient des pages et des pages, ils biffaient les tâches réalisées, en ajoutaient d'autres...

Solcà n'aurait qu'à comprendre. Et s'il ne comprenait pas, tant pis pour lui.

Elle n'avait rien signé.

Mille idées lui venaient à l'esprit. Mille choses qu'elle pourrait faire, très vite, pour relancer l'Institut.

Au moment où elle ouvrit la porte de son appartement, elle décida de faire la liste sans attendre.

A sa sœur qui somnolait, elle lança :

— Allez, Cigogne, on se réveille !

Le texte intégral de la lettre de Kafka à Max Brod, évoquée au chapitre 9, est repris dans Victoria-Hall, *Babel n° 726, 2006.*

BABEL

Extrait du catalogue

1056. MARIE-SABINE ROGER
Les Encombrants

1057. PIERRE RABHI
Manifeste pour la Terre et l'Humanisme

1058. MOHED ALTRAD
Badawi

1059. AKIRA YOSHIMURA
Le Convoi de l'eau

1060. SEFI ATTA
Le meilleur reste à venir

1061. LIEVE JORIS
Les Hauts Plateaux

1062. FRANS DE WAAL
L'Age de l'empathie

1063. PAUL AUSTER
Seul dans le noir

1064. KATARINA MAZETTI
Entre le chaperon rouge et le loup, c'est fini

1065. DON DELILLO
L'Etoile de Ratner

1066. RACHID EL-DAÏF
Passage au crépuscule

1067. SHAHNON AHMAD
Le Riz

COÉDITION ACTES SUD – LEMÉAC

Ouvrage réalisé
par l'Atelier graphique Actes Sud.
Achevé d'imprimer
en juillet 2011
par Normandie Roto Impression s.a.s.
61250 Lonrai
sur papier fabriqué à partir de bois provenant
de forêts gérées durablement (www.fsc.org)
pour le compte
des éditions Actes Sud
Le Méjan
Place Nina-Berberova
13200 Arles.

Dépôt légal
1re édition : août 2011
N° impr. : 112770
(Imprimé en France)